女人如花

NV
REN
RU
HUA

吴俣阳

著

中国文史出版社

第 <i>1</i> 章

李敏慈离婚了。儿子小刚和她一起离开生活了十四年的孙家大院。

孙世昌递给她两万元的"补偿金"时，她把钱重重地摔在了地上。

孙世昌不久便和镇西头凤凰洗头房的四川妹子辛蓉领取了结婚证。就在他们办结婚酒的那天，敏慈和弟媳妇发生了矛盾，又带着小刚从弟弟李坤家搬出，在离镇上较近的村子里租了一间小平房住了下来。

有好心人劝她狠狠勒索孙世昌一笔，她却咬着牙说，没他自己和小刚照样死不了。从此与孙世昌形同路人。

附近的人对他们的婚变议论纷纷，竟有人传出孙世昌和敏慈离婚是因为小刚不是他亲生的儿子。时间的脚步已经踏进了暖融融的盛春，外面的流言蜚语却让敏慈心冷得依然脱不掉身上厚重的棉衣。她自己也不得不疑惑起来，小刚究竟是谁的儿子？

晚上，从厂里劳累了一天回来的她仰躺在床上怎么也睡不着，目光落在了身边已经熟睡了的儿子脸上。忽明忽暗的灯光在小刚的脸上不停地跳跃，她忽地好像意识到了什么，两道银河从九天倒挂了下来，嵌在了她那白皙清瘦的面颊上。

十三岁的小刚失去了往昔的天真活泼，变得沉默寡言，不喜欢与人接触。爸爸当着奶奶和辛蓉的面骂他是野种狗杂种后，他的脾气也变坏了，常常与妈妈拌嘴较真儿。他打心底厌恶妈妈，故意跳着脚气她说："爸爸为什么不要我们了？他们为什么骂我是狗杂种，说我有四个爸？"

敏慈怔怔地望着儿子，愤怒地打了他一个耳光，气得浑身发抖地说："谁跟你说这些混话的？哪个说的哪个就是狗杂种！"

小刚不服气地哼了一声，瞪着敏慈跑了出去。屋子里只剩下她一个人，她想不到儿子会用这种态度对待自己，一屁股瘫坐在床上，抓着帐钩呜咽着哭了起来，一直哭到房东老婆从外面回来才把她劝住。

镇纺织厂实行机制改革，第一桩大事就是精减人员。身为厂里制图员的敏慈和一大批姐妹们同时遭遇了下岗的困境。当厂领导贴出下岗工人每月一百二十元的工资待遇时，敏慈和姐妹们一起闹上了新上任的承包厂长办公室里。

厂长躲了起来不见人，她们只得到镇政府找书记、镇长诉苦，书记、镇长实在被她们缠得没法儿，抛出一句话说："下岗是国家的大势所趋，你们这些吃闲饭的不下岗只会拖垮厂子，给一百二十元已经算很不错了，你们没听说有些地方的下岗工人一分钱也拿不到吗？"

这样，她们连续在政府、厂里闹了将近一个星期，最后闹得最凶的莹、带头拉电的蓉、砸了杨副厂长烟缸骂他贪污受贿的丽都重新上了岗，而那些只会流泪诉苦的工人都被正式通知下岗，就算她们哭破了喉咙也没一个人出来理她们。敏慈就是其中一个。

小刚就快小学毕业了，敏慈希望他能到城里的重点中学读书。这一年，新洲区中扩大招生，凡是各乡镇的小学学生在毕业升学考试中成绩突出、分数超过他们内部规定的都可以破例录取到区中读书。

为了能让儿子考出好成绩到区里上学，敏慈把钱都省下来买营养品给小刚补身体，可现在一个月只能拿一百二十块钱，除去每月八十元的房租外就仅剩下四十元的生活费，且还要买煤炭交水电费，母子俩就算把嘴缝起来不吃饭，这些钱也是不够花的，更谈不上给小刚买补品吃了。

她不能让儿子跟着自己受苦，先后去了私人饭店、杂货行帮工打杂挣钱，但每一个地方都只用了她不到半个月就把她给解雇了。谁都讲出了一大堆不用她的理由，但真正的理由虽然从没人说出过口，她还是从那些鄙夷的眼神中读懂了其中的味道。她没有哀声乞求任何人，每次都是默不作声地离开，把眼泪留给了最懂她的被窝。

就在生活最困难的时候，第二个月，厂里又以经济困难为由做出了拖发一月工资的决定。她去找厂领导协商能不能先发给她工资，厂长却一边吐着烟圈一边睨视了她一眼，漫不经心地说："又不是拖发你一个人的，还能赖了你的不成？没钱用叫你男人养活你去，孙世昌在化肥厂跑了那么多年采购，还怕养活不了你们娘俩？"

敏慈的心一下子有如被毒蝎子咬了一口，顺手抓起办公桌泡得满满的一壶热茶便向厂长身上砸去，骂了一句："放你的狗屁！"随即头也不回地走出了厂子，两只眼圈早已变得通红。

傍晚，小刚坐在桌边皱着眉头嚼着干咸菜喝稀饭，嘴里不停地嘀咕着什么。儿子已经瘦了一圈，敏慈心里很难过，眼里噙着泪花。

"妈。"小刚忽然扔下筷子，望着坐在桌子边上打旧毛线衣的敏慈说，"我明天过生日，我想吃红烧肉，你已经很长时间没烧肉吃了。"

敏慈清清楚楚地记着儿子的生日，但装作忘记了，她希望儿子也会忘记明天是他的生日，因为弟弟李坤瞒着老婆偷偷塞给她的一百块也所剩无几了。

她心疼地打量着儿子，看着他那双充满渴望的眼睛，微微点了点头，很勉强地说了个"好"字。

菜市场上人流如潮。敏慈提着一只空空的大竹篮在市场内来回徘徊着。好几次驻足在那一排排的肉摊前东张西望，可终因为囊中羞涩，伸进裤兜的手又缩了出来。就剩三十块钱了，还有一个月的日子要过，买了肉还有二十多天难道去喝西北风？

这样想着，她极不情愿地离开了肉摊，叹着气夹在人群中漫无目的地到处走着。抬手看看那块旧表，指针已经指到了十点钟，小刚就快放学了，她想。这是小刚和她离开孙世昌后第一次过生日，她实在不想让孩子失望。

他仅仅奢望的是一碗红烧肉，这个要求一点也不过分啊。她最终还是踱到了肉摊前，可就在这一瞬间她发现放在裤兜里的钱只剩下了两块，其余的钱都不翼而飞，她一下子怔住了。

失魂落魄的她在菜市场内到处找钱，可哪还能找到钱的影子？欲哭无泪的她拖着颓丧的步子和空空如也的竹篮回到了肉摊前，将那仅剩下的一张已被揉得发皱的两块钱纸币递给了卖主，小声说了句"称两块钱肉"。

"两块钱还想买肉？"卖主伸手接过钱看了看，迅速向她回扔了过去，没好声气地对她说，"一斤卖八块钱，你是存心捣蛋来了咋的？"挥动着那双沾满了血污的手指了指敏慈，"走走走！别挡在这里妨碍我做生意！"

钱被扔掉在地上，敏慈难过地把它捡起来，用一种商量的口吻说："我就剩这么多了，我儿子今天生日，他嚷着就要吃红烧肉。"

卖肉的瞪了她一眼："笑话！没钱就别吃肉，滚吧滚吧，别在这儿丢人现眼的!"

这时,不知从哪儿蹿出个肥婆,伸出手使劲把她往旁边一搡说:"让开点,别挡着别人买东西!"

肥婆边说边从手提包里掏出一张崭新的老人头丢在污秽不堪的肉案上,趾高气扬地冲卖肉的喊了一句:"王七,称四斤精肉,一点肥的也不要。"

卖肉的当即满脸堆笑地操起刀麻利地给她剁肉,叫她多来关照自己的生意。

敏慈看着王七脸上的笑容,看看肥婆不停扭动着的屁股,再看看自己手中的两块钱,她觉得王七手中的刀是在割自己的心,两条腿不由自主地离开了肉案前,慢慢地往回走去。

市场内依旧人声喧哗,吆喝声、讨价还价声、机动车的鸣叫声此起彼伏。敏慈从这些噪声中听到了一个粗嗓门儿的女人在说:"那是个婊子,卖那个的,被男人踹了。"

尽管她背对着说话的人,可却很强烈地感觉到有个女人正冲着自己的背指着手,并且像长颈鹿一样伸长了脖子冲她这边吐了一口痰。她立即回过头去,果然发现那个肥婆正瞟着自己和王七说得起劲。羞愤的她恼怒了,二话没说,将篮子挎在手臂上,腾出两只手冲上去揪住了肥婆的头发。两个女人扭在了一块。

手表上的指针在两个女人扭打时已经悄悄指向十二点。

敏慈骑着自行车往家中赶去,一只破菜篮挂在龙头上东晃西荡,不知跳的是飞天舞还是踢踏舞。

小刚早已经放学了,正嘟囔着嘴巴坐在门槛上等妈妈回来,显然是很不高兴的样子。房东老婆叫他去家里吃饭,他却摇着头说:"不,我妈今天要给我烧红烧肉吃,我今天生日。"

他很快看见妈妈满脸伤痕、披头散发地骑着车回来了，也看见了那只空空的破菜篮，失望顿时袭上了他的心头，哑着喉咙赶上去问："妈，你怎么了？肉呢？"

敏慈把自行车靠在屋檐下，拎着篮子径直往屋里走。呼啦一声把篮子扔到地上，回过头对一直跟在她身后的小刚说："晦气！跌了一跤，肉滚到河里去了。"

小刚的眼里含着泪花，坐到桌边胡乱画他那些画去了。

敏慈默默走到煤炭炉边打开炉塞烧开了一锅水，将早上吃剩下的半把干面下在滚水锅里，又往里边打了两只鸡蛋，很快便做了满满一大碗热气腾腾的荷包蛋面条端到了小刚面前，慈祥地看着他说："快趁热吃了，过几天妈一定给你做红烧肉吃。"

"妈，你怎么不吃啊？"小刚大口大口地吃着面条，忽然抬起头问敏慈。

"妈肚子有点胀，不想吃。"敏慈和衣躺到了床上，微微闭着眼睛。

小刚吃完后就上学去了，她瞥了一眼空空的面汤锅，一种说不出的凉意笼罩了她的全身，从头凉到了脚。每个人都戴着有色眼镜看她，这日子过着还有什么意思？身上又没钱，连最起码的生存条件都丧失了，拿什么养活自己和儿子？

房东家的猫打翻了桌上的面汤碗，飞溅了一地的破瓷片。她看到了一个生命的结束，门被"砰"的一声反关上了，那袋从菜市场门口用两块钱买来的老鼠药顺着她颤抖的手被倒进了透明的水杯里。

她木然地低头注视着杯中充满的浑浊液体，忽然用尽力气举起它往嘴边凑去。接着就又听到了"哐啷"一声巨响。

一条赤链蛇在地上慢慢蠕动着。敏慈把头埋在被窝里放声大哭，地上一片狼藉。

第2章

黄昏，夕阳像一道圆形的泪痕抹在天边。

这一天，在李坤和李坤的哥们儿许彪的帮助下，敏慈在区里新开发的商业街开了一家小洗化店。店面的租金与进货的钱都是许彪借给她的。许彪在武汉城里赚了不少钱，对她说钱不用急着还，也不要她付利息。开市第一天顾客就少得可怜，仅卖出了一瓶飘柔洗发水和一块香皂，还赔了两块钱，急得她心里直犯嘀咕，生怕赔掉许彪投的本钱。

李坤和许彪这一整天都在店里帮忙，见她犯急的样子都过来安慰她，说做生意有赔才有赚，刚开市都是要赔钱的，等生意做熟做久了便会有钱赚了。她知道许彪是做生意的行家，坚定了干下去的决心，但在铺面打烊后回家的路上，她的眼里还是噙满了迷惘的泪花。

房东一家都是老实巴交的庄稼户。他们或多或少地听到了一些关于敏慈的事，知道她日子难过，主动把房租从八十元降到了四十元，不再按月向她收取，说什么时候手头松了就什么时候给，并经常买鱼买肉叫小刚过去吃，认小刚做了干儿子。周围的温暖逐渐驱走了敏慈心中的凉意，身边的好人坚定了她要好好活下去的决心。

店面的生意也越做越好。这都是许彪的功劳，他介绍了很多生意给她做。一个月下来，居然净赚了四百多块。敏慈心里欢喜，买了酒菜在房东家的大屋里办了一桌普通的宴席，让李坤把许彪夫妇请来，以表敬意。许彪的老婆没能来，许彪她说到舅子家看妈去了，敏慈也没当回事，苦笑了一下，便忙着招待客人。

李坤和许彪凑在一起总有说不完的话，不是谈钱就是谈女人。许彪说浴室旁新开了一家洗头房，有个山东妹水灵水灵的，声音比黄莺还要清脆，哪个男人见了迷倒哪个男人。李坤笑说："彪哥你可别说嘴，洗头房的哪个妞在你眼里不漂亮？老实说,这妞是不是被你第一个开的荤？"

许彪喝了一口酒，嘻嘻哈哈地指着李坤眉飞色舞地说："哪能呢，你小子把哥当什么人了！无非洗洗头说说笑，那种事只有孙世昌会做，我还怕染上艾滋呢。"

敏慈听着，脸上的表情起了微妙的变化，可许彪与李坤都有了醉意，许彪犹说辛蓉那婊子不知被多少根棍捣弄过，真不晓得孙世昌那小子坏了哪根筋，竟要这种女人？

敏慈脸上明显不好看，埋着头一句话不说。房东一家忙劝许彪、李坤多吃菜，把话题岔过去。

这一顿酒饭，许彪吃得很开心，说了许多不该说的话。让敏慈最难堪也记得最清楚的就是他用一种异样的眼神看着自己说的那句话："敏慈姐长得漂亮，又烧得一手好菜，要是我讨了这样的老婆，情愿一辈子躺在家里的土坑头上睡冷觉也不会到外边鬼混女人的。"

敏慈总觉得他的话中有话，满腹狐疑，心里很不踏实。打这往后，无论是在店里还是在家里，她的眼前总会不断浮现出许彪用灼热的眼神看自己的情景——那个眼神和十四年前从黄志祥的眼睛里流露出的神色一模一样，这令她感到十分不安，袋子里随时装着一把锋利的锥子。

十四年前的夏天，从县城高中毕业的敏慈回到她生活了十八年的家乡凤凰镇。当时他们那个镇上师资力量紧缺，作为镇高才生的她被安排到雷寨村小学当语文代课教师。

雷寨村离她家有几十里地，那会儿她还没有学会骑自行车，因回家路较远，便在学校的集体宿舍住。和她同宿舍的还有马云和曹霞，云因为生病长期在家休假，霞正和男友恋爱，经常夜不归宿，所以宿舍通常只有她一个人住。

那段时间，给敏慈介绍对象的人很多，可她心里偷偷喜欢上了一个男人，朦朦胧胧的。对方比她大两岁，是省城里的人，小时候就认识的，是她姑姑家的邻居，两个人常在一块儿玩耍。

后来，对方搬去了她不知道的地方住，便断了音讯。再后来，她和同学去省城武汉旅游时无意间在大街遇到了他，多年不见，他长得既英俊又高大，可惜她没认出他。

是朱平先认出她的，那一刻她很惊讶，没说上几句话就被他拖到附近一个小馆子里吃了一顿饱饱的饭。敏慈是那种不善于表达自己感情的人，虽然一直对朱平心存爱慕，却始终难以启齿，直到她发现在他的身边多了一位长发飘飘的姐姐。

学校里有个叫黄志祥的小伙子，是教导主任老黄的侄子，长得和朱平有几分相似，是从师范毕业出来的，被正式分配在雷寨村小学当老师，什么课都教，有时敏慈看他心里总感到怪怪的。可他很不安分，看到比他文化低的同学都下海经商发了大财不禁红了眼，索性辞了工作跟着村主任的儿子搞运输。

敏慈到校代课后，志祥已经不当老师了，但还住在学校的集体宿舍里，一来二去也就都熟识了。志祥好像对她有那么一点点意思，那一次从上海运输回来后，他把敏慈叫到了宿舍后的树丛里，偷偷塞给她一条用塑料袋包装着的苏织丝巾和一只蝴蝶发卡。

敏慈并没有推却，她欣喜地将丝巾和发夹塞到了裤兜里，冲志祥笑了笑，拔腿就跑进宿舍去了。这个秘密很快就被曹霞发现了，爱搞恶作剧的她故意偷偷戴上敏慈的发夹，扎上她的丝巾跑到志祥的宿舍，当着其他教师的面夸耀这些东西都是她男朋友送的，唬得志祥当场就羞红了脸，几天都没敢和敏慈说话。

敏慈也不敢再用这些东西，把它们都收拾到箱子底下去了。打这往后，志祥每次出门都会给她捎回一两样小玩意，可却从未向她明确表白过什么。

敏慈的爸爸老李和弟弟李坤都在阳逻镇化肥厂工作。老李是厂里的财务科长，他科室里有个文质彬彬的财务员，工作也很认真负责，老李打心眼里喜欢他，一门心思想认他做女婿。

这个年轻人就是孙世昌，在老李的安排下，敏慈和他在阳逻镇见了面。世昌剪着学生头，上身穿一件白色的确良衬衫，下身穿一件同料的黑色裤子，给敏慈留下的第一个印象就是干净利索。

孙世昌羞涩地把早已准备好了的两本工作记录簿和一支英雄牌钢笔递到了敏慈手上，工作簿的第一页上都写着"祝你进步"四个钢笔字，字迹非常隽秀。敏慈看出他是个有才气、有上进心的青年，对他总体印象还好。

初次见面，不好意思白收别人的东西，敏慈本没有准备东西，想来想去便随便从袋里掏出刚用了一次的手帕送给了对方。没想到小伙子对姑娘动了真心，每个星期都骑着自行车赶一百来里的路到凤凰镇看敏慈，碰到她回了家便又不辞辛劳地往普华镇赶，风雨无阻，直到他们结婚之前，一次也没落过。

黄志祥对于孙世昌的出现表现得很木讷，仍然没向敏慈表白过什么。敏慈选择了世昌，因为她不想要一个朱平的影子，她至今都无法忘记朱平。学校里的人都知道了他们的恋爱关系，志祥看着他们二人出双入对，一向不擅于表达的他把准备好了要送给敏慈的东西全部扔进了宿舍后的那片树丛中。

他从曹霞的口中知道了敏慈在腊八节就要订婚的事，木然地看着地撇了撇嘴，灰尘在他双脚不断地磨蹭下冲天飞扬，迷住了他的双眼。

"你怎么搞的？我们都以为敏慈会和你，唉，一个大男人怎么老像个大姑娘一样？敏慈和你是多般配的一对啊！"

他看了一眼曹霞，那个眼神显得特别无奈，说："哪有这回事！你们可别瞎说。"他说曹霞在瞎说，随即用手揉了揉迷了的眼睛，借口到医务室看眼睛去了。

这天晚上，敏慈和曹霞都看见他从外边喝醉了回来，手里紧紧捏着一个漂亮的丝巾扣，后来随着他跌了一跤，丝巾扣也掉在了地上。

腊八节那天，敏慈和孙世昌订了婚，那天志祥正和村长的儿子殷长军到河北出差去了。放假前的一天，已从河北回来好几天的志祥忽然在操场上从衣袋里掏出一封信迅速地塞到了敏慈的大衣袋里，说了一声"你的信"，匆匆擦身而过。

那是一封热情洋溢的情书，志祥把他半年来对敏慈的感情毫无保留地写在了上面。面对这迟来的情书，敏慈显得非常震惊，但她表现得很冷静，果断地划着了一根火柴，慢慢点燃了信的一角，一直看着它化为灰烬。以后的日子敏慈尽量避开志祥，时光一天天从平淡中流去，谁也没有打破这份沉默。

放寒假了，敏慈应世昌父母的厚意，到阳逻镇度假过年。这段时间，敏慈和世昌的感情与日俱增，二人相处得十分融洽欢快，两家父母看在眼里，喜在心里，征得他们同意，把婚事定在三月初一那天。

新年将至，老黄主任却打电话到阳逻化肥厂找到孙世昌，说是学校有要事让敏慈即刻返校一趟，当天，世昌便陪着敏慈去了雷寨村小学，学校里除了志祥外一个人也没有。志祥耷拉着眼皮说黄主任到县教育局开会去了，叫他们等一等，便安排他们在自己宿舍里吃了一顿便饭。

喝酒，志祥一个劲儿地劝孙世昌喝酒，眼睛不时偷偷瞟着对面的敏慈，敏慈始终不用正眼去瞧他，叫世昌不要再喝酒，并上前夺过了他手中的杯子。"还没结婚就把男人管得这么严，世昌你以后可要当心噢。"

黄志祥笑着看着孙世昌。孙世昌很要面子，一把从敏慈手里抢过杯子，冲黄志祥说："喝，咱哥俩今天不喝个脚朝天不出这个门！"

孙世昌的酒量并不是很大，很快醉了过去，黄志祥用胳膊肘推了推他，证明他的确醉了，忽地从床上拿过一条崭新的羊毛围巾递给敏慈，说打电话让她来学校的就是自己，他要在年前亲自把这条围巾送到她手上。

"我不要。"敏慈将围巾扔到床上，看着门外说，"这样不好，我们非亲非故的，你还是送给其他人吧。"

黄志祥看着被扔在床上的围巾，咬了咬嘴唇，忽然低声问了一句："那封信你看过了吗？"

敏慈装作什么也不知道地问："什么信？"

黄志祥没有再问，瞥了一眼烂醉如泥的孙世昌，心"扑通扑通"地跳得厉害，整个脸由红变白，又由白变红。

敏慈从他的表情里读懂了什么，下意识地走到碗柜边摸弄着那把菜刀，没有再说一句话。

"敏慈，我，你真的没看到那封信吗？你就不能给我一个机会吗？"黄志祥走到她面前，想去拉她的手，她却紧紧握着刀把抖了抖。

"我哪点比不上孙世昌，你为什么……？"黄志祥的声调有些激动。"我妈想让我把女朋友带回家过年，我已经买好了车票，以后我再也不会烦你了。"

敏慈瞪了他一眼："你把我当什么人了？我可不是你想象中的那种女人。"说这句话时在黄志祥的耳朵里不断传出刀背撞击碗柜的响声。怅然若失的志祥怔了很久，忽然抓起床上那条围巾，用剪刀剪了个稀巴烂，大踏步地走出了宿舍。

开学后。正月二十那天夜里，村支部在村大会堂组织放映通宵电影。雷寨村的所有人都如潮水一般涌进了大会堂，小学的教职工们也不能躲开这场风暴，一个个地先后都被刮进了骚动的人群中。

敏慈和曹霞坐在一起。曹霞总说个不停，嗑了一地的瓜子也不能堵住她那张嘴，不断地对影片中的人物评头论足。银幕上出现了男主人公送围巾给女主人公求爱的情节，曹霞说这个情节是真的，因为她的男友已经送了十条围巾给她。

敏慈压根儿就没认真听过她几句话，不过这一句却听上了心，脑子里总是出现黄志祥剪围巾的情景，一直心不在焉地坐着。也不知过了多长时间，她不经意地朝四周打量了一下，突然，她看到了一双灼热的眼光正透过身后两三个人向她身上肆无忌惮地扫射过来，心里不由得咯噔了一下，飞快地掉转过来，浑身仿佛被火烧般火燎火燎的。

她再也没有心情看电影了，竭力想从黄志祥的视线下逃走，可屁股好像被钉子一样钉在了木板凳上，怎么也挪不开脚步。她努力把头埋到两膝间假装打盹，把腰低到不能再低处，眼睛却透过紧抱住头的双臂之间留下的缝隙紧紧地盯着脚下的泥砖地，似乎要用目光洞穿地面。

时间一分一分地过去，她始终能透过后背与人群看见黄志祥那双贼眼正从不同的方向窥视着自己身体的每一个部位。那目光几乎能把她的心从胸腔中给射出去，极度的不安笼罩了她的全身。

已到了深夜。影片已换了好几个，可人们看电影的热情依然不减，偶尔也能见到个把人出去，但大会堂内仍挤满了人，连前后门处都塞满了站着看片子的人群。霞看电影的情绪高涨，处于不安情绪的敏慈再也坐不住了，用大衣领遮着脸，弓着身子溜出了大会堂，满怀忐忑地一路小跑回了学校。

她看见了宿舍照出的灯光。那灯光是从黄志祥的屋里透出的，透过玻璃窗户可以隐约地看到两三个人影正在窗下不停地晃动着，远远地还能听到他们吆喝喝酒的声音。

她没想到黄志祥居然在她之前就回来了。敏慈的心弦一下子绷紧了，她清醒地意识到这会儿学校里除了她就只有志祥和他合伙跑运输的哥们儿，慌忙闪到背阴处快步走向自己的宿舍门口，利索地掏出钥匙迅速打开门，像猫一样迅疾地钻到房里，轻轻地将门死死反扣上。

屋里的灯始终没有点亮，漆黑与寂静包含着一切。

敏慈用双手死死拉住被角蒙住头，怎么也不敢入睡。两只眼睛睁得大大的，她看到黄志祥的眼睛和手已经从他身上分割出去很快便穿过坚硬的木板门与厚厚的被子贴到了她的身上、脸上。

她简直要窒息了。木板门在深夜的寒风中"嘎吱"作响，似乎它在几秒钟内便会被一股有形的力量摧毁，她感到了从未有过的恐惧，用被子紧紧地裹着全身，一动不动。

　　门在一声铿锵而又沉闷的嗷叫声中洞然而开，凛冽的寒风扑面而来。她听到了它的叫声，可还没等她完全反应过来，一个强劲的身躯便如石柱一般轰然倒在她的身上。那一夜她只知道一共有三个石柱闯进了她的宿舍，其他的事就什么也不知道了。……

第 *3* 章

再过半个月小刚就要考初中了，可在这节骨眼上小刚却患了急性阑尾炎，急需开刀切除阑尾。许彪给她送来了一千元手术费，并帮她把小刚送到了新洲区医院。手术进行得非常成功，敏慈再次对许彪感激万分，而此时此刻的她尚浑然不知许彪的妻子正带着娘家人气势汹汹地赶到她的店面大打大砸，把柜台、货物扔得满街都是。阳逻镇上的所有人再次把目光一齐射向敏慈身上。

"真不是个好货！狗改不了吃屎！千人捣万人操的臭婊子！"污秽的言语如同广岛原子弹爆炸后的烟云一样弥漫在敏慈的周围，每个人都在议论着她和许彪不正当的关系。

这次她没有被流言击垮，她已经习惯了别人用异样的神情看着自己指指点点，默默地收拾好烂摊子照旧营业。嘴长在别人脸上，愿意说什么就由他们说去，她想她一定要和小刚好好活下去，一定要活出人样给他们看。

小刚在身体还未痊愈的情况下参加了考试。作为母亲的敏慈一直守候在教室外关切地注视着儿子，生怕有个什么好歹发生。在妈妈的关怀下，小刚坚持到最后一刻，出来时告诉妈妈这次发挥得不错，肯定能考上他希冀已久的区重点。母子俩激动地紧紧搂在一起。

　　然而十多天后当分数单送到小刚手里的时候，他傻眼了，眼泪顿时在眼眶里打转。敏慈慌忙从儿子手中抢过分数单目不转睛地看着，天哪，为什么会是这样？小刚的考试分数离区重点的分数线竟仅仅差了一分，失望与委屈的泪水从她眼中如潮涌出。

　　"你这个不争气的东西，说多少遍了要仔细复查？这一分对你对妈有多重要，你知道吗？考不上重点就上不了大学，上不了大学你长大了干什么？难道也想像陈大川捡破烂讨饭？"望子成龙的她打了小刚，这一天她早早地关了店门回家睡觉，气得一天都没吃饭，也不给小刚做饭吃。

　　小刚从同学那儿得知区重点中学有自费生的名额，凡是报考这所学校，成绩离分数线差一两分的考生都可以交三千块集资入学。小刚心里虽一万个想进区重点念书，但他知道家里的经济情况，从没敢在妈妈面前提一个字。

　　他变得越加孤僻，每天都在街上晃荡，到很晚的时候才回家，做妈妈的懂得儿子的心，尽量抚慰他，说没考上区重点不怪他，只要他肯用动，镇中学照样可以考上大学。

　　其实敏慈知道镇中学的教学质量很差，升学率也很低，但又不得不对儿子这么说。她也清楚区重点有自费生的名额，很想想办法凑三千块把儿子送到区校，可严峻的事实摆在眼前，就是砸锅卖铁也无法凑足这笔钱，她唯有选择放弃。

　　绝望中的小刚接连几天出现在孙家附近。细心的奶奶在一个雨天发现了久违的孙子，一种母性的温情促使她将孙子拉进了屋里，给他做了一顿丰盛的饭菜，并偷偷塞给他二百块钱零花，让他不要对妈妈说。奶奶与敏慈的关系一直是十分融洽的，当儿子告诉她孙子不是他们孙家的种要与儿媳离婚时，她曾经阻止过，可是后来她也越看孙子越不像儿子，加之儿子态度坚决，辛蓉又怀了身孕，便没再替儿媳说一句话。

但毕竟十多年的祖孙情，奶奶打心底还是认这个孙子的，在小刚回去的时候，她当着辛蓉的面对他说："你是姓孙的，你的奶奶、爸爸都在这屋住着，想什么时候来就什么时候来，没人会赶你出去的。"

小刚听了奶奶的话，时常背着敏慈往孙家跑。也许是良心发现，孙世昌对小刚的态度也有所好转，当他得知儿子无钱集资上区重点时，他悄无声息地给敏慈寄去了一封匿名信，信里夹着一张填着"李敏慈"名字的五千元支票。

敏慈望着从天上掉下来的支票，心里像被打翻了的五味油瓶，酸、甜、苦、辣、辛，所有的滋味都在一瞬间尝遍了。作为女人，她洞察到这张支票的来由，顷刻间，支票在她双手的揉搓下变成了一个破皱的纸团，她让李坤把破纸团扔到了世昌的办公桌上，并发怒地对小刚说："以后再也不许到那个地方去，妈就是砸锅卖铁，上街讨饭也要把你培养成个人才给他们看看的。"

敏慈下了决心，她要借钱让儿子上区重点中学。许彪因为屡次帮助她遭到了妻子的怀疑，非但冻结了他在银行的所有存款，还限制了他的人身自由。她不想为难许彪，想到了居住在新洲城区的姨妈。姨妈是自己唯一的亲戚，母亲生前与姨妈因为分家产的事闹得不欢，两家十余年互不住来，听说她儿子现在是个拥有两家宾馆、一家汽配公司的百万大老板，只要提起蔡建的大名，全区没一个人不知道。敏慈怀着试试看的心情，她找到了姨妈家里。

姨妈瞥了一眼她放在加拿大进口真皮沙发上的一方便袋水果，拉长着脸不浓不淡地问她一些家里的事。

"听说你离婚了？"姨妈看着窗台上的一盆四季海棠说，"我也是刚从小建那些个狐朋狗友嘴里听来的，才多大的事儿，想开着点，不就是个男人吗？稀罕个啥！女人只要有张漂亮的脸，还怕找不到个知心知肺的人？"

敏慈望着姨妈那张冰冷的脸，心里有如被嵌上了一层厚冰。中午，姨妈留她吃饭，蔡建和他媳妇都没回来。敏慈便委婉地向姨妈透露了借钱的意思。姨妈的脸色变得很不好看，一个劲地给小孙女喂饭，把碗筷敲得"乒乓"响。

囡囡的嘴里被塞满了饭团，撑得她"哇"的一声哭起来，将米粒喷了她满脸满身都是。"号什么丧？"姨妈抬起袖子擦着脸，忽地打了囡囡一个嘴巴，骂着说"都给你妈惯坏的，不肯吃饭只要喝娃哈哈，迟早要把你爸的家业掏空"。

敏慈感觉到那一巴掌打在了自己脸上，面子上很是过不去，便将囡囡抱过来哄她。

"你别管她，现在的孩子不给她点厉害瞧瞧可了不得了，成天吵着吃好喝好就差没要她爸搬梯子让她上天了，当她爸妈是开金矿的呢？"说着，罚囡囡站到门口，不许动也不许哭。

午后，姨妈剥了一根她带来的香蕉递给她说："来姨这儿带东西干啥，又不是外人？家里水果多得都吃不完，以后来可别再这么破费。"顿了顿又说，"小建现在名声在外，都当他发了横财，其实哪是这回事？集团里虽说他老大，可钱也不是他一个人的。他们夫妻俩忙活了这些年，银行的存款还不足四万，只不过是个绣花枕头好看而已，他们都不想干了。他那个冤大头的舅子在上海做生意亏了本，又打电话来跟他们借钱，开口就要十万，小建是个死要面子的，一口就应承了下来，前天刚把存款都转到了他舅子账上，还有六万还不知要从哪儿挪呢？这孩子真不知道他心里少了哪根筋，对舅子比老娘还孝顺几分！"

姨妈啰啰唆唆地发了一大堆牢骚，一字一句都扣在敏慈心坎上，她明白自己来错了，遂不再提借钱的事，勉强坐了一会儿起身便要走。

"等着。"姨妈叫住她，转身回房取出一张老人头硬塞到她手里说，"这一百块你拿回去给小刚买些吃的，都十来年没见过他了，怪想他的。噢，再过两天我要到南京他叔家走走，你要是没事就别往这儿跑，小建他老婆不喜欢的。"

"嗯。"敏慈闷着喉咙应了一声，被姨妈连推带搡地送出了门外。

门在一声沉闷的响声后被关上了。敏慈手里捏着一百块钱慢慢往前走着。在经过姨妈家那华丽的窗台下时，她看到姨妈正拿着拖把拖地，并听到一个愤懑的声音从窗口传了出来："土包子，借钱借钱，不要脸的东西！娘儿俩都是一路货！"

敏慈的脑袋顿时嗡嗡作响，捏在手中的老人头不自觉地掉在地上，随着扑面而来的风被刮到了附近的污沟里。

她顺便到区洗化品批发市场看货。

"大姐，您要货吗？"一个脸上涂了几寸厚白粉的瘦女人把她拉到角落上说，"我们的货应有尽有，绝对最低的批发价，您要是想要，我们还可以给您优惠。"说着，不容敏慈答应与否，便拖着她出了批发市场，拐了几个弯子到了一个死胡同里。

那儿是一个生产假冒伪劣洗化品的私人地下小厂，一间不足四十平方米的库房里堆满了潘婷、海飞丝、飘柔、夏士莲、永芳、舒蕾等各种中高档洗化品，应有尽有。

"这种五百克的潘婷商场里卖四十多块钱一瓶，你要的话，我们批发给你十块钱一瓶。"瘦女人很真诚地说。

"不，我只是看看，我从来没卖过……"

假字还没说出口，一个四十来岁矮小男人瞪了她一眼，没好声气地说："假什么假！赚得了钱就是真的！你要是不买就别看了！"

瘦女人白了男人一眼，满脸堆笑地对敏慈说："现在都什么世道了，大姐还这么世故！老实人如今做什么都吃亏，还受人臭气，何必做傻子自讨苦头吃呢？现在这世道就是真真假假、假假真真，你骗我，我骗你，大家都是被逼出来的。你不骗人，别人照样骗你，什么好也落不着。有钱就是大爷，谁都捧着你，汉奸也是大英雄；没钱的连狗屎都不如。什么好人老实人，还有几个人愿意做老实人，让人们像踩老鼠一样踩在脚底下？大姐，我看你这人实在，不妨打开天窗说亮话，你货要得多的话，五百克的潘婷四块就批发给你，包你一个月赚上个千儿八百的，绝对没有话说。"

敏慈开始犹豫了，要是卖上两个月这种货不就可以给儿子挣到一大半的学费了吗？一种罪恶的念头在她心头掠过。

矮男人不失时机地吼了一句："什么仁义道德，他妈的都是一堆狗屎！谁可怜过没有钱的穷光蛋？这年头要是还有谁守着一本正经做人谁就是笨猪，什么时候被人宰了还替人家把秤卖肉呢？"

敏慈注视着那一排排堆得像小山一样高的洗化品低声说："那要是露馅了……"

"大姐我可拍着胸对你说，我们的货可是严格按照厂家的配方生产出来的，要不是专家根本就看不出的。"

敏慈抚弄着手指："要是洗出问题来……"

瘦女人伸出那双戴了四颗金光闪闪的戒指的手在她肩上拍了拍，咧着嘴笑说："洗化品又不吃的，反正毒不死人，怕什么？大姐啊大姐，改革开放了，像你这样思想陈旧、前怕狼后怕虎的迟早要给这个社会淘汰出去的。这世界人都要往乖处学，不趁着年轻有力气给自己和子孙多攒些钱，到老了躺在床上没钱拿出来指望谁来管你？做人都该实际点，后悔药可是买不着的。"

瘦女人与矮男人的"轮番轰炸"，最终将善良的敏慈拉下了水。为了儿子，为了自己能在阳逻镇所有人眼皮底下活出个人样来，她和老板签下了进货合同。

就这样，她用店面的周转资金购了这种假冒货品，以低廉的价格出售，抢了同行很多生意。为了尽快凑足学费，她又每天起早到靠海的杨港乡拉鱼到菜市上卖，到七月将近的时候统共赚了一千多。

好事多磨，八月的一个下午敏慈的老同事蒋英陪着区城来的表姐到她店里买洗发水。那天生意特别好，手忙脚乱的敏慈错把一瓶伪劣"飘柔"卖给了蒋英。等到事后发现时已经晚了，又不好向她要回，只得作罢。

没想到才过了一天，蒋英的表姐就拿着那瓶洗发水吵到了店里，吸引了一大堆人挤过来看。附近的同行听说她出售假洗发水后，早就对她廉价销售抢走自己生意而怀恨在心的他们纷纷举着拳头扑了过来，嚷着要她给个说法。

面对着强大的舆论攻势，敏慈矢口否认卖了假贷，而这下可惹恼了蒋英表姐，"啪"一声将洗发水瓶掼到地上，紧绷着发紫的脸骂着说："臭婊子，老娘就是眼睛瞎了也晓得真假，你蒙男人可以，想蒙我这样两个块头的身子你还差几根骨头!"说完一把揪住她的头发,压住她的身子往地上按,狠狠地说:"我让你蒙,让你蒙!你给我舔掉!"她要敏慈把地上的洗发水舔掉,俨如一位威武的将军责令士兵接受处罚。

蒋英表姐任意地打骂污辱敏慈,并且蛮横地将柜台里的货品扔了一地,拿着洗发水瓶穿梭于人群中让人们给评理。买过敏慈洗发水的人都被激怒了,大家一起蜂拥而上,随着蒋英表姐肆意打砸店铺。

"打死她,这个黑心的婊子!"围观的人群中不断传来尖锐的口哨声和变调的哼唱声,所有的人都想上前踢上敏慈几脚,好像敏慈是他们共同的敌人。

第4章

风波在持续了一个小时后终于平息了。有人去工商所告了敏慈一状，结果他们派人来当场销毁了假货，并处以三千元的罚金，勒令敏慈停业一周。

面对突如其来的沉重打击，敏慈流下了苦涩悔恨的泪水。历经磨难的她哭着跪在工商所长老秦的面前求他不要把自己逼上绝路，可是法律面前是容不得半点私情的，她必须为她自己制造的苦果付出代价。

陷于绝境的她只好找许彪求助。许彪答应替她想办法凑足这笔钱，一天后她便接到了许彪从区里打到隔壁公用电话亭的电话，约她到朋友家取钱，说是朋友要见到真正的借主才肯借钱。她没有多想，草草地收拾了一番就乘车赶赴区城，直赴许彪和她约好的地点皇冠旅社门前。

皇冠旅社就在车站附近的一个僻静的小胡同里，当她赶到时，许彪早已守候在门口等她。许彪没有多说，招呼她进了冷清的旅社内，拉着她径直走到尽头的一间半敞的房门前。

许彪告诉她朋友约他在这儿取钱，随即将她往里一推，自己也跟着闪了进来，"啪"一声将门关上，并迅速上了反锁。

敏慈顿时意识到气氛不对，她的眼前再次出现了黄志祥的面孔，立即冲上去想开门逃出，却被斜刺里拦过来的许彪一把将她搂住。

许彪狠命地吻她，说他爱她，开始动手拉扯她的衣服。敏慈竭力挣扎着，大声呼叫救命，可却没有一个人应她。

许彪说："这家旅社是他的铁哥们开的，你喊破了喉咙也没用。"

她的外衣已经剥掉，整个上身和半透明胸罩下的乳峰完全呈现在许彪的眼前，惊慌失措的她连忙放开与许彪挣扎的手护住乳罩不让他继续侵袭，恐惧地一步步往后退去。

她明白自己大劫难逃，但仅用满含泪水的双眸向彪乞求放过自己。许彪对她已是垂涎许久，哪肯轻易放开到口的肉，睁着布满血丝的眼睛像一头豹子般疯狂地向她猛扑了过去。

"你又不是头一次了，还立什么牌坊？我就不信像你这样的婆娘不要男人！你要是跟了我，我拿钱养你们母子一辈子，别提小刚上中学的钱，就是上大学，结婚买房的钱我也照出。"

敏慈疑惑地瞥了一眼气喘吁吁的许彪，她没有再抵抗，身上的衣服一件一件地被剥落在地上，她顺从了许彪。

许彪说话算话，替她交了罚金，小刚的学费很快也有了着落。

初秋，小刚终于成了区中的一名学生。敏慈牵挂儿子，向许彪提出了把店搬到区城的要求。许彪正为了在阳逻镇偷情不便烦恼，立即拍板给她在区城重新开了一家店。

然而就在这时，不知是谁把敏慈那些陈年旧账在小刚的学校传扬开来。同学们都在背后嘲笑讥讽小刚，竭尽所能地欺侮他。在体育课上，号称"过江龙"的体育委员周小龙故意和小刚争球将他推倒引起争执。

过江龙当着同学的面骂小刚，说他是混血儿，小刚不能忍受他对妈妈的污蔑，和他打起来。同学们都帮助过江龙，为他呐喊助威，等体育教师闻讯赶来时，小刚的头已被过江龙等人用砖头打破。敏慈见儿子在校经常受欺，她坐不住了，硬拉着小刚找到过江龙门上兴师问罪。

过江龙家住在新洲莲花小区，是"贵族"生活区。一幢幢别墅紧密相连，看不到一间瓦屋平房，尽收眼底的是一片灯红酒绿、雍容华贵的世界。过江龙的母亲就是在阳逻镇砸了她店面的蒋英表姐周桂兰，这一点敏慈做梦也没想到。

周桂兰见了她有如见了仇人，根本不让她说话，把正在洗脚的污水连盆掼到了她身上，骂的话比上次还要难听。也就在这个时候，更让她始料不及的事发生了，被周桂兰逐出家门的她竟透过那半开着的豪华落地玻璃窗瞥见了客厅里的一幅巨大的彩色婚礼照。

照片上的女人便是眼前凶神恶煞般的周桂兰，而她身边那个西装革履、温文儒雅，手持红色玫瑰花的男人居然就是当初伙同村主任儿子和卡车司机轮奸自己并毁了自己一生幸福的黄志祥。

是他！她瞪圆了双眼盯着那幅照片努力地注视着，那个面容已在她脑子里扎下了根，她坚信自己没有看错。就算他烧成了灰她也能认出他，她想。所有的委屈与痛苦再一次涌上了这个善良女人的心头。她没有跟周桂兰闹下去，怀着复杂的心情与小刚离开了过江龙家。

那一年黄志祥与另外两个案犯殷长军、刘汝沛被判了十年有期徒刑。当时志祥尚未结婚，按理说在出狱后他才有可能成家立业，儿子也只该才有几岁而已，可过江龙已与小刚年纪仿佛，且又不姓黄，敏慈不禁又怀疑起自己的眼睛出了问题。

许彪隔三岔五地便来区里纠缠她，她由衷地悔恨自己不该投进许彪的怀里，恨自己不洁身自爱，每当许彪离开后总要泡几个小时的澡，想把许彪留在她身上的一切污垢洗净。

她清楚志祥当初是爱着自己的，而许彪对自己只有贪婪与欲望，所以她更加讨厌许彪，打心眼里瞧不起他，竭力想把他摆脱掉，彻底结束他们之间赤裸裸的肮脏交易。

许彪自然不会让敏慈逃脱他的控制，他瞪大眼睛盯着娇弱无比的敏慈恶狠狠地说："我在你身上是花了大钱的，想一脚把我踹开，没门！你算个什么东西？不就是个臭婊子吗？李敏慈，我今天可把话给你挑明了，在我眼里你只不过是个高级妓女罢了，我想什么时候睡你就睡，要不想做婊子了，可以，那就把我花在你们母子俩身上的钱全部吐出来，以后井水不犯河水，互不干涉！"

敏慈不甘示弱地说："我就是婊子，婊子卖身也是要钱的，我陪你睡了那么久你就不该付我陪睡的钱吗？"

许彪动手揍她，她顺手拿起一瓶洗发水向他头上砸上，一把推开他说："钱我迟早会给你，你要是把我逼上绝路，狗急了也得咬人。"

许彪摸着被砸疼的脑袋，也拿过洗发水瓶向敏慈身上砸去，拉开门愤然而去。

深秋的一个下午，许彪带着几个铁哥们气势汹汹地来到了敏慈的住处。许彪一声令下，那群人像疯了一样见东西就砸。敏慈知道是许彪在给她下马威逼她屈服，站在门口看着许彪一动也不动，像个木桩钉在地里面一般，脸上的表情无法用语言来形容。

"滚开，滚开，有什么好看的！"许彪虎着脸冲闻声赶来劝架的邻居说，"这店面是大爷花钱租的，东西也大爷花钱进的，大爷高兴砸成啥样就啥样，关你们屁事？"

大家见这架势，都站着不敢开口。

"李敏慈，我可告诉你，别以为我许彪是好惹的就把我当猴耍！你也不撒泡尿看看自己算老几？识趣的半个月内把欠老子的钱全部还上，要不然老子可不会像今天这样侍候你！"

敏慈低着头："砸吧，你爱怎么砸怎么砸。瘪三！"

许彪狠狠地瞪着她，大声说："你说什么？你再说一遍！"

敏慈说："你这副熊样给谁看，这世道谁怕谁？大不了找肖芳（彪妻）说去！"

许彪挥手就给了敏慈一大耳光："臭婊子，找肖芳说？老子会怕肖芳？我看你们娘俩是活腻了，敢对老子这么说话？"

敏慈不甘示弱还了许彪一记耳光："你有本事就把我们娘俩打死算了，砸东西算什么好汉？"

许彪恨她嘴犟，又给了她一个耳光。敏慈揪着他的衣领往下撕，两个人打了起来。

这时，一辆蓝色的雪佛兰轿车从远处缓缓驶进了喧闹的人群中。车子在敏慈的店门前停了下来，从里边走出了三个衣冠楚楚的男人。前面的两个男人身穿名牌休闲服，都在二十五六岁年纪，后边的男人穿一套杉杉西服，脚蹬森达皮鞋，眼睛上戴着一副高级墨镜，看年纪已近四十，但仍不脱温文尔雅、风度翩翩的气质。

只见墨镜男走进人群中向一个老太问了些什么，忽然冲身边的两个青年使了个眼色，两个青年当即脱了衣服扔给围观的人，摩拳擦掌地冲上去与许彪的人大打出手。原来是三个路见不平的好汉，围观的人群有几个小伙子深受鼓舞，从人群中冲了出来以武力制止许彪一伙的野蛮行径。许彪没想到半路上杀出个程咬金，好汉不吃眼前亏，指着墨镜恶狠狠地说："你有种！大爷我记住你了！"带着他那帮兄弟落荒而去。

敏慈的店得救了，她抹去眼泪上前给帮助她解围的人们道谢。当戴墨镜的男人清晰地出现在自己眼前时，她怔住了；男人看见她似乎也吃了一惊，愣住了。二人对视良久，默无一言，敏慈的热泪忍不住哗哗而流，她忽然从柜台上抓起一把剪刀，向墨镜男狠狠刺了过去……

墨镜男被送到了医院。他的伤并不重，从医院包扎完后，他来到派出所将被拘留的敏慈保释了出去。敏慈并不感激他，在派出所里，她始终用一种哀怨的眼神盯着他，直到他们在派出所门口分手。

敏慈的眼神像一把锋利的锥子锥在墨镜男的心里，悔恨的泪水模糊了镜片。回到家后的他躺在书房里一根接一根地抽烟，烟缸里的烟头已被堆成了一座小山，整个屋里到处充斥着尼古丁味。

"少抽几根就要死人吗？"书房外传来一个女人尖细的叫声。

他根本就不顾妻子的感受，哗啦一声又拆开一包中华烟，迅速地抽出一根叼在嘴里，麻利地按下打火机点燃了烟，又一口一口地猛吸起来。妻子再也无法忍受熏人的烟雾，用力去抢他的烟，妻子忽然怔住了，张大嘴巴说不出一句话来。妻子的目光落在了他的腿上，她看见了他两腿间的那个东西从打开的裤襟拉链口钻了出来，他正皱着眉用烟头烫那个东西。

妻子已经是第十二次看见他做这种事了，妻子感到一阵恶心，门发出了剧烈的轰响声。"早死早好！"门外响起了花瓶撞击地面的清脆声，他听到女人带着哭声在骂，"早知道这样还不如嫁给一头猪！好男人都死绝了，让这种不要脸的活在世上丢人现眼！"

墨镜男面无表情地走了出来，穿过客厅向大门走去，咚咚的皮鞋声在客厅里每个角落回荡着。

"又死哪去？这个家中了什么邪，到晚上就留不住人了？"妻子面对着他的背大声骂着，接着又听到碗筷碰击桌子的声音。

"骂够了没有？"墨镜男拉开门，"除了我还有谁要你这种泼妇！"

妻子冲上前重重将门关死，对着门愤愤地骂："缺德鬼，变态！死了就别回来了！"

新洲的夜非常凉，空气里弥漫了江水的涩味。街上的行人少得可怜，只有几个小吃摊零零落落地孤立在不起眼的角落里。墨镜男踏着满地的梧桐叶"沙沙沙"地走向一家四川酸辣粉的小吃摊前，要了一碗酸辣粉慢慢吃了起来。

"老板，这里以前有家福茂商店什么时候拆了？"

"拆了都快两年了，马上就要盖宾馆了。"老板说。

"噢。"墨镜男低应了一声，"福茂有年头了，想当年华联商厦、商业大厦都还没盖的时候，全区的店就数它最大了。那时也不像现在一样假货多得满天飞，我买了一条围巾，十多年了还那么结实。"

老板说："可不是，东西还是老的好，这年头什么都比不上过去的。"

墨镜男看了老板一眼，十四年前在福茂买围巾的情景迅速在他脑海里闪过，他飞快地端起碗，三下五除二地吃完，从西装袋里掏出手帕擦了擦嘴，取钱付完账，抬腿即向"敏慈洗化店"的方向走去。

敏慈洗化店的灯光从门窗的缝隙中透了出来。墨镜男在门前来回踱着小步，嘴里不住吐着莲花般的烟圈。屋里住着的是一个女神，所有女人的美丽与温柔都集中体现在她的身上，而多年前，正是这样一个在他心目中有着女神地位的女人被魔鬼般的他给毁了。

他不敢去敲她的门，不敢面对她愤怒的面容与哀怨的眼神，默默地坐在店对门马路边的铁栏杆上，将剩下的半截烟头用力按在左手背上，很快便在手上烙下了几个圆形的疤痕。屋子里的灯忽然熄了，墨镜男取下眼镜，揉了揉眼睛，起身往店门口走去。他注意到靠门的一扇窗户虚掩着，立即从西装内袋里掏出一叠百元的钞票，用手帕紧紧包住，隔着窗户上的铁条轻轻扔了进去。

妻子的房间还亮着灯，他知道妻子又在看那些无聊的黄色片子，轻轻踱进书房内，躺在沙发上打盹，可妻子还是发现他回来了。书房的灯被打开了，耀眼的光线刺激着他的视觉神经。妻光着脚丫，身上穿一套粉色的紧身内衣，在灯光下显得格外性感。

"吃过了吗？厨房里还有烧鹅。我让小龙给你煲着呢。"妻子的语调很温柔。

"留着小龙明天早上吃吧，我不饿。"墨镜男闭着眼睛说。

"那回屋睡吧，别着凉了。"妻子搂着僵硬的他，"怎么，还生我的气？"硬把墨镜男给拽进了房里。

墨镜男躺在床上倒头就睡，妻子用胳膊肘捣他，低声在他耳边说了些什么。墨镜男翻了个身，打着哈欠说："我困了，你自己看吧。"

妻子拿过遥控器，"啪"的一声关了电视，使劲摇着他，手向他身体的隐秘地区渐渐靠拢过去。

"我没心情。"

妻子的手忽地被他轻轻推开，接着就听到他发出的沉闷鼾声。妻子很懊恼，在他腿上狠狠拧了一把，咬着牙齿愤懑地说，"没心情也要，每次都没心情，你把我当什么了？"说着，动手便去拉他的裤子。

"你有完没完？"墨镜男面对着风骚的妻子，却激不起丝毫性欲，他狠狠揉了妻子一把。

妻子大概是受了黄片的刺激，非要和他同房不可，像一只发情的母狮子，把床板蹭得咯吱咯吱地响，顷刻间便把自己身上的衣服脱了个精光，气喘吁吁地将肉体往他身上贴去，拉过他的手放到自己的敏感部位。

　　"神经！你花痴病！"墨镜男蹬着腿用力踢了她一脚，"从没见过你这种女人！"抬起头取过枕头，横在自己和妻中间。

　　"阳痿！"妻子怨恨地骂了一句，"你不是男人！"一骨碌爬下床，嘭咚嘭咚地拉开床头柜的抽屉，刷刷刷地找着什么。两三分钟过后，妻子爬上床后，以迅雷不及掩耳的速度往他嘴里塞了一块什么东西，像糖一样散发着诱人的香甜气，沁人心脾。

　　妻子的嘴角挂着一丝得意的微笑，静静地望着身边的男人。她暗自庆幸地想，这可是进口的性药，看你还能忍耐多久？眼前浮现出新婚之夜一头狂热的野兽向自己扑过来的情景。自打新婚之夜后，男人再也没能满足过自己的情欲，她殷切地期待着这粒性药能够重振男人的万丈雄风，找回她失去久远的销魂。

　　床头的灯忽然亮了。妻子看到男人一张愤怒的脸对着自己。男人随即掉过头奋力朝地上吐了一口，一颗糖块在地上蹦蹦跳跳地滚，最后滚到了衣橱脚下，清失在妻子的眼前。

　　男人在光着身子的女人眼皮底下走出了寝室。他走到书房隔壁的储藏室里，那里边堆满了旧柜旧箱，里面放的都是些旧衣旧鞋、旧书旧报之类的东西。他默默地站在一只掉了漆的红色木箱前，忽然从一只最高的衣柜顶上摸出一把沾满灰尘蛛网的钥匙，麻利地打开了那只箱子。箱子好久没晒了，发出一股霉味，一大沓年轻时候穿过的衣服整齐地摞着，似乎过去的日子被尘封了，散发出淡淡的怅然与凄凉，男人把衣服翻了个底朝天，从衣服中间找出了一条米灰色的羊毛围巾。本来还有一条和这条一模一样的围巾，可惜被他剪了，都是从老福茂商店那儿买的。他轻轻叹了口气，又慢慢地将叠好的围巾展开，一只漂亮的丝巾扣呈现在他眼前。

他抚摸着丝巾扣，久久不愿释手。他没有发现妻已经穿好衣服出现在他的身后，丝巾扣一把被妻子夺走扔到地上，用脚狠狠地跺着它，瞬间就成了一堆烂渣。妻子没有料到他心里还隐藏了这么一个秘密，她认定围巾肯定是哪个女的送给他的，还想上前抢他的围巾毁掉。

"你疯了！"男人发怒地盯着妻，与她争夺着围巾。

"我是疯了，不疯能嫁给一个强奸犯吗？你说，你又看中哪个婊子了？这围巾是谁给你的？你说！是不是那个杨玉？怪不得你不把我放在心里，原来又搭上新的了！"

"操你娘的蛋！你看这围巾旧成这样，能是谁送给我的？"

妻子瞪着他说："那就是旧相好送的，还有，这丝巾扣是怎么回事？你今天不讲明白，我跟你没完！"

妻子固执地争夺着围巾，男人死死地拽住不让她抢去，不料力用得过猛，小肚旁的伤口剧烈地疼痛起来，脚下一滑，一个趔趄往后仰去，跌倒在木箱上。围巾落在了妻子手中，妻子得意地白了他一眼，扬着围巾走到浴室里，当他追上来时，围巾已经被扔在抽水马桶里，且两个角都被妻用打火机点着了，通红的火苗在水里努力往上蹿，发出了"噼啪噼啪"的声音。

"疯婆娘！"他猛地推开妻子，不顾一切地从马桶里掏出围巾，迅疾地扔到浴缸里，拧开水龙头，用最大的水流浇扑着上面的火焰。他的脸色铁青铁青，肌肉微微地抽搐着，像一具僵尸般立在浴缸旁，死死地盯着那条围巾，直到上边的火星完全熄灭为止。

他继续用手搓洗着沾满腥臊味的围巾，一遍又一遍。妻两手叉腰地盯着他看，脸上露出阴冷的笑容，说："洗得再香也没用了，都焦煳了。"边说边慢悠悠地往外走，"黄志祥你给我听清了，除非你天天围着它出去，要不然我非把它烧成灰不可。还有，最好别让老娘知道那婊子是谁，我周桂兰可不是吃素的！"

妻子关上了房门，拉熄了台灯。浴室里不断传来哗哗的流水声，这水声一直萦绕在妻的耳边，直到第二天她上班之后。

第5章

许彪被抓了。敏慈从李坤口中知道这个消息后还是很震惊。许彪是在皇冠旅社嫖娼时被公安当场抓着的,据说皇冠的一半资金就是他出的,他伙同高经理从外省弄来一批女青年进皇冠做招待,暗中让她们做皮肉生意,先后不下百人在他们的怂恿下下了水。有个叫王小蓓的云南姑娘,被许彪骗进了皇冠当招待,没干三天就被许彪逼着接受非人的摧残,实在受不了了偷偷逃出去向公安局报了警,揭开了皇冠的内幕。

许彪被判了好几年刑。开审判大会那天,敏慈在店门口遇上了肖芳。肖芳这次没有闹,她告诉敏慈自己已向许彪提出了离婚,孩子归她,许彪答应把银行里存款的三分之二给她,房子和家具也给她。敏慈心里清楚肖芳的为人,她早料到这个女人不会跟许彪共患难,所以一点也不惊讶,低着头擦着柜台上的玻璃板,淡淡地说,"你跟我说这些什么意思?我不喜欢听别人的私事。"

肖芳扫了她一眼,那目光像匕首上透出的寒光,冷冷地说:"别装蒜了,你也算是许家半个主了,什么事能瞒得住我的眼睛?他现在被关了,咱俩也该好好清理这笔账了,他拿出给你开店的钱你打算什么时候还我?"

敏慈最讨厌别人用这种口吻对自己说话，她瞟着肖芳，双手继续不停地抹着台板，一字一句地说："我不欠你钱！"

肖芳有些愠怒了，说："不欠我钱？你拿了许彪的钱就是欠我的。识相的话早点掏出来，要不然我让你们娘俩天天没好日子过！"

敏慈也怒了："你看见他给我钱了，你凭什么跟我要钱？"

肖芳捏着拳头，猛地敲击着台板，骂道："你个烂货，还想赖账不成？惹毛了我，大家把脸撕破，看谁脸上好看？"

敏慈的声音也大了起来，说："你嘴里放干净点，有本事到牢房里找你男人闹去！谁是烂货还说不准呢？"

肖芳的脸色很不好看，扬起在半空的手落在了敏慈腮上，一声脆响回荡在两个女人的耳边。"你骂谁？谁是烂货？谁卖身偷汉子谁心里还不清楚？你以为我拿不出见证就想浑水摸鱼不成？"

敏慈不想把事闹大，让别人看笑话，忍住泪说："你以为我会像你这样，稀罕他那些个臭钱？我还怕用脏了手呢！"

肖芳凝视着她，忽然狡黠地一笑，说："那好，我也不想和你吵。给你一个月时间凑钱，到时凑不出就别怪我不客气了！"

肖芳抛出一句硬邦邦的话离开了敏慈洗化店。说实在的，敏慈这时倒有几分可怜起这个女人来，当初挑丈夫挑了一大箩筐，最后却挑了个禽兽不如的畜生，她心里所承受的痛苦自是不必说了。年轻漂亮的女人失去了家庭与男人的爱，金钱变成了她唯一能撑握住的东西，敏慈不知道这究竟是肖芳的悲哀还是自己的悲哀，抑或是所有离异女人的悲哀。她目视肖芳纤长瘦弱的身躯渐渐远去，默默地坐在柜台里的高凳上，她看到了门外的一棵松树，一棵不屈不挠的松树。

一个星期后，敏慈洗化店换上了丽云洗头房的新招牌。黄志祥经过打听，知道敏慈把货典给了别人，走了，向邻居打听她的下落，却没一人知道，只是说她有个儿子在区中念书，一直住在学校里。他猜那孩子应该姓孙，拜托在区中当教师的朋友老婆帮助查寻，终于查到了一个叫孙小刚的初一新生，学籍卡上父亲一栏填着"已故"，母亲栏上填着李敏慈，让他惊异的是这孩子竟和自己的继子过江龙在一个班上读书，当天晚上他就从小龙那儿旁敲侧击地打听到了小刚不少事，更确定了他就是敏慈的儿子无疑。

第二天中午，黄志祥趁小龙放学回家的机会，去区中男生宿舍区找到了小刚。小家伙长得眉清目秀、斯斯文文的，活脱脱从敏慈身上剥下来的一般，就是一点看不出孙世昌的影子。黄志祥一眼看见他就喜欢上了他。

"还认识我吗？"志祥拎着一包水果点心放到小刚床上，笑嘻嘻地抚摸着他的头，说，"你小的时候我经常去你们家玩的，我是你爸的老同事，你都喊我陈叔叔的，还记得吗？"

小刚的记性很好，可就是记不起什么时候见过这个人，木讷地摇了摇头。

志祥从袋里掏出几块巧克力放到小刚手里，笑着说："吃吧，我知道小孩子最爱吃这个。"

小刚羞涩地剥开巧克力上的糖纸，轻轻放进嘴里，忽然看着他问："您怎么知道我在这里上学？是我爸让您来看我的吗？"

黄志祥点了点头。

"那他自己为什么不来？"小刚的语气有些失望。

"你爸今天早上去杭州出差，路过新洲的时候打电话让叔叔代替他来看你，说下个星期回来时带你去吃海鲜。"

小刚坐在床边，顷刻间就吃完了巧克力，志祥看着他那个猴急相，心里好一阵难过，从水果袋里掏出一个橘子递给他，仔细地端详着他说："上周我遇见你妈了，你妈对我夸你懂事，看起来真比我那浑小子强多了。对了，听你妈说她不想开那个店了，货现在都典出去了没有？"

小刚剥了一片橘子扔进嘴里，说："我妈上周就把那个店转租给别人了。她说那个店赚不了钱，她现在……"小刚的目光打量了一下同宿舍的同学，没有再说下去。

"孙小刚他妈在东门菜市场卖鱼呢。"一个同学带着嘲弄的口吻告诉志祥说。他看见小刚自卑地低下了头，目光里流露出一种让人难以捉摸的东西。

从学校回来后，他让司机开着他那辆雪佛兰车去了阳逻镇，作为新洲区大唐公司的大老板、著名企业家，阳逻镇盼也盼不来的有头脸的人物，镇政府在超群酒家热情地招待了他。徐镇长一再恭维地向他敬酒，小心地陪话，不知不觉中又谈到了请他来阳逻投资发展的话题，这两年来，已改名为黄元恺的志祥在政企界算得上是个风云人物，发了财的他没有忘记将他从鬼变成了人的国家，给予了社会丰厚的回报，每遇捐款扶贫、救灾等事，他总是第一个解囊捐助，所以落了个慈善家的美名，各乡镇的领导都把他当成了一棵摇钱树，谁都想拢住这棵大树跟着发上一笔。

志祥压根儿就没认真考虑过来阳逻投资的事。徐镇长半年前在新洲和他的一次长谈，他早已把它抛到脑后去。他现在最关心的事就是敏慈与孙世昌的婚变，他要弄清自己是否跟这次婚变有某种联系，虽然他已隐隐地感觉到了什么，但还需要证实，他举杯向饭桌上的所有人敬酒，眼睛却向别的地方看去，他在思索着该怎么将话题引到孙世昌一家上去，还不能让别人从中看出丝毫的破绽来。

"老黄，你老婆和蒋英是什么亲戚？"志祥正慢慢呷着酒，徐镇长忽然问道。

"蒋英是桂兰表妹。"志祥笑着说，"老徐你不愧是干行政的，什么事都能知道。"

徐镇长嘿嘿一笑，"我是从蒋英那儿听说的，今年夏天你老婆来阳逻，在政府门口碰上了。蒋英正陪着她逛街，要不然我还真不敢想蒋英竟有你这个豪门贵戚。"

志祥伸手掸了掸衣袖："你又笑话老弟了，什么豪门，再豪门也顶不上老徐你一个脚趾头啊。"

徐镇长站起身，给他斟满了酒，说："哪里话哪里话，该是我们顶不上你身上的脚趾头才是。"

两个人碰了一杯，饮了个一干而尽，徐镇长举着空杯对着志祥："怎么样，元恺老弟，大哥从来不胜酒力，今天可是舍命陪君子了，桂兰和蒋英是表姐妹，你也就算是阳逻半个女婿了，也该给阳逻的发展贡献一分力量吧。"

对于徐镇长拐弯抹角把话题又扯到投资上，志祥心里感到好笑。"老徐，不是说过饭桌上不谈公事的吗？你又犯规了，该罚一杯。"志祥当即罚了徐镇长一杯，心里仍在琢磨着该如何引入正题。

这时，坐在徐镇长身边的女秘书小叶悄悄向旁边的工商所长老秦问了一句，"你们说的黄夫人是不是那个打了孙世昌老婆的女人？"

老秦点了点头，示意他不要再问。可他们的言行还是被志祥注意到了，尤其是听到孙世昌老婆几个字，他的神经立刻绷紧了，连忙问老秦是怎么回事。老秦尴尬地笑了笑，说："其实也没什么事，化肥厂孙世昌前头的老婆卖假洗发水，被黄夫人发现了，吵了几句。"

志祥正苦于不知如何打听敏慈的事，非要刨根问底不可。

"元恺，怎么也变成这么婆婆妈妈的了？"徐镇长以为他不高兴了，劝他喝酒说，"女人们凑到一块不就是那些事吗？烦人！其实都怪孙世昌那个叫什么敏的婆娘，偷汉子不说还尽爱干些这种缺德的事，让桂兰教训她才好。"

"哎，老徐，这孙世昌的婆娘到底是个什么人？"志祥端起酒杯一口气喝干，看着徐镇长说，"老弟有个癖好，专爱听那些骚娘们的事。今天被你们吊起了胃口来了，你们要是不给我讲这个故事，投资的事以后就再别提了。"

徐镇长与老秦面面相觑："老黄你怎么爱听女人的事？是不是……"

志祥又呷了一口酒："你们别多心，我就对这些个事感兴趣。要不讲就是看不起老弟了。"

老徐见他真是想听，便让小叶讲。小叶是刚从大学毕业参加工作的，见镇长让他说，便如连珠炮似的直往外滚："黄老板你可不知道了，孙世昌前头那个婆娘可了不得。没结婚的时候就在家偷汉子，一共偷了三个，后来不知怎的又和孙世昌好上了，那三个红了眼，商量起来把她给轮奸了。也不知是哪个还在她肚子里下了种，孙世昌一直被蒙在鼓里，把那个野种当成了自己的儿子，爱得什么似的。哪晓得今年春上，孙世昌心血来潮，带着儿子一起去化验血型，结果才知道自养了野种一场，夫妻两个也就决裂了。别提这婆娘还真有本事，离了婚又勾搭上我们镇的许彪，让许彪拿钱给她开店，白养着他们母子两个，现在把店都搬到海都去了。"小叶叹了口气继续说，"这婆娘漂亮是漂亮，可沾上她的男人都没有好下场，许彪没跟她好上多久就被抓进了班房，听说前头三个也被

40

判刑坐了牢，你说这女人是不是晦气？"

一时间，大家接着小叶的话后面，都七嘴八舌地讲开了。半夜里回到家后的志祥不断回想着小叶说的那些话，对着书房里的镜子骂了一句："你真他妈不是人！"狠狠地抽了自己几个大嘴巴。

十年的铁窗生活，他没有一天不是在痛苦与悔恨中度过的；每夜一合眼就会看到敏慈眼里流露出的绝望眼神，从来没有睡过安稳觉。他恨自己酒后造下的罪孽，更恨不该听信殷长军与小刘的撺掇，可是悔恨已经改变不了他给敏慈造成的伤害，备受良心谴责的他总是用抽耳光、拿烟头烫那个作孽的东西来排遣压在心头的沉重包袱。十多年过去了，由于他当初造下的孽，敏慈母子被孙世昌无情地抛弃了，眼看着自己给她的一生所带来的不幸，他做出了决定，他要用下半辈子好好补偿他们母子。

第6章

　　下雪了。新洲东门菜市场的地上被铺了厚厚一层羽绒。来菜市场买菜的人星星点点，卖菜的摊位几乎一大半都空着，再也听不到往日像唱京戏那样的吆喝声。敏慈穿着李坤从旧衣橱里翻出的那件当年她爸当兵时穿的土黄色军大衣，两手插在衣袋里，像一尊雕塑站在雪地里，眼前的水泥地上铺着一大张塑料薄膜，上面摆着各种刚从冷冻库里拉来的海鱼。

　　"黄鱼带鱼卖啰！刚出库的新鲜马羔鱼，您要不要来些？"敏慈扯着沙哑的嗓门向为数不多的来市场的人们吆喝着叫卖。这死冷的雪天，人们都怕洗鱼，光顾鱼摊的人更是少得可怜，敏慈叫了半天也没卖出多少。

　　雪越下越大。随着凛冽的北风狂暴地在这座华中小城的上空继续肆虐，几乎每一个角落都无一例外地被填塞满了棉絮般的积雪。菜市场上做买卖的也一个一个地撤走了，敏慈望着满是冻疮的双手，蹲下身子收拾起鱼摊。

　　这时候，市场里的女工商管理员夹着一个文件夹，慢腾腾地向她走了过来，眼睛瞟着被收拾进筐的海鱼，面无表情地冲敏慈说："交四块钱管理费。"

敏慈抬头看着她："大姐，你看这天冷得我总共还没卖到八块钱呢。"

工商员盯着她看了一眼，不耐烦地说："怎么就你理由多？按规矩天天来这儿卖菜的事先都得交完一个月的费用，我们见你人老实，又实在困难才对你特别照顾。看你在这儿摆摊都快半个月了，交费用还不足一个星期的，照这样下去我们不都要喝西北风去了？"

敏慈嗫嚅着说："我也没占着你们摊位呀，我都摆在门口的角落里。"

工商员斜睨着她："别那么多废话了，你要不交钱今天就别出这个门。"说着，拉开嗓门将同事小赵叫了过来，对小赵说，"把这筐鱼拉到老乔的传达室去。太不像话了，哪有天天在这卖鱼不缴费的？"

敏慈死死拽住鱼筐，急声说："大姐，你行行好，我要是赚了钱，我一定会补给你们的。"

工商员毫不理会她，望着小赵说："快拉走，别跟她啰唆。"

小赵一个箭步上前，双手将鱼筐拦腰抱住，很快便将它搬离了地面。敏慈这时脑子里一片空白，只想阻止他们搬走鱼筐，弓着屁股一把抱住他的大腿，不让他往前挪动一步。

"你干什么？婆娘家家的，你抱住人家大小伙子的腿撒什么野？"女工商员摆着一张脸，将文件本夹到腋窝里，腾出两只手拽着敏慈，要去掰开她抱住小赵的手，很冲地说，"从没见过你这样厚脸皮的女人，你要不服气，找我们所长说去。"

敏慈眼里噙着泪："我又没犯法，又没碍着你们，这世道还让不让人活了？"仍然死死抱着小赵的腿不肯放手。

"你放不放手？"女工商满面怒容地盯着敏慈说，"再撒野，我们可就不客气了！"

敏慈哽咽着说："好，你们打，我让你们打！反正没法活了！"

43

二女一男三个人牵扯在一块，争执声、秽骂声不断地交缠在一起。志祥来到东门菜市场时，一眼就看见敏慈被一个穿着制服的女人狠狠推了一下，当他正犹豫着要不要走过去时，敏慈脚下一滑，跌了个仰八叉，小赵也随即往后打了个趔趄，手里的鱼筐跟着被掀翻在地，海鱼滚得到处都是。

　　敏慈坐在雪地上放声痛哭起来，哭得伤心而又委屈，在她身边，女工商员却和小赵一块捡着鱼，冷漠地将鱼筐抬到了传达室里，留下她一人接受着雪的洗礼。志祥没有多想，走到她的身后，翕动着双唇却没有敢开口，沉默了一会即刻向市场管理处走去。

　　不一会，小赵便又搬着鱼筐给敏慈送了回去，正当她纳闷时，却听小赵说："早把钱交了不就没这么多事了？"说着递给她一张收条，说，"从明天开始，你把鱼摊就摆到卖水产的固定摊位上去，这条你也给收好了，丢了就麻烦了。"

　　敏慈茫然地接过收条，一看竟是半年的工商管理费收据，惊讶地望着小赵问："这，我，你们？"敏慈一时结巴了，"这钱是谁交的？"

　　小赵回头冲管理外的门口指去："喏，不是你大哥替你交的吗？"

　　敏慈顺着小赵手指的方向，看到一个穿着黑色羽绒服的男人正站在远远的地方朝自己这边看。她默默地将鱼筐拖到市场门外，用尽力气把它搬上了停放在门外边角落里的一辆破旧的脚踏拖板车上，慢慢推着车子，一声不吭地朝前走着。

　　黄志祥追了上来，她的直觉使她停下步子朝后掉头望去，两个人的目光再次在瞬间相撞在一块。志祥瞥着她那冰冷而又锐利的目光，宛如有千条小蛇在他腹中缠绕纠结，迅速地将头低到羽绒服的领子下面。

　　敏慈出乎意料地打开了话匣子，她淡淡地说她会把钱还给他，掉过头继续推着车子往前走，既没呵斥他也没叫他走。就这样，他们一前一后地走着，一切看上去都是那么平静。然而谁也没能料到，在车子被推进一个狭窄废胡同时，敏慈突然将拖板车快速地往后倒去，志祥来不及退避，当场就被重重地撞倒在地，一条胳膊被压在车轮下，衣服上的破布片挂在车身与车脚链接处的螺栓上迎风飘荡。

敏慈阴沉着脸，愤怒地瞪着面部肌肉因剧痛而抽搐的志祥。"滚！快滚！再让我看到你，非用车把你轧扁不可！"

志祥捂着受伤的手臂，挣扎着从地上爬起来，一脸愧疚地望着她，嚅嗫着嘴唇说："敏慈，我没有恶意的，我只是想……"他的声音逐渐低了下去。后来说了些什么她没有听清，其实她根本就不想听。

"滚！"敏慈发出歇斯底里的吼叫声，情绪显得异常激动，好像志祥再不走她肯定会用车把他轧扁。

可是志祥仍然一动不动地站在原地，他的目光落在了敏慈那双裂满了血口子、略显粗糙的双手上。那是一双曾经纤细若笋、光滑如雪的手，从某种意义上来说，这双手也是促使他当初爱上敏慈的原因之一。如果不是亲眼所见，他怎么也不会想到它们如今会变成这样，此时此刻的他内心除了讶异之外有的只是深深忏悔，忏悔自己造就了这样一个悲惨的变化。

他的目光中很快露出因犯罪感而产生的极度不安的神情，他不敢再面对敏慈的面孔与眼神，竭力使自己的目光躲避着对方。两只脚在地面上微微地挪了几下，但却丝毫看不出就要返身而走的迹象，也许这个时候，他真的希望敏慈会把拖板车向他身上狠狠地推撞过来，希望那无情的车轮胎从他身上轧过。他从骨子里希望敏慈真会这么做。

敏慈没有那么做。在她的眼里，活着的黄志祥已经死了，已经下了十八层地狱；眼前站着的只不过是一个幽灵而已，一个乞求她原谅、乞求她恕罪的鬼魅。对于一个想乞得宽恕的鬼魅，她是绝对不会仁慈地对待他的，她绝不会给他任何机会求得心灵的安慰与宁静；她要他一辈子都在痛苦中挣扎，永远受到良心的折磨。

她没有再看他一眼，更没有理会他。漠然地拉着车子倒出了胡同口，慢慢地掉转过车头，向另一个方向拐去。志祥随着她的离去，也机械地掉转过头，木然地走出了胡同。突然间，他的目光又一次撞上了从敏慈眼中迸出来的寒光，心不禁怦地跳了一下，他实在害怕碰到她的眼神。

"那个手帕是你扔进去的吗？"敏慈一点表情都没有地问道。还没等他做出反应，敏慈好像突然意识到自己问话的多余，神情又开始变得愠怒了，目光里再次射出一支利箭直刺志祥的心窝，说，"别以为那几个臭钱就能减轻你的罪孽！现在就算把你剁成肉酱也不能减轻你的罪孽！"她顿了顿，"那一千块我用来还债了，我一定会加倍还给你的！"

敏慈走了。志祥还依稀可以听见她在说自己绝不会用他那些臭钱。雪纷纷扬扬地下，他怅然若失地注视着敏慈远去的娇小背影，已经麻木了的胳膊在冷风中发出了锥心的疼痛……

几个星期以来，桂兰开始了对丈夫的跟踪。她认定那条围巾、那只丝巾扣以及这些东西背后的女人与丈夫对自己的冷漠有关。被嫉妒心左右了的她最终还是搜到了那条半焦的围巾烧成了灰烬，并努力搜寻着那些掩藏在围巾后边的可疑女人。

杨玉是她想到的第一个情敌。这个年仅二十八岁的漂亮女大学生是志祥的秘书，而且还没有结婚。每次开会、出席酒宴，志祥总会带上她一起出席，却很少与老婆共同出现在公共场合，这一切都造成了桂兰对杨玉的妒意，醋性大发的她抓住这根导火索将杨玉闹出了公司，并将怀疑与仇恨的眼光转移到了公司里所有漂亮的女人身上。几个星期下来，稍有姿色的女职员都从公司里销声匿迹了，那些年老色衰的也都个个自危不安起来。

星期五的晚上，志祥与桂兰大吵了一顿，志祥当着继子的面吼出了"离婚"两个字眼，他说他再不能容忍她的一切，他必须和她离婚。桂兰拿着鸡毛掸子向他扔去，哼了一声，说："离婚？你休想！想把我甩了找那个老相好的，没门！"

黄志祥瞪着她说："离不离由不得你，我就是随便找个老母鸡也比你强。老母鸡还会下蛋呢，你连个蛋虫也下不出来！"

桂兰愤怒地朝他脸上唾了一口唾沫，骂道："吃枪子的，你把我当一只鞋子吗？高兴就穿，不高兴就扔？你忘了现在的富贵是谁给你的吗？要不是我把积蓄通通拿出来给你做生意，要不是我表舅千方百计地帮你、拉你，你能有今天吗？你个忘恩负义、狼心狗肺的东西！这种话你也说得出来，你还有良心吗？"

黄志祥用袖子擦去脸上的唾液，一屁股坐到客厅的沙发上，盯着桂兰说："良心！谁没良心谁自己心里清楚！当初要不是你们一家人合着伙欺骗我，我能娶你结婚吗？骗子！无耻！"

桂兰知道他指的是婚前自己向他隐瞒了已经没有了生育能力的事实，她羞愤交加地怒视着志祥，扑上去揪住他衣领来回抻着，说："谁骗子？谁无耻？你这个轮奸犯，你还想娶什么样的老婆？真不知我当初瞎了哪只眼睛，鬼迷心窍地嫁给了你这种人？"

志祥让她抻了个够，舒了口气说："现在后悔还不晚，离了婚对谁都好。"

"做你的白日梦去！"桂兰说，"我是绝对不会和你离婚的，就是死也要勒着你的脖子一块去。"

"你是自欺欺人。我们之间已经不存在感情了，再维持这种天天吵架的婚姻是结不出什么好果子来的。"志祥说着，半眯着眼睛看着天花板，吐了一口气说，"离了婚什么都归你，房子、车子、公司，这一切足够你和小龙很好地过完一生。"

桂兰震惊地望着志祥。她没有料到志祥会以他所有的财产作为条件换取她答应离婚。她想他这一次是坚决的，从他的神色中，她看出他不只是说说气话而已。那个女人真的对志祥有如此大的影响吗？她想这一切一定都是那个她看不见的女人教他的，她一定不能让他们共同的阴谋得逞，说什么她也不会答应离婚的。

"你就是把整个新洲区、把地球都给我，我也不会和你离婚的，你丢得起这个脸，我和小龙以后还要出去见人呢，我们丢不起脸！"

"离婚你就丢不起脸了，到公司发疯撒泼你就丢得起脸了？"志祥从沙发上站起身，愤愤地走到门口，边打开门边宣誓地说，"不离也行，从今天开始咱们分居，这日子的确没法过了！"

此时已经进入了数九寒天，再过二十多天就过年了。虽然天冷得很，可区城中心地带江花路还是喧哗热闹如故，不时地可以看见三三两两的人们手拎着大包小包的东西出没于路边且随着时间流逝得越晚，神神秘秘的人也就越来越多，好像他们都更喜欢在严寒时段里出来锻炼身体。志祥当然知道这些人为何选择在这段时间内出没于寒冷的街上，不过他并不去注意这些事，他想到的是敏慈母子俩这个年该怎么过？敏慈没有钱他是知道的，当然也不会有人冒着风寒送年货给她，回忆起小刚吃巧克力的猴急相和带他去海鲜店吃虾时连虾壳虾须都吞进肚子的情景，他的内心又一阵隐痛。

他一直希望小刚就是自己的儿子。上次以孙世昌的名义把他骗到海鲜店吃饭的时候，他曾偷偷仔细端详过小刚的面容，他那眉毛、鼻子，还有那眼神，越看越感到有自己身上的影子，他确信小刚就是自己的孩子。数年来，桂兰不能再生孩子的残酷事实一直折磨着他的心，他把小龙当成了自己的亲生儿子，并由此赢得了小龙对自己比对母亲更深的眷恋之情。但小龙毕竟不是他的儿子，这块阴影永远地蒙在了他的心头。自打小刚出现在他的生命中后，他才感到了希望与光明，他在心里默默对自己说，他要让小刚过上和小龙一样的生活，他一定要对小刚担负起一个父亲的责任。

从江花路往右拐便是朝月路。志祥刚踏入朝月路的路口便看到了沿左一线布满了的小吃摊。朝月路的小吃摊在整个新洲都是有名的，只要市容管理处没人来检查，那些小摊主便会从各个隐蔽的地方陆续拥到路边叫卖。区政府为此大伤脑筋，对市容管理处三令五申，一定要他们查处朝月路上的流动摊点，可是市容管理处来了他们就撤，走了又再出来，屡禁不止，成了市容管理的一大难题。志祥在朝月路上慢慢踱着步，眼睛不时瞟着路边的小吃摊主们，向他们投去同情的目光。他知道这群人中大多数都和敏慈一样下了岗，他们都是被生活所迫才摆上流动摊点的，就这个问题他还曾在酒桌上跟苏区长提过，苏区长当时也意识到这不仅仅是市容的问题，但也只得一叹而罢。

就在他沿着路边一直走下去时，忽然在他耳边传来了一阵紧促的喇叭声。就像抗战时候拉响的警报声一样，这声喇叭声响过之后，路边的小摊主们像逃难的人群纷纷相互叫着："快走，快走！"飞一般地推着用三轮车改造过后的小吃车往四下散去，逃向各个隐蔽的巷口。

与此同时，他看到了开着三人座摩托车的市容巡逻队驶进了朝月路，随时对被他们发现的流动摊点进行处罚和没收。一个矮个子女人跑得慢，被管市容的当场拽住，远远地可以看见他们发生了争执，像是在争夺什么东西，后来她的小吃车被一个大个子男人给推走了，另外两个人跟她说了些什么又继续在路上巡逻，只剩下那个女人无助地蹲在路边大哭。

志祥的内心受到了极大的震撼，也不知道为什么，他的脚步不由自主地向那个女人的方向走了过去。然而，就在这时，又有一辆小吃车在他的眼前一闪而过，而且是从他身边慌忙地擦了过去，他发现巡逻车正以最快的速度尾随其后而来，仿佛是一个猎人正在追捕受惊的兔子，装满子弹的猎枪已经瞄准好了目标。眼看着巡逻车越来越拉近与小吃车的距离。志祥猛一回头，担忧地朝已经与自己拉开一段距离的小吃车望去，他希望摊主能逃过"洗劫"。

这一回头，他看到了一个熟悉的背影。是敏慈！直觉立即告诉他刚从自己身边擦身过去的摊主就是敏慈，他来不及多想，拔腿就往回跑去。当他冲过去发现自己的直觉果然不错时，他立即推开敏慈，一把就握住车龙头，冲着敏慈大喊了一声，"快帮忙推车！这里地形我熟悉，多拐几个弯就行了！"边喊边拉着车子飞快地朝前奔去。

志祥汗流浃背地坐在深街边的大树下，他庆幸自己帮助敏慈逃脱了困境。敏慈站在大树旁的小吃车前，伸出衣袖默默地擦着脸上的汗，两只眼眶里噙着泪花。志祥偷窥了她一眼，只见在她脸上除了熏烤羊肉串、炸油豆腐留下的油污烟灰痕迹外还是冷峻与漠然，他就知道她还在恨自己，她是永远不可能原谅自己的。敏慈始终没朝他看一眼，寒风吹干了她身上的汗，也吹平静了她的心，几分钟过后，她一声不响地收拾着小吃车上的东西，轻轻推着车子从大树旁往街口走去，完全忽视了大树下另一个人的存在。

志祥终于鼓足勇气追上前，看着敏慈说："这么晚了，让我送你回家吧。"

敏慈抬头盯了他一眼，目光里又射出冰冷刚毅的寒光，没有说任何一个字，继续推着车子往前走。

志祥又被目光吓得退缩了。他不敢再多说一句，他明白不能把自己的意愿强加在对方身上，他怕会引起对方更大的反感。夜已经深了，由于市容巡逻队的出现，路上的摊点全部撤光了，行人也都各自回家休息了，繁华的朝月路显得格外萧条冷清。在这样一个人迹渐罕的夜晚，志祥怎么也放不下心让敏慈独自一人回家，他悄悄地尾随在她的身后走着，尽量与她拉开一段距离。

袋里的手机不停地被呼叫着，发出阵阵清脆的响声。志祥极不情愿地打开手机接听，可对方却没有说话就挂了机，如此循环四次，看看屏幕上的号码又熟悉，知道有人在搞恶作剧，索性关了机不再接听。

敏慈推着车子从朝月路出口往西北方向拐去，志祥依旧远远地跟在她身后，这时他注意到路口小卖部的公用电话旁正站着一个身穿黑呢大衣、头顶鸭舌帽戴眼镜的五短身材的男人正冲着他笑，一种令他毛骨悚然的古怪的笑。他觉得这个男人的身影非常熟悉，好像在哪儿见过似的，但一时又记不起是谁，只是出于礼貌地向他回了一笑，却没有停住脚步。

"黄志祥！"凭空里突然响起了一个女人尖锐的大叫声。他看见那个古怪的男人向自己身边追了过来，霎时间，从怪男人那风风火火的走姿中，他终于明白了过来，禁不住一阵恶心，脑袋里一片空白。桂兰竟会女扮男装地跟在自己身后，如果不是亲眼所见，他是绝对不会想象出有这种事的。这个时候，他一心只想将桂兰稳住，双腿不自觉地向她迎了过去，低着头用近乎乞求的口吻对也说："有什么事回家好好说，你说什么我都听你的。"

桂兰摘下墨镜，一把扔到路旁，拉开了她那粪桶般粗的大嗓门，瞪着他就吼了出来，说："干了这种好事还怕丢丑吗？黄志祥，我受够你了，我今天非得把你们两个的皮扒了不可！"桂兰说着，狠狠踢了志祥一脚，怒不可遏地盯着他，瞟了前边的敏慈一眼，咬牙切齿地冲他嚷着道："我让你们风流快活，你等着，我先收拾了那婊子再来收拾你！眼睛都长到天上去了，竟敢在老娘头上拔毛，老娘是好惹的吗？"

"这事和别人无关。"志祥紧紧拽住桂兰的衣襟，压低声音说，"大庭广众之下你给我留点面子好不好？我那些都是气话，要是有火，回家后你要怎么着都行。"

"狗娘养的，你当我是傻瓜不成？要跟我离婚也得找个比我强的，居然连摆摊的烂货你也看得上！"桂兰唾了志祥一口，在他手上重重地拧了一下，挣脱开他像一匹脱了缰的野马向敏慈冲了过去。一把拖住她的车子，二话没说，走上去就给了敏慈几大巴掌。

桂兰起初并没注意到她打的这个女人就是敏慈，也没想到会是她。当她冲上去接连打了敏慈几巴掌后才真正看清了对方的脸。在一阵惊讶过后，她的脑子中迅速闪过对对方的一些支离破碎的印象，她想到了英表妹说敏慈的那些话，想起了敏慈看到大厅里的结婚照流露出的奇异神情，一个可怕的念头突然在她心里油然而生，她明白了一切。恍然大悟后的她眼前不断浮现出志祥爱如珍宝的那条在八十年代流行过的老式围巾和那只丝巾扣，一种前所未有的恐惧感与危机感刹那间将她牢牢缚住，她看到一只巨大的锅盖正迅速向自己身上笼罩过来。

她不甘心就这样失去丈夫，她绝对不能眼睁睁地看着自己的男人投进别的女人怀里。她知道这个女人和丈夫的关系绝非她想象的杨玉和丈夫的关系一样，如果今天夜里出现的是杨玉，她并不会感到如此惊恐与害怕；而事实上是眼前这个女人曾与丈夫有过一段感情纠葛，且在她和丈夫的婚姻中还一直充当着一堵看不见的墙的角色，一向自信的她也不由得不对自己丧失了几分信心，此时此刻，她一心想的就是要阻止他们的关系进一步发展下去，要扼杀丈夫的非分之想，要通过舆论迫使丈夫回到自己身边，她与敏慈发生了激烈争执，将她车上的锅碗瓢盆打了个稀巴烂，当着行人的面骂敏慈是婊子、狐狸精，甚至动手要扒她的衣服，扬言要让大家都见识见识婊子那个东西和别的女人有什么不同。

　　敏慈自然不是桂兰的对手，身上的大衣顿时就被桂兰扯破了一道口子。志祥随即追了过来，使劲去掰桂兰拽住敏慈的手，让她不要再闹下去给别人看笑话。志祥越是这样，桂兰越是闹得厉害，而且口没遮拦的把什么脏话都骂了出来，越发不可收拾。

　　桂兰是天生的泼辣货，志祥见软的劝不了她，劈手打了她一个耳光，瞪着她吼道："你要是还想跟我过的话就别再在这儿丢人现眼了！走，给我回家去！"硬是拦腰抱住她把她从敏慈身边拽开。

　　"你敢打我？"桂兰软硬不服，哪里受得了他当着那女人的面打骂自己，疯了似的对准志祥的颈部狠命地咬了一口，扑上敏慈的小吃车旁，呼啦一声操起车上的火油炉子便向敏慈没头没脑地掼了过去。

　　危急关头，志祥一个箭步飞奔上前，用他的身躯挡住了向敏慈飞掷过来的火油炉。随着一声惨叫，敏慈发现志祥的身体急速往后仰了下去，在他背后就是那只被摔烂的火油炉，她意识到一旦志祥倒下去的话，后果将不堪设想。不知为什么，此刻她对志祥再也恨不起来了，在她眼前的只是一个陷身险境的男人，道义与良心促使她向需要自己帮助的志祥伸出了救助的双手，没有片刻犹豫地一把抱住了他，将他从更大的危险之下拉了回来。

笨重的火油炉砸伤了志祥的腰部，剧痛使他当场休克。桂兰死也没料到志祥会不顾安危地替敏慈挡住这致命的一击，惊慌失措的她再也顾不上打骂敏慈，即刻与围观的人把志祥迅速送到了附近的医院里。

那天夜里，敏慈也跟在人群后边去了医院，一个人呆呆地站在病房前那棵枝叶茂密的老柏树下，直到她听到医生把桂兰叫到门外和她说志祥的生命不会有任何危险后才悄悄离开了医院。走的时候，一个值班护士见到她抬起衣袖擦拭着眼睛，并且看到她脸上留下了明显的泪痕。

第7章

整个晚上，敏慈的心都揪着。她不明白自己为什么会对一个曾经伤害过自己的人起了恻隐之心，更不明白自己为什么会为了他掉泪。她轻轻爬下床，走到小刚的床边，轻轻替儿子掖着被窝。今天是周末，小刚回家来住，本来想给小刚好好做顿好吃的，可没想到……

小刚已经睡熟了，他并不知道傍晚在外面发生的事，她有些替儿子担心起来，明天到了学校，那个过江龙能放过他吗？小刚忽然翻了个身，迷迷糊糊地睁开眼睛，一眼瞥见敏慈，有些怔怔地说："妈，你怎么还没睡？"

敏慈轻轻拍着儿子的背："睡吧，妈看看你。"

小刚伸手揉着眼睛，"您也睡吧，明天不用出摊了吗？"

敏慈捏了捏小刚的手，"妈过几天想托你舅舅帮忙找个好点的工作，总这样摆摊是不行的。"

小刚是个懂事的孩子，他盯着敏慈的眼睛看着："妈，您早点睡吧，您看着我睡不着。"

敏慈笑着，"傻儿子，妈看着你也睡不着？趁妈还有力气看得动你，就让妈多看你几眼吧。"

小刚没有吱声，又翻了一个身，头掉向墙里面睡了。敏慈站起身，又慢慢走回自己那张床上去了。她怎么也睡不着，一闭上眼，就会看到黄志祥的身影，自己应该对他深恶痛绝才对，如果不是他当年对自己造成的无法挽回的伤害，她和儿子也不会沦落到这步田地。

那个令她一辈子都感到揪心的夜晚，究竟发生了什么？她的思绪再次飘回那令她不堪回首的岁月里。这么多年，她一直不敢想、不愿想，可生活却逼着她不断地陷入回忆，每回忆一次，伤也就更重更深一次。黄志祥都做了些什么？学校宿舍的木板门在深夜的寒风中发出的"嘎吱"作响声，如同一记丧钟敲响在她的记忆里，一遍又一遍，那个晚上，她遭遇到了这辈子最令她胆战心惊的恐怖，她痛哭，她惨叫，她用手挠，她用脚踢，可就是赶不走压在她身上的男人。

为什么会是他？她一直在心里问着自己，怎么会是他？他为什么要这样对待自己，为什么？她想不通，她只知道那个晚上总共有三个男人闯进了她的房间，等他们发泄完兽欲后，宿舍里就又恢复了往日的平静，但从那一刻起，她的心死了。尽管黄志祥和另外两个当年就被判监禁十年，但他们带给她的委屈与耻辱却是永生永世也磨灭不掉。她恨他们，恨得咬牙切齿，恨得撕心裂肺，当听说那三个禽兽被判十年有期徒刑时，她甚至感到义愤填膺，为什么不是无期徒刑，为什么不是枪毙？

小刚发出了低低的鼾声。这孩子，怎么打起呼噜来了？敏慈掉过头望着小刚，心里觉得很是对不起孩子，如果不是黄志祥，小刚就不会跟着她受苦。都是他，是他！是他毁了自己的一切，毁掉了自己的清白，也毁掉了自己的生活，甚至，连小刚的幸福也被他毁掉了，自己怎么还能够同情起他来呢？

她好恨自己，为什么还要为这样的无情之人掉眼泪？就算他死在大街上，她亲眼看见他被汽车碾死，碾成肉酱，她也不应该替他伤心难过啊！他那是活该，是他咎由自取，没被烫死烧死就已经是他的大幸了，自己为什么要觉得对不住他呢？再说用火油炉砸他的是他老婆又不是自己，自己凭什么自责呢？可是小刚到底是谁的儿子呢？

曾经，她一直以为小刚是孙世昌的儿子，也许，那只是她一厢情愿的想法，她也有疑惑，或许孙世昌的怀疑是对的，小刚真的是越长越不像他了。小刚像谁呢？敏慈的心突地紧了一下，黄志祥年轻时的面孔一再映现在她脑海中，难道是？不会的，绝不会的！自己的儿子怎么可能是那个败类的孩子？绝对不可能的！她有些紧张，而且这种紧张一阵高过一阵，难道……紧张过后就是害怕，她一再安慰着自己，这不会是真的，不会那么巧的，当时除了黄志祥还有另外两个魔鬼呢！她的心感到一阵阵生疼，不能再往下想了，那三个恶魔的身影一再在她眼前浮现，怎么赶也赶不走。

朦胧中，她看到小刚下床走到桌子边。怎么了，要喝水吗？敏慈一骨碌从床上爬起来，从小刚手里一把夺过茶杯，这水是凉的不能喝，妈给你倒热水。一边说一边拿来茶瓶帮儿子倒了热水，指着小刚：“你先上床，一会水不烫了妈端给你。”

小刚困意未消地回身往床上爬着，回过头睃着敏慈：“妈，天凉，您早点睡，别冻着了。”

儿子的话如同一股暖流在敏慈心里漾开，无论如何，老天爷对自己还是公平的，这辈子就算别的什么都没有了，自己还有儿子，一个懂事听话的儿子。这，自己就知足了。可是自己现在这个样子，怎么能给儿子创造更好的生活学习条件呢？摆流动小吃摊一天忙到晚也赚不到几个钱，还要从早到晚提心吊胆地提防城管，要真是被城管抓着一次，东西被没收不说，那罚款也是够她对付好一阵子的生活费啊！怎么办呢？去找李坤？为了许彪的事，肖芳都闹到李坤两口子那儿了，自己还有脸去找他们吗？纵然弟弟不会说什么，可那个厉害的弟媳妇，难道自己真的要厚着皮脸听她说那些难听的话吗？算了，还是等等看看再说吧，兴许有什么地方招人做工，不嫌自己年纪大的呢。

桌上的水好像凉了，敏慈连忙端给小刚："儿子，快喝了吧，已经快凉了。"

小刚一翻身，坐起身接过茶杯呼哧呼哧地喝了起来。

敏慈摸着儿子的额头："明天早上去学校的时候别忘了把妈新给你缝的被子带走。"

小刚睃着她，"不用了，不冷的。"

敏慈拍着他的背，"怎么不冷？就快过年了，还是多盖着点，别冻着了。"

小刚一边喝着，一边说："还剩十来天就放假了，带过去干吗？"

敏慈盯着他："不听话了？妈让你带你就带。噢，对了，你在你们学校附近有没有看到招工的小广告？"

小刚抬起头盯着她："怎么了，您要找工作？"

敏慈点着头，"妈琢磨着到年底了，肯定有地方要招工的。你帮妈多留意着点，回头妈赚钱了给你做好吃的奖励你。"

小刚把喝光了的茶杯塞到敏慈手里，"好，我明天替您留意着。"抬起头睃着她，"妈，今年我们到哪过年？去舅舅家吗？"

敏慈心里凉了一下，是啊，今年过年该去哪呢？好像哪儿都不是他娘俩该去的地方，她拍了拍小刚，叹了口气，"再说吧，好好睡。"起身把茶杯放回桌子上，默默踱回自己的床上。就快过年了，人家都是团团圆圆地一大家子聚在一起，可自己却没有地方可去，以前都是一家子人围坐在一起有说有笑，聊得不亦乐乎的，自己总不能让小刚陪着她度过一个凄凄冷冷的春节吧？可自己能去哪儿呢？她真的不知道。她抬起头瞪着床顶空空的墙壁看着，过了年就是春天了，自己的春天还会到来吗？

呼啸的北风吹在身上刺骨地疼，敏慈穿着厚厚的棉衣，蹬着厚底的棉鞋沿着灰青的水泥路在街上逛荡着。她东张张、西望望，目光专往墙旮旯和路角的电线杆上瞟着，她在寻觅招工的小广告。可临近年关，几乎没有要招小工的地方，小广告也是寥寥无几，就算有，也都是很早以前贴上去没被撕干净的。怎么办呢？敏慈心生惆怅，再这么下去可不是个事，小刚还要上学，他正在长身体的时候，亏了自己也不能亏了儿子啊。她心里直犯着嘀咕，一抬头，忽地发现前面路口拐角处厕所边上的电线杆上贴着一张崭新的粉红色广告纸，抑制不住激动地连忙朝厕所边跑了过去，瞪大眼睛仔细盯着那张广告纸瞅着，可这欣喜立即又被驱散得烟消云散，又是治疗狐臭的，敏慈叹着气，低着头，无力地继续朝前慢慢踱着步子。她眼里噙着浑浊的泪花，她就不信了，新洲这地界还能把个大活人给憋死吗？

敏慈踏着大步子朝前走去，她信心满满地走进了一家兰州拉面馆。这是一家很小的店，店主夫妇热情洋溢地把她招呼进生着煤炭炉子取暖的屋里，满脸堆笑地问她说："大姐，一碗拉面？还要不要点别的？"

敏慈笑着撇了撇嘴说："对不起，我不是来吃面的。我……"

店主是个四十出头的西北汉子，看着敏慈发窘的样子，连忙问："那您是……"

"我想来应聘，我……"敏慈抬头瞥一眼站在店主身后的老板娘，"我就是想进来问问，你们需不需要找个帮手……"边说边拍了拍自己的身子，"你们看，我有力气的，什么粗活脏活都能做，起多早都没关系。"

店主刚要开口，老板娘连忙睃着她朝四周打量着说："大姐，我们这个小店哪招得起服务员？我们这开的就是夫妻店，您看，除了我们两口子，啥服务员也没有，这拉面店一个月也挣不了几个钱，马马虎虎养活我们一家四口就算好的了。"

店主也附和着说："是啊，大姐，您看，我们这从来都没招过人，要不……"

敏慈尴尬地笑笑，"对不起，是我找错地方了，我还是去别的地方看看吧。"敏慈并没有被拉面店店主的拒绝击垮斗志，这街面上的店面不还多的是嘛，自己再多跑几家，肯定能碰上要用人的地方的。这一天下来，敏慈又接连跑了面包店、杭州小笼包店，甚至还有几家很有些规模的饭馆，可就是没一家说要用人的，这让她很快又变得沮丧起来。偌大一个新洲区，怎么就没有自己可以讨生活的地方呢？

不知不觉中，敏慈走到了一家公用电话亭前。想了想，还是掏出一块钱硬币投进去，给在凤凰镇上的弟弟李坤打了个电话。是弟媳妇接的电话。弟媳妇在电话那头不冷不淡地问着："喂，你找谁啊？"

"啊？"敏慈略微有些迟疑，"是小燕啊，我是大姐。"

"大姐？"弟媳妇好像遇到了瘟神被电到了一样，吃了一惊，"李坤出去了，不在家。"

"又出去了？他不是把工作辞掉了吗？"敏慈嗫嚅着嘴唇问着。

"不出去找事做，我们一家不都要喝西北风了吗？"弟媳妇不咸不淡地说，"大姐，要是没事，我就挂了，还有一堆衣服等着我洗呢。"

"我……小燕，他不在，我找你也一样。"

"找我？"弟媳妇在鼻孔里冷哼了一声，"找我有什么用？你们家的事我可管不了！"

"不是。"敏慈连忙说，"我只是想拜托你们两口子帮我打听打听，看有没有需要招小工的地方。"

"招小工？你不是在区里做得好好的嘛，找什么小工啊？"弟媳妇嗤之以鼻地说，"我们一年也去不了几趟区里，上哪儿给你找要招小工的地方？"

"小坤在区里不是认识的人多嘛，我就想问问他，看他认识的那些朋友里，能不能帮我找个干活的地方，到饭馆打杂，哪怕去搬砖头，再苦再累的活，我都愿意干。"

"那等李坤回来我跟他说一声吧。"弟媳妇极不耐烦地说，"我挂了，衣服再不洗几天都干不了。"

弟媳妇毅然决然地挂断了电话，但敏慈却听到她在挂电话时发出的一声牢骚。她说自己那么有本事的个人，怎么不再去找许彪帮忙啊？！敏慈脑袋一下子炸开了，弟媳妇的话宛如一把冰冷的刀子割在她的心头，可心口却没有流出血来，因为沸腾的热血都被这句话给冰封住，变成了冰冻挂在她的心尖。她没想到弟媳妇竟然是这么看自己的，可脑袋长在别人身上，别人想什么她又能控制得了吗？她又想起十多年前那个恐怖的夜晚，是他，就是他毁了自己的一生！黄志祥，那个为了替她挡住火油炉子而受伤住进医院的男人！如果不是他，自己的一生就不会像现在这么坎坷；如果不是他，孙世昌就不会抛弃自己去娶一个洗头妹；如果不是他，自己就不会落入流氓许彪的手里；如果不是他，小刚就不会变成一个得不到父爱的孩子；如果不是他，自己就不会到处受人欺负……黄志祥！黄志祥！敏慈紧咬牙关，自己这一辈子也不会原谅他的，是的，这一辈子都不会！

她不知道自己为什么会出现在区医院院门外。她知道医院里并没有自己的亲人，可她为什么会莫明其妙地走到这里了呢？敏慈的心头一惊，这怎么可能，她怎么会关心起黄志祥的生死来了呢？她曾经不下千次万次地诅咒过这个男人，甚至希望亲自手刃了他以解心头之恨，可为什么自己居然会出现在这个男人住院的地方呢？

她看到周桂兰提着保温瓶从远处走了过来，连忙躲到一棵柏树背后，等周桂兰走过去后才从树后转了出来。她这是怎么了？敏慈伸手摸了一把脸，她为什么要怕那个女人？她从来没做过什么亏心事，为什么要躲着她呢？她是担心周桂兰看到自己在医院门口又要产生误会吗？敏慈摇着头，这真的会是误会吗？她走到了自己仇人住院的门口，而且还下意识地躲避着那个男人的妻子，这难道不能说明另外一些问题吗？不，不可能的，敏慈迅速掉过身子，朝相反的方向快步走去，不可能，她一再提醒自己，自己根本就不可能对那个男人产生同情和怜悯心的！是他毁了自己一辈子，她无论如何也不会原谅他的啊！

敏慈沿着灰青色的马路牙子漫无目的地走着，天已经暗了下来，可她却不知道该何去何从。早上她是看着小刚骑着自行车把被子驮到学校去的，可这会儿她又担心起儿子来，这是小刚离开她第一次独自在外面过冬，她还是放不下心，生怕他晚上会踢掉被子，生怕别的同学会欺负他抢走他的被子。一想到小刚，敏慈的心就揪着痛，一种被撕裂的痛。

小刚才十三岁，为什么老天爷要让他跟着自己来到这个世上受苦？敏慈的眼睛湿润了，她不想这样的，她不想让儿子跟着自己过苦日子，可孙世昌不管他，自己又没能力让他过得更好，难道……她眼前再次映现出黄志祥英俊而又带着邪恶气质的面孔，难道要让小刚认贼作父吗？小刚的脸是越长越像黄志祥年轻的时候，如果儿子不是孙世昌亲生的，那么也只有黄志祥的可能性最大。敏慈从小刚身上找不到一丝一毫殷长军和刘汝沛的特征，所以唯一的可能就是黄志祥了。真的到了山穷水尽的地步了吗？不，就算到了山穷水尽的地步，她也绝不能把小刚送到黄志祥身边的！他不配！他绝不配做小刚的父亲！敏慈剧烈地摇着头，不，不行，不管遇到什么困难，她都不能把儿子推给那个魔鬼，前面的路虽然很长很苦，但只要自己咬咬牙、跺跺脚也就能坚持过来了。她相信小刚一定会理解自己的，小刚是个懂事的孩子，他不会怪自己不让他跟着黄志祥去过好日子的。

可要是小刚真的就是黄志祥的儿子，难道他就不应该像过江龙一样留在黄志祥身边过好日子吗？过江龙只是黄志祥身边的一个拖油瓶，他都能过上小皇帝一样的生活，为什么小刚就非得跟着自己过这种苦日子呢？如果让黄志祥认了小刚，小刚不就可以顺理成章地留在黄志祥身边过和过江龙一样的好日子吗？敏慈的双眼哭得红红的，为什么老天爷总是这样不公平？为什么别人家的儿子可以围坐在父母身边暖暖和和地过冬天，自己的儿子却要在学校里守着宿舍里冷冰冰的铁架子床清清冷冷地挨过一个又一个北风呼啸的冬日？

不，她伸手抹一把眼泪，为自己刚刚的想法感到深深负疚，她怎么能有这样的想法？这不是要把小刚往火坑里推吗？那个看似温暖的家里，男人是魔鬼，女人是母夜叉，儿子是拿着钢叉的小鬼，小刚进了那样的家庭还能有个好吗？再说，黄志祥算是个什么东西，他就是有再多的钱，有金山银山，她也不该眼红他半分啊！她紧了紧棉衣的领子，暗自下了决心，就算弄清楚小刚就是黄志祥的亲生儿子无疑，她也不能把儿子还给他的。是的，就算黄志祥拿着钢刀架在自己脖子上，就算自己拼尽最后一口气，也绝不能让小刚离开自己半步，绝不。

天完全黑了下来，凛冽的北风在敏慈耳畔肆意号叫着向她周身袭来。贴在路边墙角上的各种破败的广告宣传单随着寒风的侵袭发出"哔剥"的响声，敏慈的心也凉到了极点。从南走到北，从西穿到东，走了一天，也没找到要用人的地方，她突然怀疑起自己的人生价值来，觉得自己一无是处，这十多年来，她一直生活在孙世昌的保护下，难道离开了男人自己就不可以生存下去了吗？她曾经也是个代课教师，她不是没有文化；她曾经也是个纺织女工，她不是没有一技之能，更不怕吃苦，不怕受累，为什么一离开男人她就找不到一个赖以生活下去的活计了呢？她不相信老天爷会一再对自己不公，虽然被男人抛弃，但她还有手有脚，她就不信凭自己这一双手、一双脚，就创造不出她想要的幸福生活来，那么现在她又该怎么给自己找到一份安身立命的工作呢？

走啊走啊，沿着马路牙子，她一直走到小刚念书的中学门前。她驻足在学校传达室的门房外，想进去看看儿子，却发现囊中羞涩，没钱给儿子买东西送过去，索性还是别进去让儿子那些同学们笑话他有个寒酸得不能再寒酸的妈妈。敏慈迅速掉转过身，拐进学校附近一个小巷落里。她不知道自己为什么会拐进那个看上去近乎隐蔽的深巷，也许是怕被儿子的同学看见自己吧，她自己也说不清楚，只是想找个更加昏暗的地方，避免让更多的眼睛发现自己疲软的身影。

"来碗馄饨吧！新鲜的猪前腿肉，大姐，来一碗吧！"一个女中音在敏慈背后悄然响起，宛如老式唱片机里跑出来的声调，富有磁性美，但又夹杂着沧桑几何的味道。

敏慈转过身来，看到一个三十岁左右的中年女子站在自己背后，正热情地朝自己打着招呼。背后是一家二十平方米左右的面食馆，门前放着一张破旧的小黑板，黑板上用粉笔歪歪扭扭地写着："本店经营馄饨、包子、油条、豆浆、茶鸡蛋……"女店主就站在小黑板边上，咧着一张大嘴冲敏慈呵呵笑着，"大姐，来碗馄饨暖暖身子吧。我们的馄饨都是用凤凰镇上收来的生猪的猪前腿包的，特别有嚼劲，又香又滑。"

敏慈仔细盯一眼眼前这位中年女子，在屋里透出来的昏黄的灯光折射下，女店主娇媚的容颜和窈窕的身材倒不难分辨出来，只是眼角布满了鱼尾纹，一看就是历经生活磨难的女子，心里不禁觉得她和自己有几分同病相怜的意思，不禁下意识伸手摸了摸裤兜，正巧摸到一枚一块钱的硬币。敏慈有些为难，"您这儿馄饨多少钱一碗？"

"便宜，一块钱一碗。"女店主仍然咧着嘴对着她笑，边说边伸手拉拉她棉袄的下摆，"外边天冷，您进来坐啊！"

敏慈就这样被女店主拉进了这间二十平方米左右的面食馆，在最靠里的一张桌子边坐了下来。她的手插进裤兜里，有些发窘地盯着女店主，这一块钱可够她买几斤大白菜了，省着花可以过上好几天呢，可又不好意思对女店主把这话说出来，只好对着她点点头说："一碗就够了，给我放些辣椒油。对了，要红汤的，放酱油。"

"好的。"女店主喜笑颜开地对着店堂后面的厨房里大声叫了起来，"一碗酱油汤馄饨，量放大点儿。"一边说一边伸手在敏慈的呢子面料的棉袄上捏了一把，"大姐，您这袄子还是上好的呢子料呢，花色也好，穿在您身上真是再合适不过了。"

敏慈淡淡一笑，"那个馄饨就别加量了，我身上只有一块钱。"

"加量是免费送您的。"女店主瞟着她呵呵地笑，"我看得出来，您也下岗了是吧？我和我们家那口子也都是下岗工人，我知道下岗工人的难处。"

"你也下岗了？"

"那可不是。"女店主抿嘴笑着，"两口子都下岗了，没办法，才在这支撑起这么个摊子，要不孩子上学吃饭哪一样不要往外掏钱，这日子还怎么往下过呢？"

"您是哪个厂子下岗的？"敏慈突然来了兴致，怔怔地盯着女店主问。

"区纺织二厂的。大姐你呢？"

"巧了，我也是纺织厂的，不过是阳逻镇纺织厂，和你们区里的厂子不能比的。"

"那还不一样？"女店主拉了张凳子在敏慈对面坐了下来，"怪不得你在我跟前一站，我就觉得特别亲切，原来都是一个系统上下来的。怎么，还没找到合适的事做吗？"

敏慈点点头："以前在菜市场外面卖鱼，起早贪黑地挣不上几个钱，还老被工商所的人揪着交管理费，后来又在街上弄了个流动小吃摊，没早没夜地干，可干这行的想挣几个钱确实太难了，为了不交那几个城管费，一天到晚被城管追着跑，最后连摊子都被砸了，想想不是办法，只好出来找个正经事做，可找了一天了，哪儿也没有要用人的。"

"现在找事做是难了些。"女店主点点头，"快过年了，大家都等着放假了，谁还会在这个时候找人做事？"

敏慈叹口气，"可这日子还得往下过，要再找不到个事做，我怕这年都挨不过去了。"

女店主是个快人快语的人，她见敏慈说得这么可怜，连忙瞟着她问："那您觉得我这个店面怎么样？"

"啊？"敏慈抬头朝四周打量着，最后目光定定地落在女店主脸上，

"您的意思是你们这家店想找个帮手？"

女店主摇摇头，"我们这种小店哪雇得起帮工，我是说您觉得这家店面还行不行？"

"行啊！"敏慈跟女店主说话间，已经先后走进来六七个人要馄饨和别的东西吃，"您这儿生意还不错，回头客也挺多的吧？"

女店主点着头，"我们这儿做的就是回头客的生意。因为挨着中学，来吃饭的学生也多，不怕没有生意做。我们家那口子的叔叔在武昌区给他找了个事做，一开年我们就得到武昌去，这店也就没法做了，这几天正张罗着要把它盘给别人做，您要是现在还没事干，不如把这家店盘下来，自己做个小老板，也比给别人做事强啊。"

"您是说，让我盘下这家店？"敏慈有些发蒙地瞪着女店主，"生意做得这么好，你们就这样不做了？"

"我们倒是想做，可有更好的事等着他去做，总不能两头兼顾吧？按说这活计是苦了些累了点，每天都起早贪黑的，早上天不亮就得起床和面，晚上不忙到十二点钟以后是不可能睡得了觉的，你要是愿意啊，我们就把这爿店盘给你做，别的不说，一个月下来一家三口人的生活费总得赚出来的。"

"那一个月的租金得要多少？"敏慈小心翼翼地问着女店主。

"一个月五百块钱，不过得一次性交一年的租金。"

"那就是六千块？"敏慈为难地瞟着女店主，嗫嚅着嘴唇说："我，我，我回去好好考虑考虑，我还不知道自己能不能经营好这种小吃店呢。"

"那行，我给你一个星期的时间考虑，一周之内，我都把这家铺子留给你，要是有什么困难你尽管跟我说好了，谁让咱们都是纺织系统里出来的姐妹呢？"

说话间，女店主的丈夫，一个生得人高马大的中年男人端出了一碗热气腾腾的酱油馄饨递到敏慈面前。很显然，男店主已经听到妻子和敏慈的对话，一脸和善地盯着敏慈笑着摆摆手说："大姐，不瞒您说，这间铺子您要是接过手来，温饱肯定不成问题，好的时候，"他一边说一边朝外睃了一眼，俯下身子压低声音说，"好的时候一个月能有两千多的净利润呢。"

"啊？"敏慈不敢相信地盯着男店主，又盯了盯女店主。女店主抿着嘴笑着，点点头算是赞同她丈夫的话。男店主则迅速闪进厨房继续忙活去了。

敏慈一边舀着馄饨往嘴边送，一边盯着女店主，带着疑惑的口气问："生意真的这么好做？"

女店主伸手朝门外一指，"你看，进来的人一拨接着一拨，你自己看着心里也能有数的。到我们这来的学生和附近的居民多，都是回头客，所以不怕没人照顾生意，这也是您运气好，碰巧这店被我们一下子租下来三年，现在才刚刚半年时间，所以你要盘下这店就不需要跟房东再签合约，如果跟房东重新签，他们不要涨价才怪呢。"

"三年？那你们和房东的合同还有两年半，我哪弄得出那么多钱？"敏慈刚刚燃起的希望迅速就被扑灭了，"一年六千块的租金我还得想办法找亲戚朋友去凑，别说两年半了。"

"我说了，咱们都是天涯沦落人，你如果真心想做这家店，我们就一年一年地收取租金。你是下岗工人，我也是下岗工人，你们的苦我们都懂，也是亲身体会过来的，所以我们决不会为难你的。"

"真的？"敏慈又感到有了希望，目光里闪烁着惊喜兴奋之情，"那你们可一定要等着我，一周之内我一定给你们答复。"她再也顾不得吃馄饨了,现在最主要的就是赶紧把这件事告诉能够帮她筹到六千块钱的人,机会不等人,她必须马上行动起来,哪怕是一分一秒,她也不想就这样被自己匆匆浪费掉。

"我会等着你的。"女店主含笑瞅着她,"看样子你也是苦过来的,要一下子拿出六千块钱确实困难些,这样吧,我再多宽限你多些时间,半个月,你看怎么样?"

"那太感谢你了!"敏慈激动地站起身,哑着嗓子说,"真没想到能碰上你这样的大好人,我……"她显然有些激动,泪水已经顺着眼角滑落了下来。

这个消息对她来说无疑是一桩雪中送炭的美事,她胡乱吃完馄饨就离开小吃店,径直往家里走去。她在第一时间把那六千块钱筹出来,好把那家小吃店盘下来,可一时半会儿她又该上哪去弄来这么多钱呢?现在这世上,除了小刚,只有弟弟李坤是她最亲的亲人,看来这六千块钱只能让李坤帮她想办法了,可李坤刚刚辞职,他媳妇又是个厉害的角色,这借钱的话又该如何说出口呢?敏慈犯了难,呆呆地坐在桌边,双手托着下巴冥思苦想,身上也没值钱的东西,就连和孙世昌结婚时婆婆送给她的金戒指她也摘下来还给了孙家,不然倒可以拿出去卖个千儿八百块钱的,可即使她当初没把戒指还给孙家,一千块钱又能干什么事呢?六千块啊,可不是个小数目,如果许彪还没被抓起来,六千块对他来说倒不是什么大事,他肯定能帮上她这个小忙,可就算许彪被放了出来又有什么用,难道自己真的堕落到非要依靠一个流氓样的男人才可以过活吗?

敏慈痛苦地摇着头,她摊开双手在昏黄的白炽灯下看了又看,在这双布满茧子和老皮的手上,她看不到一点生活的希望,甚至感到茫然与绝望。这双手曾经给她在厂子里带来无数荣耀，因为她纺的布总是又快又好，每年评先进都没有落下过她，可为什么一离开孙家大院，一离开纺织厂，她这双灵巧的手就一无是处了呢？敏慈紧紧咬着嘴唇，她不相信自己的手就创造不出一片美好的蓝天，就连黄志祥那样的人中垃圾也能凭自己一双手开拓出大好事业，为什么自己就不行了呢？难道就因为自己是个女人，黄志祥却是个男人？现在早已经是男女平等的时代了，男人能做的事女人都可以做到，难道他黄志祥可以发家致富，她李敏慈倒反而连挣口吃饭的钱都办不到了吗？

她把双手翻过来覆过去地看了一遍又一遍，就是这双曾经给她带来光荣与踏实的手，怎么就会经不起社会激流的推敲了呢？黄志祥那样把牢底坐穿的犯罪分子都可以摇身一变成为新洲区商界数一数二的人物，她李敏慈就比他差了很远吗？既然社会可以接受重新改造的黄志祥，为什么就不会给她一个机会呢？是的，她和黄志祥一样，都曾经是堕落过的人，可黄志祥是自甘堕落，自己那是情非得已，要不是黄志祥给自己带来的伤害，她当初又怎么会投进许彪的怀里呢？社会都给了黄志祥改过自新、重新做人的机会，怎么就不能给她李敏慈重新开始、走向新生的机会？

可现实摆在她眼前的似乎并不是这些大道理，她亟须解决的就是六千块钱的问题，只要有了六千块钱，她就可以再就业，就可以用自己辛苦赚来的钱欢欢喜喜地把儿子一直供到上大学为止，就可以在所有瞧不起她、唾弃她的人面前直起腰板来好好扬眉吐气地过一回，但眼下，没钱的事实却愁坏了她。如果筹不到钱，所有的憧憬都只能化成一场幻梦，美好的希冀只能成为一场泡影，不仅小刚下年度的学费无从着落，就连自己和儿子的基本生活保障也都成了很大的问题，捉襟见肘的她想不出任何好的办法，她现在唯一能依靠能指望的就只有李坤了。

为了儿子，为了她和儿子幸福美满的明天，她决定硬着头皮回一趟凤凰镇去求弟弟。她把自己的下半辈子都放到了弟弟李坤手里，她想过了，如果李坤帮不了她，就没有人能帮到她了，或许只有一死才能从根本上解决问题，抑或许她死了，孙世昌和孙家的人就会把小刚接回去，到时候她也就不用再替儿子上学和温饱的事情发愁了。但只是一闪念间的想法，她知道，自己绝不能生出这样的念头，因为小刚只有她了，她不能让小刚失去妈妈，不能。

一脚踏进凤凰镇的地界，伫立在街头的敏慈便觉得恍如隔世。她知道，自己在这里是不受欢迎的人，亦如在阳逻镇，她的坏名声足以让她整个家族蒙羞，所有认识她的人都似笑非笑地瞟着她看，却少有人走近前和她打声招呼，就算老熟人迎面撞上了，也都是迅速拔脚走开，像躲避瘟神一样躲着她，逃得远远儿的。敏慈抬头看着天苦笑了一下，这些对她来说早就习以为常、司空见惯了，她并不怪怨任何人，一切都是自己的命，都是自己该受的，现在她已经能以一颗坦荡的心怀来面对所有的讥笑与不屑了。还有什么能比眼下生活上的困难更能让她觉得难挨呢？她不能一心只想着自己，想着别人是怎样在自己背后指指戳戳的，她毕竟还有儿子，她必须为了儿子好好地活下去，为了儿子，她就得不断忍受别人对自己的白眼与不耻，甚至是辱骂，所以这样想着，她倒觉着释然了很多，对别人在她背后议论她的飞短流长也就越来越觉着淡漠，但心底还会隐隐作痛。

她在李坤院门前来回徘徊着。已经到了中午吃饭的点，李坤也该回家了，可她却没有勇气跨过门槛，走进这个家门。父亲母亲都已经过世了，从某种意义上来说，娘家已经不可能再成为她的避风港。她知道，进了这个家门，自己是不可能获得亲情的温暖的，甚至还要遭受弟媳妇的白眼，可最终她还是鼓起勇气走了进去，正和刚刚吃完午饭从屋里走到院子里的李坤撞一对面。

"姐，你怎么来了？"李坤对这个姐姐倒是很好，只可惜他娶了个母老虎，事事都得看老婆的脸色。李坤边说边把敏慈往屋里拽，对着妻子大声嚷着，"小燕，姐来了，赶紧给姐盛碗饭去。"

"我吃了，我吃过了的。"敏慈跟在李坤后面走进屋里，一眼瞥到坐在桌边陪着小侄女一块儿吃饭的弟媳妇，连忙嗫嚅着嘴唇朝她们打着招呼。

弟媳妇只是在嘴里轻轻哼着，却没有起身替敏慈盛饭的意思。李坤以为媳妇没听见自己说的话，又对着小燕重复了一遍刚才说的话，小燕这才懒洋洋地站起身，一声不响地跑到厨房给敏慈端过来一碗冒着热气的米饭，一边往桌上搁上碗，一边瞟着敏慈不冷不热地招呼着，"大姐，过来吃吧。"

"我吃了，我真的吃了的。"敏慈推托着不肯上桌，颇为为难地盯了李坤一眼，"小坤，我这次来……"

"我知道，小燕都跟我说了。"李坤把敏慈推到桌边坐下，硬是把筷子塞到她手里，"姐，你这么拘谨做什么？这儿是你的家啊！孙世昌那个浑蛋不要你了，我们李家可没说过不认你这个女儿啊！"

敏慈还要推托，弟媳妇挑着眉毛睨着她说："行了，大姐，这里都不是外人，你客气什么？快吃，这天冷，一会儿就凉了。"

"是啊，姐，你快点吃，一会儿凉了小燕还得再给你重新热。"李坤催促着她说，"工作的事我已经打电话托人帮你打听了，不过眼下马上就过年了，年前恐怕不行了，只能等到开春了再说了。"

敏慈坐在桌边，还是没有动一下筷子。这会儿她倒不是担心小燕对自己的态度，而是一想到那六千块钱，一口饭也吃不下去了。她眨巴着眼睛瞟着李坤，说还是不说呢？当着弟媳妇的面，自己要是提出借钱的事，这个家还不立马就要鸡飞狗跳了吗？李坤才刚刚辞职，整天跟着一帮没有固定工作的朋友后面瞎混，也蹭不到几个钱，就算他手里头有些存款，也都肯定被小燕把控着，别说是六千块了，就算一千块钱小燕也绝不可能答应拿出来借给她的。

"大姐，你快吃啊。"小燕一边收拾着女儿吃好的碗筷，一边催促着敏慈，"好不容易回来一趟，连饭都顾不上吃一口，这不知道的还以为我这个当弟媳妇的容不下你，欺负你呢。"

"我真的吃过了，一点儿也不饿。"敏慈抬起头盯着弟媳妇，"从新洲来的时候我买了好几个茶鸡蛋在车上吃了，刚才下车时又在马路边上的小吃铺里吃了一碗面条。"

敏慈边说边轻轻推开饭碗，从桌边站起来，伸手抹了抹皱了的衣襟，咬咬嘴唇说，"我就是心里不安生，老惦记着要找个事做，才亲自跑回来一趟，小坤，那我就先走了，今天晚上说不定小刚会从学校回来，我得尽早赶回新洲去。"

小燕端着碗去院子外面水池清洗去了，小侄女吃完饭就背着书包找同学玩去了。李坤知道姐姐肚子里憋着话，连忙把她拉到墙角，压低声音问她说："是不是没钱用了？"一边说一边从羽绒服口袋里掏出五百块钱，迅速塞到敏慈衣兜里，"别争，一会儿让小燕看见就不好了。"

"小坤……"敏慈轻轻舔着嘴唇，"我……"

"发生什么事了吗？"李坤关切地盯着她问，"是不是不够？要不够的话我下午去银行取，过几天给你们送过去。我知道，这大冬天的找不到事做，你和小刚的日子也就紧巴了。"

"不是。"敏慈哽咽着说，"我在小刚学校附近的胡同里看上了一家小吃铺店面，一年租金六千块，老板夫妻两个开了半年了，过了年就要到武昌去做别的事，想把这间店盘出去，我想把它接过来自己做，可是……"

"你想租门面做小吃店？"李坤皱着眉头盯着她，"六千块钱？"

敏慈点点头便不再说话。她知道，六千块对李坤来说也不是个小数目，她不能强求他些什么的。可李坤却拍着胸脯说："你放心好了，这事我记住了，这两天我就替你想办法。"

"你放心，我一赚到钱就还给你。听说开那么一家店做得好一个月能有一两千的纯收入，那个地段也好，客流量也大，我想要是肯吃苦，一年半载也就能把本金赚回来了。"

李坤点点头，"我知道，反正你也总得找个事做，老在市场卖鱼也不是个事。要是那家洗化店还开着就不用愁了，许彪那个王八蛋，他要是哪天出来了，我绝饶不了他，他也不看看欺负的是什么人？都欺负到我们老李家头上来了！"

敏慈叹口气，"这事要怨还得怨我自己，谁让我贪图利润，夹杂着卖假货呢。这做人哪，就要心地坦荡，来不得一点儿虚的，亏心事不能做的！"

正说着，小燕洗完碗筷回来，李坤连忙推着敏慈走到沙发旁边，瞟着她大声说："你就放心吧，不就是找个事做嘛，纺织厂那么累的活你都做下来了，年年都评先进优秀的，只要两只手还在，还怕找不到活做？我那些哥们都在替你想了，等过了年，不管好事歹事，一准能给你找个事做。"

敏慈知道李坤这话是故意说给小燕听的，嗫嚅着嘴唇说不上话来。李坤连忙朝她使了个眼色，她才附和着说："你就得给姐多费些心吧，等小刚将来长大了，我一定叫他好好报答舅舅舅妈。"

小燕一边把碗收拾到碗柜里，一边回头睃着敏慈和李坤呵呵地笑："这小刚才多大点儿啊，等他能报答我们的时候，我们都不知道一头栽进东湖多少个年头了呢。"

两天后，李坤趁跟朋友一块儿到区里办事的机会特地去找了一趟敏慈，从公文包里取出用手帕包好的三千块六百块钱塞到敏慈手里，"姐，这是我这几年帮人撮虾子攒下的私房钱，就这么多，都拿出来给你了，还差两千四百块，我再替你想想办法。"

敏慈抚摸着还带着弟弟体温的一堆钞票，感动万分地瞟着他说："还是自己弟弟亲啊！现在除了你，我还能指望谁呢？"

李坤咧着嘴巴微微笑着，"我能拉你一把的自然要拉，要我像孙世昌一样看着你们娘俩不好过，我这个当弟弟的于心不忍。姐，赶紧带我去看看你那家店面吧，先把这三千六百块给他们当作定金，这样他们就不能再把店盘给别人了。"

李坤这么一说倒提醒了敏慈，她连忙重新包好钱，带着李坤一起去了小刚学校附近胡同里的那家小店里。女店主仍然站在大门口招揽着顾客，一眼瞥见敏慈，连忙把她和李坤招呼进屋，叫丈夫给他们各自倒了一杯热茶，眉开眼笑地盯着敏慈问："大姐这就考虑好了？"

敏慈点点头，"考虑好了，不过我手上还差些钱，"一边说，一边接过李坤手里的公文包，拉开拉链往外掏出用手帕包好的钱，轻轻攥在手里说，"这是三千六百块，还差两千四百块，咱们能不能先交了这三千六百块，算是定金？"

李坤附和着解释说："这钱给你们了，你们就不能再把这店盘给别人了。"一边说一边朝四周打量着，"这店面倒是不错，你们要是有诚意，咱们今天就把合同定下来，半个月之内我们一定凑齐剩余的钱给你们。"

"哪有那么要紧的？"女店主咧着嘴巴笑着，"我还能信不过大姐吗？那天晚上一看，我就知道大姐是个实诚人，这样吧，我看你们也是真心诚意想盘下这面店，要不我们就先收下这三千六百块，剩余的钱你们手头什么时候宽松了就什么时候给吧。"

女店主是个实在人，当下就和敏慈签订了转租合同，租期从下个月的一号开始算起。接过转租合同书，敏慈抑制不住内心的激动，站起身来抬着头这儿望望、那儿看看，就像端详结婚时的新房一样，满眼看着都是喜欢。

"我们下周就关门了，如果大姐你们没什么别的问题，下周就可以接手做了。"女店主爽朗地笑着说。

"下周？我包馄饨倒是没有问题，可还从来都没有包过包子，你看，这几天我可以过来跟着你们后面学几天？".

"你想什么时候过来就过来吧。包包子没什么大学问，一学就会，就是发酵有些麻烦，不过一看也就懂了的。"

"那我明天一早就过来行吗？"敏慈有些迫不及待地想要上手了。

女店主笑着摊了摊手，"一般晚上十二点之前，我们就会把第二天要用的面粉和好让它发酵，第二天凌晨五点钟过来，面粉正好发酵好了，然后就取出发酵好的面团加碱和白糖，揉透揉匀后再揪成长条，就可以包包子或做成馒头了。"

女店主说得简单，可敏慈却不敢大意。签完合同送走李坤后，她就一直留在店里跟在店主后面学习取经，她是个心灵手巧的女人，半天下来，就把蒸馒头蒸包子的基本功夫学到家了，连男店主都夸她聪明，等把店接过手后，一准儿财源滚滚。敏慈只是呵呵地笑，是啊，总算看到一点儿生活的曙光了，只要自己肯吃苦肯干，卖馄饨也照样可以让自己和儿子过上幸福美满的日子的。这样想着，她脸上露出了灿烂的笑容，干活也觉得更有劲儿了，店主夫妇看她这么勤快，也都替她暗暗高兴，有什么不会不懂的地方，他们都愿意主动指点她几句，甚至手把着手地教她。

几天下来，敏慈不仅学会了蒸包子，还学会了炸油条，就连豆腐花也会做了。她心里寻思着，光靠卖馄饨包子油条可不行，还得再开发些新花样才能吸引到更多的顾客，才能在把老顾客留住的基础上招揽到潜在的食客。晚上躺在床上，她翻来覆去地睡不着，满脑子里想的都是要再加些什么小吃才好。臭豆腐干？麻团？油饼？要不再弄些时令小吃，或者再增加几个特色小炒？她把能想到的小吃小炒都写在了笔记本上，脸上透着红润的光彩，仿佛看到自己亲手做出的这些美味已经吸引到了无数的食客，当然，钞票也是大把大把地往她腰包里塞了。可她一个人忙得过来吗？先前人家可是夫妻两个一起在操持着这家店面，可她身边除了小刚就是她孤家寡人一个，再怎么着也不能让小刚来帮她的忙啊。管它呢，车到山前必有路，船到桥头自然直。现在胡乱想这些做什么，到时候肯定能想到解决的办法的。敏慈合上笔记本，抿着嘴乐呵呵地笑着，还有两天，店主夫妇就要彻底撤出面食店了，到时候就有她的用武之地了，大家就等着看她大展身手吧。

第 8 章

秦大福是个跛子。他在新洲二中旁边的一个菜市场门口给过往的人们看自行车，菜市场离敏慈开的"香香面食店"很近，拐过一个小街角就可以到了。秦大福就爱好吃一口"香香面食店"煮出来的馄饨，每次吃一碗不够，都会亲切地叫敏慈再给他来一碗。秦大福每天早上都要来吃两碗馄饨加两个包子再加一碗热气腾腾的豆浆，中午还得来吃两碗馄饨再加两个烧饼，晚上则改吃蛋炒饭或小米粥，一天三餐都在敏慈的店里。一来二去，敏慈也就跟秦大福混熟了。

秦大福四十岁刚出头的样子，人看上去显得老实巴交的，不苟言笑，话也不多，五官倒长得端正，就是右腿因为小时候得过小儿麻痹症落下了残疾，走路一跛一跛的，加上家里穷，所以一直没能娶上媳妇。敏慈虽然和秦大福已经很熟了，但两个人除了正常的交易话之外并没有过多交流，每天都是一个点吃的，一个端出吃的；一个交钱，一个收钱，就像敏慈和大多数食客的关系一样，所以很长一段时间之内敏慈甚至没觉得秦大福有什么特别之处。直到有一天，他突然和坐在对面一起吃馄饨的小伙子提起了他的故乡雷寨村。

雷寨村？敏慈目光犀利地瞟着秦大福，把他从上到下从左到右仔细打量个透，但始终没有在他身上找到自己认识的人的影子来。他都四十好几了，按理说十多年前她在雷寨村当代课教师时，他应该还在农村里没有出来，怎么自己就从来都没碰见过他呢？敏慈疑惑地盯着他问："你是雷寨村出来的？"

秦大福不置可否地低着头继续吃着馄饨，并没有搭敏慈的茬儿，等敏慈问他第二遍时，他才淡淡地回应说："我是从雷寨村出来的。"

敏慈以为他要问她是不是也是从雷寨村出来的，但秦大福什么话也没问，吃完馄饨后，照往常一样掏出两块钱塞到敏慈手里，然后一瘸一拐地走出去，继续到附近的菜市场门口看他的车去。敏慈盯着秦大福的背影愣愣地看着，雷寨村那么巴掌大一块的地方，上到老人，下到小孩，自己就没一个不认识的，要有不认识的，也只可能是她嫁到阳逻镇孙家以后出生的小孩，可秦大福已经这么大了，她没理由不认识他的啊！她在脑海中竭力搜寻着自己在雷寨村认识的每一个人，甚至想到了同一个宿舍的马云和曹霞，可也没想出一个和秦大福长得一模一样的人，就连和他长得有几分相像的人也绝无仅有。雷寨村？是不是自己听错了？她仔细回忆着刚才和秦大福的对话，对啊，她没有听错，他明明说的就是雷寨村，可为什么自己从来没见过他呢？

秦大福照例每天都要来"香香面食店"吃饭，是敏慈店里绝对的老主顾。这天晚上，秦大福蹒跚着从外面走进来，破天荒地对着正在忙进忙出的敏慈笑了一下，然后轻轻端坐在他经常坐的那张靠墙的桌子面前，脸正对着门外的胡同口，一直等敏慈忙完走到他身边问他今天是不是要换点什么吃的，他才对着她点了点头说："今天就不吃蛋炒饭了，来一大碗小米粥，再来两个茶叶蛋。"

敏慈立马走到厨房里从锅里舀了一大碗冒着热气的小米粥端到秦

大福面前，又赶紧进去舀了四个茶叶蛋出来，轻轻搁到他面前的小碟子里，抿嘴笑着说："你请慢用。"

秦大福眼尖，立马就发现摆在自己面前的茶叶蛋数目不对，连忙纠正说："老板娘，我要的是两个茶叶蛋，你把别人要的也拿给我了。"

"没错，另外两个茶叶蛋是我送你的。"敏慈盯着他和善地笑着，"你每天都来照顾我的生意，送你两个茶叶蛋是我应当做的。"

秦大福抬起头愣愣地盯了她一眼，没有说什么，继续低着头喝着粥，并没有让她拿走茶叶蛋的意思。这时客人也来得越来越多了，敏慈不便长时间和他说话，又忙着招呼别人去了。

秦大福这一顿晚饭吃得特别慢。从天刚黑下来时的五点半一直坐到九点半，等到店里的客人都三三两两地走了，他才起身抹了抹嘴，一边探头望着在后面厨房里替仅有的几个客人忙着做小菜的敏慈，一边踱到厨房门口，把晚上吃饭的钱轻轻搁到木板桌上，轻轻叫一声："老板娘，我走了。"抬脚便往外走。

敏慈并没在意秦大福今天的特别之处，直到这时她才想起秦大福已经在她店里坐了将近四个钟头，连忙追出来说一声"慢走"，就又继续忙她自己的事去了。

十点过后，店里也就没有客人了。敏慈这才注意到秦大福放在木板桌上的钱，数了数才发现多了一块钱，心想他肯定是连自己送他的两个茶叶蛋的钱也付了，不禁轻轻叹口气，暗自琢磨着这世上怎么还有这么不爱占人便宜的男人存在。把第二天要发的面和好后，敏慈便又匆匆忙忙往家赶，明天早上还要起早来蒸包子，这几天一直累得直不起腰来，得赶紧回去睡个好觉了。

第二天一早，敏慈刚刚开市，秦大福就沿着墙角根歪歪斜斜地走了进来。"早啊，老板娘。"秦大福满面春风地看着忙得满头大汗的敏慈，"老样子，给我来两碗馄饨，两个……"

"两个茶叶蛋，还有一碗豆浆。"敏慈盯着他抿着嘴笑着，"要是所有人都像你一样，我这店里的生意就不用发愁了。"

"怎么，老板娘这是折了本了？"秦大福收起脸上的笑容，慢腾腾坐到他往常坐的那张桌子后面，抬头瞥着门口的蒸包笼和炸油条的油锅，"你这生意不是一直都挺好吗？我还想什么时候替你物色个帮手来帮你打个下手呢。"

"托您的福，生意好着呢。"敏慈把茶叶蛋和豆浆送到秦大福面前，便忙着进厨房下馄饨去了。不一会儿，就端着一碗透着热气的红汤馄饨递到秦大福手里，抬眼瞟一眼门外灰青色的天空，不无关切地睃着秦大福说："您赶紧着吃，这天冷，一会儿就该凉了。"

"生意真的还过得去？"秦大福不紧不慢地舀着馄饨往嘴里送，一副漫不经心的样子问着敏慈。

"真不错。"敏慈点着头，"也就是混口饭吃，指望这小店赚大钱是不可能的，马马虎虎能让我们母子俩一天三餐饿不着就好了，当然，再有些小积蓄就更好了，毕竟孩子上学玩儿哪样都得花钱。"

"我看到你店里来吃饭的人是越来越多了，你一人能忙得过来吗？"秦大福大口大口喝着热豆浆，"你要是忙不过来，我就替你找个人来帮你。"

"找个人？我哪有钱用得起帮工啊？"敏慈呵呵笑着，"我这是小本买卖，勉强糊口还行，要再找个帮手来，赚的钱还不够给人发工钱的呢。"

秦大福抬眼瞥着她，眼珠转了两转，忽然很认真地盯着她问："你看我怎么样？"

"啊？"敏慈先是一愣，继而尴尬地笑起来，"您这是拿我穷开心呢。"

"真的，我从不跟别人开玩笑。"秦大福斩钉截铁地说，"你就看我行不行，行的话，我今天就可以过来帮工了。"

"怎么，您看车的事不做了吗？"敏慈吃了一惊，她倒是希望有个帮手来帮自己，可她明白，自己每赚一分钱都很不容易，家里的开销和小刚上学的一切费用都指着她呢，要是平白无故找个帮手来，自己不是白辛苦了吗？她颇为难地盯着秦大福，"秦大哥，您千万别开我的玩笑，我这家小店，哪能供得起您这尊菩萨……"

"我真的不开玩笑。我是说要来帮你的忙，但没说过要你付工钱。"秦大福盯着她，一字一句地说："我不要钱。一分也不要！"

"啊？"敏慈惊得目瞪口呆，"秦大哥……"

"你就说我行不行吧？"

"这……"敏慈正在发窘，门外又来了几拨客人，她连忙转过身去招呼别人，忙得不亦乐乎。

等她招呼完客人后，秦大福见缝就插针，看看身边没有其他客人，连忙大着声问她："老板娘，你还没回答我呢，到底收不收我吧？"

敏慈踱到他面前，"秦大哥，您千万别拿我开心，我……"

"我什么时候拿你开心过？我在这片地也待了四五年了，不信你出门打听打听，看我有没有跟他们开过一句玩笑？"

"那我也不能白让你替我干活啊！再说您还要看车呢，您要是真来帮我的忙，那些车可该怎么办？"

"也就是早上七八点钟和下午这段时间需要看车，其他时间也没几辆车好看的，我想，你每天早上四五点钟就过来了，晚上十二点钟才打烊，再加上中午我也没啥车可看，我就趁这几个时间段过来帮帮你不就好了？"秦大福很是真诚地说，"你的事我都听说了，我是真心想帮一帮你，你瞧，你儿子都给你争气啊，听说他在二中学习一直都名列前茅，昨天我还问了他一些功课，他都对答如流，很了不起的，我一看着那孩子就喜欢，可不能耽误了这孩子的前途。你看这两天，每天中午他都抽出时间来替你打杂，这样长久下去，会影响他的学习的。"

"我也是这么跟他说的。"敏慈红着脸，"可这孩子心重，他知道我这个当妈妈的不容易，所以非要过来帮我，我让他别来，他还是要来，拿他也没办法。"

"他那是孝顺，知道你这个妈当得不容易，所以我才想过来帮一帮手。就冲着你儿子这份懂事劲，我也得替你们母子尽一份力是不是？再说咱们还都是从雷寨村出来的，虽然你不是雷寨村的，好歹也在那待过几年，咱们也算老乡了，老乡帮老乡算个啥事？"

敏慈张大嘴巴，想说点什么，却不知道该从何说起。进来吃饭的客人越来越多，秦大福也不再说什么，吃完早饭，轻轻踱到厨房门口，把钱照例放在木板桌上，便瘸着腿步履蹒跚地走了。敏慈没时间多想，在厨房和饭厅加起来只有十来个平方米的空间里来回穿梭着，一会儿给这个端上来一碗馄饨，一会儿给那个夹出两根金灿灿的大油条，忙得根本就没有时间多想别的。现在，她满脑子里盘算的都是如何留住老顾客，并在这个基础上吸引到更多的新顾客，为了小刚，为了他们母子将来的生活能过得越来越好，她明白，只有自己肯吃苦才行。十多天忙下来，虽然每天都要起早贪黑，每天都要忙得腰酸背痛，可她一点也不觉着苦，因为她知道苦尽总会甘来，总有一天，所有的不幸都会过去，是的，所有的灾难都会过去，她相信，只要自己肯付出，就一定会有收获的。

这天中午最忙的时候，秦大福不请自到。他没有要任何吃的，一进门就主动帮敏慈打起了下手。敏慈叫他别干，他装作听不见的样子，硬是帮着她收拾起前一批食客留在桌上的残饭剩羹，把碗筷拿到厨房里洗干净了，又忙着帮她张罗客人，从她手里接过客人们点的小吃小炒，麻利地端到客人面前。来店里吃饭的大多是些老顾客，以在附近的农民工和学生居多，大家对秦大福都熟悉不过，对他在香香面食店打起了下手这件事感到特别有趣，有几个年轻气盛的小伙还故意伸长脖子和他开玩笑打趣，甚至说他看上漂亮的老板娘了，而他只是轻轻一笑，咧着嘴巴一本正经地盯着他们说："别胡说八道的，我看车闲着也是闲着，能多打一份工多赚一分钱有什么不好的？"

"跛子，你是想娶媳妇了吧？要不怎么想起来要多打一份工呢？"一个农民工小伙呵呵笑着起哄。

"我倒是想，可没人要我啊。"秦大福也跟着呵呵地笑，"谁不喜欢钱呢，多一分是一分，就我这样的，老了以后也指望不上别人，总得趁还能干得动的时候多替自己攒一份家产吧。"边说边调皮地盯一眼忙着招呼客人的敏慈对大家说："也就是这儿的老板娘高看我秦大福一眼，别的地也没人敢要我。我也就能帮着端个盘子刷个碗的，顺带着收你们的饭钱，不过这日子倒是更有奔头了。"

"那可不，天天对着这么漂亮的老板娘，你以后的日子能不更有奔头吗？跛子，平常还真没看出来，你还有这本事，真是人不可貌相啊！"

"我只是个帮工打下手的，你们这脑袋里就不能装些好事啊？整天胡思乱想的，我看你们就没个正经的时候。"秦大福仍然满脸堆着笑，不无自嘲地说："我一个跛子，还能瞎想什么心思？人家老板娘肯赏我口饭吃就不错了。"

"跛子，你是得了便宜偏要卖乖啊！"所有人都盯着秦大福乐呵呵地笑，一会睃一眼秦大福忙碌的背影，一会盯着在厨房和饭厅里来回穿梭的敏慈上下打量着，说说笑笑，好不热闹。

大家说说笑笑，中午也就过去了。敏慈这才腾出工夫收拾自己的肚子，特地给秦大福做了碗牛肉面，上面还搁了两个荷包蛋，端到他面前说："秦大哥，今天多亏你帮忙了，要不我真的忙不过来了。也不知道怎么了，这几天来吃饭的人越来越多，再这样下去，我真不知道该怎么办了。"

"有生意做还不好啊？"秦大福咧着嘴盯着她呵呵地笑，"这下同意收下我这个帮手了吧？"

敏慈摇着头，在他对面坐了下来，一边舀着馄饨吃，一边瞟着他说："你来帮忙是你的心意，可我不能白使唤你的。你真坚持要来打下手，我也只能给你开工钱了。要不，我可不敢再要你帮忙了。"

"我又不是为了赚钱来的。我就是为了帮帮你。"秦大福叹口气，"我从小就是苦过来的，爹娘死得早，吃百家饭活过来的，后来跟邻村的人到外省当木匠讨生活，人家都嫌我是个跛子，干了几年就没人肯带我，嫌我是个累赘，这样折腾着就又回到了武汉。为了填饱肚子，我是什么脏活苦活都肯干，最后碰到一个好心人，把我介绍到这儿来看车，才有了个安身立命的落脚地。这做人啊，就得饮水思源，还得知恩图报，我受过别人的恩惠，当然也得回报人家，可惜当年帮我的人早就作古了，我想报答也找不着门，你就当是给我一个回报社会的机会吧。"

"这哪行呢？"敏慈皱了皱眉头，"我看这店的生意越做越好了，一天能挣不少钱呢，比我刚接手这家店面时预计得要好得多，这样吧，如果照这个样子发展下去，我这儿的确也需要一个帮手，但不管找谁来帮忙，我肯定都得给人家工钱的，您要是还想在这儿帮我，就必须从我这儿领薪水的。"

"这个回头再说吧。你开这个小店，生意再好也攒不了几个钱的，如果你真赚上了钱，你就算不给我，我也得追着你屁股后面要的。不过现在你才刚刚起步，我知道你困难得很，就先别提钱的事了，你要实在觉得过意不去，你就先给我记上账，等你以后发了财再给我也不迟。"

"可是……"

"你看我孤家寡人一个，我要那么些钱也没地方花啊！"秦大福嘿嘿笑着，"咱们也算是半个老乡。老乡见老乡，两眼泪汪汪，这个忙我一定得帮，反正你赶也赶不走我的。"秦大福说着，面前的面碗已经被他吃得一干二净，他连忙举起碗在敏慈面前晃了晃，"就是我的食量大得厉害，要让你亏本了。"

"你干这么多活，吃这点不算多。"一边说一边端过他面前的空碗，去厨房又给他下了一碗面端了出来，"快趁热吃，别光顾着说话，一会儿就凉了。"敏慈抬头睃着门外，叹口气说："你说这天怎么就这么冷，昨晚上回去我冻得一宿没睡踏实，也不知道小刚在学校里冷不冷，这孩子也不跟我说句真话，还说宿舍里都热得不行了。我这几天忙，也没顾上去学校看看他。"

"怎么今天没看到小刚过来呢？"

"他后天就得期末考试了，我跟他说要是考不出全年级前三名的成绩，就别回来见我，肯定正在努力复习功课呢。"

"小孩子别逼得他太紧。学习过得去就行，干吗非要他考出全年级前三名呢？你越给他压力，反而会适得其反。"

"那没办法。我们孩子跟别人家的孩子不一样，他没爸爸管，要是不好好学习，野了心，考不上重点高中，考不上好的大学，我这辈子的希望也就都要化为泡影了。你看，我现在什么都没有了，就剩这个宝贝儿子了，他学习的事我能不上心吗？"

"你不还有这家小店，不还有我吗？"秦大福话刚出口，忽然觉得说错了话，脸不觉涨得通红，一直红到耳朵根子，连忙低下头，大口大口地吃着面条，"今天这面好吃，这大冬天的还是得喝一碗面汤，暖和！"

敏慈怔怔地盯着他，嗫嚅着嘴唇，却不知道说什么好了，抬头瞟一眼门外，伸手在围裙上擦了擦，又迅速把围裙脱掉，自言自语地说："天太冷了，我得抽时间去学校看一眼小刚，这孩子不懂得照顾自己的。"

"去吧，我在这儿替你看着店。"秦大福喝完面汤，把碗推到一边，"一会儿来了人，我替你下面，你不知道的，我下面的手艺不比你差到哪去的。"

"那就拜托您了。"敏慈不再客套，拔腿就往外走。在她心里，已然把跛子秦大福看成自己人了，有他在店里看着，她放心。现在就是不知道小刚在学校里到底能不能好好照顾自己，这些日子她一直在店里忙进忙出，就连抽个工夫跑一趟学校的时间也没有，现在她一定得亲眼看到儿子的生活状态才能放下心来的。

敏慈赶到学校的时候，小刚正坐在宿舍的床边捧着英语书在背。宿舍里除了小刚之外就没别的人了，敏慈连忙走到儿子面前，伸手在他叠得整整齐齐的被子里摸了一把，关切地问他说："冷不冷？晚上真的不冷吗？"

小刚点点头，"不冷。晚上我盖三条被子呢，冻不着我的。"

敏慈还是不放心，又伸手在他身上摸了摸，"这羽绒服穿在身上还暖和吗？都穿了两年了，肯定不暖和了。我让你在里面多穿几件毛线衣，你听我的话了没有？"

"里面穿了三件毛线衣。"小刚拉开羽绒服的拉链给敏慈瞧，"您看，红的、黄的、蓝的，里里外外，正好三件。"

敏慈一边笑着，一边替儿子重新拉好拉链，"穿上就行了，晚上睡觉时身上只穿一件线衣就行，可别偷懒不脱衣服就睡，第二天起来肯定要着凉的。"

"知道了，我又不是小孩子。"小刚有些不耐烦，"您来就是为了看我穿了几件毛线衣？"

敏慈点着头："这几天我天天忙着店里的事，现在终于抽出点时间了，能不来看看你吗？你这孩子最不注意自己的生活起居，我忙着也不踏实。"

"您就放心吧，我不会让自己被冻死的。"小刚瞥着敏慈，"我听几个同学说他们经常去我们家小店吃馄饨，都说您做的味道好，以后咱们不会真的因为这小店发财吧？"

"生意好才有钱给你交学费啊。"敏慈伸手替他整着衣领，呵呵笑着，"你看看你，穿衣服总没个样子，领子也不翻好，同学们看见了还以为你是从石头里蹦出来没人管的野孩子呢。"一边说，一边瞟着宿舍四处打量着，"怎么宿舍里就你一个人，别的同学呢？"

"他们约着一块出去吃火锅了。过江龙请客。"

"过江龙？就是那个和你打架的同学？"敏慈眼里掠过一丝不安，"跟这样的同学少接触也好，等你放了寒假，妈也给你做火锅吃。"

"妈！"小刚咬了咬嘴唇，声音有些发颤，"我不是那个意思。"

敏慈笑着："我晓得你不是那个意思，妈就是想给你做顿好吃的。"说着，拍拍儿子的肩头，"这几天你把心思全用在复习功课上就对了，咱们不跟富人家的孩子比，你学习好了，比什么都强，将来山珍海味少不了你的。"

"妈！"小刚一眼瞥见敏慈双手布满的裂开口子的冻疮，吃惊地叫了出来，"您又用冷水洗东西了吗？"

"没有。我听你的话，洗碗刷锅都用烧开了的水。"

"你骗人。"小刚不相信地睃着她，拉着她的双手看了又看，不无难过地说，"我知道，你舍不得用烧开的水洗碗刷锅，你一直就是这样的。"

"没事的，我都习惯了，你别大惊小怪的。"敏慈抚着儿子的头发，"不用冷水洗碗，我手上还是照样会生冻疮，烧一锅开水看着算不上什么，可日积月累，也是一笔不小的开支，咱们家还没那样的条件。"

"您可以用面汤水洗啊。"小刚瞪大眼睛，不解地望着她说。

"我就是用剩下的面汤水洗的，可店里客人多，吃完了一拨又来一拨，我要都用面汤水洗不是更浪费了吗？好了，妈不碍事的，你安下心来好好温习功课才是正经事。"敏慈挪开抚着儿子头发的手，凑到嘴边呵着热气，"还说你们宿舍不冷，晚上睡觉千万别踢被子，把被子压压紧，起来上厕所记得把外衣披上，听见了没有？"

"听见了。"小刚催敏慈赶紧回店里去，一边重新捧起书举在手里看着，一边轻轻推着敏慈往门外走，"好了，您回去吧，一会同学们就都回来了。我自己知道怎么照顾自己的。"

"你这孩子。"敏慈嗫嚅着嘴唇盯着儿子不置可否地笑笑，"那好，妈先走了，放了学别忘了到店里去，妈给你做荷包蛋吃。我今天一早特地赶早市，买的全是草鸡蛋，都是给你留的。"

从学校出来，敏慈越来越觉得生活有奔头。儿子很懂事，知道关心自己，这让她觉得很欣慰。过了年，小刚才十四虚岁，他还很小啊，可他知道心疼人，知道心疼她这个妈妈，这样她对他的栽培和关爱就都是值得的了。小刚不像他父亲孙世昌，从小就懂事，将来长大了绝不可能会成为一个对女人无情的男人，可孙世昌明明就不是小刚的父亲啊！小刚的父亲到底是谁？黄志祥、殷长军、刘汝沛那三个禽兽的面容再次浮现在她眼前，究竟会是谁？似乎除了黄志祥就不可能还会是第二个第三个人，可为什么会那么巧？为什么小刚偏偏长得和黄志祥那么神似呢？

秦大福见敏慈回来了，和她打声招呼，回菜市场门口继续看车去了。敏慈默默坐在秦大福坐过的桌边，思忖着一个又一个问题。李坤把电话打到她附近的小卖部里，问她最近的生意好不好，敏慈一个劲地说好，就是客人越来越多，人手不够用，有些忙不过来。李坤说那是好事啊，有客人总比没客人好，要真忙不过来，就找个人过来帮忙好了。敏慈应了一声，但没告诉他关于秦大福的事。她还在犹豫，到底要不要让秦大福过来长期帮自己的忙。秦大福一分钱都不要，难道仅仅是为了帮助他们母子？她不相信世上还有这样的好人，就算有，也不可能被她撞见，那么秦大福到底为了什么才主动热情地要求过来帮她呢？她眼前再次掠过黄志祥的面孔，脸色顿时阴了下来，秦大福是个老光棍了，难道他对自己存了什么不可告人的心思吗？可转念一想，秦大福看上去那么老实巴交的，附近熟识他的人也没一个说他不好的，兴许人家真的就是活雷锋呢？这样想着，一时倒拿不定主意了。

春节前的十几天内，秦大福每天都来帮敏慈打下手。敏慈每次都想劝他不要来了，可一看到他里里外外忙忙碌碌的身影，到了嘴边的话又说不出来了。小吃店的生意越来越红火，她还真的就需要秦大福留在店里帮她，可他们毕竟孤男寡女的，有些瓜田李下之嫌，谁知道大家看了会怎么想，她可不愿意被人误会自己和秦大福的关系。

"他大伯，"现在敏慈已经以儿子的口气称呼秦大福了，她蹲在厨房门口，一边麻利地剥着大蒜头，一边抬眼瞟着在饭厅里忙着收拾桌子的秦大福说，"这两天您就别来了。您看，快过年了，学生放假了，进城打工的农民也都回家了，店里也不忙，您……"

秦大福埋头继续擦着桌子，良久才忽地抬起来瞥了敏慈一眼说："大妹子，你这是下逐客令了啊？"

"他大伯，您千万别误会。您看，再过两三天就除夕了，您也不张罗着回雷寨村过年吗？"

"雷寨村？你又不是不知道，我是吃百家饭长大的，那些把我养大的好心人早就已经到黄土公社报到去了，我在那儿没有家，我回去跟谁过年？"

"可您总得准备过年啊。"敏慈用一种看似漫不经心的语气说："我起大早到菜市场给您准备了一些年货，有猪肉、鱼，还有鸡蛋什么的，一会儿忙完了，您就拿着东西回去，好好准备着过年吧。"

"我不要，我不要那些东西的。"秦大福轻轻丢开抹布，正色盯着她说，"大妹子，我跟你说过，我来这里帮忙不是出于任何私心，我就是图个快乐，能跟你在一起干活，我心里觉得踏实，觉得自己也算是有用武之地了，如果是为了几个钱，我也不是找不着更好的事做。"

"我不是这个意思。"敏慈放下手里的蒜，"他伯父，客人少了，这些活我一个人就对付过去了，再说天也冷，没理由让您跟我一块守到最后的。"

"那你哪天打烊？"秦大福又抓起抹布认真地擦起桌面，"你哪天打烊我就哪天不用来了。"

"上班也有个假期的。他伯父，您就别争了，待会儿您就可以下班走了。别忘了把年货捎上。"

"我说了我不要。"秦大福举着抹布，一瘸一拐地往厨房里走，一边把抹布放在用剩的面汤水里洗着，一边大着嗓门对蹲在门口的敏慈说，"我们菜市场给我发了东西了，我一个人还吃不完呢，你给我准备的年货你自己带回去做点好吃的给小刚吃，孩子正在长身体的时候，不能亏待了他。"

"给小刚的我早准备好了，这是特意给您准备的。"敏慈连忙站起身，跟到厨房里，把装在菜篮里的年货往秦大福眼前一推，"您在我这帮了这么长时间的忙，又不跟我要工钱，总得让我尽份心意是不是？"

"等你发了财，有的是机会让你尽这份心意。"秦大福不苟言笑地说，"你别再劝我，再劝我我就要生气了。"说着，把洗干净的抹布从面汤里捞出来，费力地拧干它，放在灶台上，一转身，蹒跚着往外走去，"我走了，下午我再过来。"

"他伯父……"敏慈拎着菜篮子追到门口，"您……他伯父……"敏慈终于鼓足勇气把心里想说的话说了出来，"我的意思是，从今天开始，以后您再也不用过来了……"

秦大福正迈着步子继续朝前走，冷不防听到这句话，立即掉转过头，很认真地盯着敏慈："你这就打算辞退我了？"

"不，不是。"敏慈为难地挑着眉头，"他伯父，您也知道，咱们孤男寡女的，这些天来吃饭的熟人老在我们背后用一种异样的眼光打量着我们，我是有前科的人，我不想被别人误会，也不希望您的名声被我玷污了。"

"就这些？"秦大福正色盯着她，嗫嚅着嘴唇说，"好的，我都明白了。"说完，转过身，继续往外走。

"他伯父……"敏慈举着菜篮子僵在饭厅里，咬着嘴唇，一时不知说什么安慰他的话才好。

"那些东西就当是我送给小刚的年货吧。"秦大福轻轻咳了一声，头也不回地走了出去。

敏慈呆呆地怔在原地，想追出去，却又怕附近的熟人看了笑话，只好拎着篮子又折回了厨房。她不知道秦大福心里是怎么想的，但她深深意识到刚才自己说的话很有可能伤了对方的自尊，他不就是想来帮帮他们母子吗，为什么自己要对他说出那些话来？这世上的男人并不都像黄志祥一样，自己怎么能用那种理由拒绝好心人的帮助呢？

第 9 章

　　除夕那天，敏慈的小吃店正式挂牌暂停营业，她也总算抽出时间可以在家好好陪着儿子了。这天一早起来，敏慈就在厨房里忙碌个不停，又是剁肉做肉丸，又是炸虾，把小刚平常喜欢吃的东西几乎都做了个遍，连房东家的小孩都被阵阵扑鼻的清香吸引过来了。

　　武汉的冬天很冷，地处江南的新洲区也不例外。虽然早就下过雪了，但屋里屋外还是透着一股尖锐的寒冷。敏慈不让小刚帮她，让他一直躺在床上躺在被窝里抵御寒凉，隔上一会儿就跑到房间里来看他，问他身上还冷不冷，需不需要重新给他灌个热水瓶暖暖手和脚。

　　"热水瓶还暖和着呢。"小刚斜靠在床头捧着一本小说书认真看着，瞟一眼敏慈问，"做那么多吃的干吗？就咱们两个人，做多了也吃不下的。"

　　"不是过年嘛，一年才过几次年？"敏慈呵呵笑着，"妈开小吃店赚了钱，当然得好好给你补一补。还有你田叔叔、卢阿姨，我们住着人家的房子，这些日子也不少麻烦他们，多做些也好给他们送些过去。你是没看见，他们家小兵一闻到我厨房里的香味就跑过来了，刚才我喂了他一颗小肉丸，他高兴得合不拢嘴。"

"舅舅没打电话来吗？"

"打了。前两天就打电话来叫我们去凤凰镇过年。你舅妈要他陪着回娘家过年，现在你外公外婆不在了，他们一家三口在家过年也没意思。你舅舅说我们要是回去，他就不陪你舅妈回娘家过年，我当时就回绝了他，说我们不去他那儿过年，我们要是去了，你舅妈肯定要不高兴的。"

小刚叹了口气，继续看着他的小说书。敏慈歪着头仔细朝他手里的书盯了一眼，立马抢了过来，皱着眉头说："我以为你温习功课呢，原来在看这些乱七八糟的书！"

"妈！我不已经考出全年级第二的成绩了嘛，您还让我一天到晚温习功课啊？"小刚噘着嘴不满地说，"看小说也不影响我学习啊。这是托尔斯泰的名著，又不是武侠言情小说。"

"是小说就不许看。"敏慈把小说书紧紧抓在手里，"你还有时间看这些？不知道你不能跟别的同学比吗？你是没爸管的孩子，妈要再不看着你，将来这个家还指望谁去？"一边说，一边从小刚书包里翻出英语书塞到他手里，"有工夫你多背背英语单词，将来长大了会派上大用场的。"

"我英语都考满分了，还要背啊？"

"考两百分也要背。熟能生巧你懂吗？"敏慈盯着儿子语重心长地说，"小刚，不是妈逼你，我们这个家庭你是晓得的，一没钱，二没势力，将来你能不能出人头地都得看你书念得好不好，别以为这次考试考好了就可以放松学习了，你没看见很多原来成绩好的孩子因为一心二用，到最后都变得一事无成的吗？"敏慈边说边伸手拍拍儿子的被子，替他掖紧被窝，"好好看书，别乱动乱蹬的，天冷，会着了凉的。好了，妈去洗大肠了，晚上做你最爱吃的炒肥肠，还有，猪肚子正在炉子上煨着呢，一会儿熟了我盛一碗给你吃，就当是中午饭了。"

小刚点点头，硬着头皮举着英语课本漫不经心地念着单词。敏慈这才微笑着走了出去。儿子的确很懂事，她本不应该剥夺他任何的兴趣爱好，托尔斯泰的小说她也明白是好东西，但小刚现在首要的任务是好好学习，将来成为对国家有用的栋梁，能让他们这个家彻底得到改变，而看这些小说书是会移了他的性情的，很可能会影响到他的学业，她这个当母亲的没有别的本事，不能在物质上带给他更多的享受，但也决不能眼睁睁看着他玩物丧志，要看紧他的学习对她来说还是很有把握的。学习学习，是的，现在除了学习之外，她不知道还有什么是儿子应当去做的，她只知道如果学习不好，小刚就不可能考上重点高中，更不可能考上名牌大学，上不了好大学就意味着找不到好工作，没有好工作就不会有好的前途，没有好的前途，小刚这一生也就注定要和她这个无能的母亲一样碌碌无为。她不能让儿子成为一个庸人，他以后要过上好日子，要完全摆脱现在这样的家庭困境就必须靠他自己努力，所以哪怕儿子现在对她有所抱怨，她也一定要在这方面严格要求他、督促他，哪怕有一点点的懈怠也是不行的。

敏慈在厨房里忙得很有劲头。一年就这么一回，怎么也得让小刚过个快活的除夕才是，过去孙世昌能给他的，她照样也能给他。过年穿的新衣服新鞋她也替儿子准备好了，就算日子过得再紧巴巴，也不能在小刚身上省钱的。她拿一张小板凳坐在煤炭炉子前，身边放着一张小茶凳，茶凳上摆着一只大洋瓷钵子，钵子里装着用面粉和鸡蛋调和好的原料，她已经开始准备做小刚最爱吃的蛋饺了。离她身边不远处，另一架煤炉子上正"咕咚咕咚"煨着猪肚子，她掉头瞟一眼精钢锅，脸上露出心旷神怡的笑容，一边用右手拿着小瓷匙从洋瓷钵里舀着黏稠的鸡蛋面粉，一边慢慢放入油锅里，将它摊成一张厚薄均匀的蛋皮，再把它用筷子夹出来搁在事先准备好的一只空盘子里，接着再摊下一张，忙得不亦乐乎。

房东老田从院子外面风风火火地走了进来，手里拎着一堆大大小小的礼包，径直走到厨房里，微笑着说："李姐，这么早就忙着准备年夜饭啊？"

"不早了。"敏慈抬起头，对着老田呵呵笑着，"先给你拜个早年了。"瞟着他手里的礼包，"给你老丈人买这么多年礼啊？一会你们可别忙着去老丈人家吃年夜饭，等我做完这些好吃的，捡样给你们挑一些去，也让你们先尝尝我的手艺。"

"也给你拜个早年啊。"老田把手里的大包小包往敏慈脚跟前一放，"这不是我买的，是你一个亲戚托我拿给你和小刚的。我出去给我老丈人买烟，回来的时候看到一个男的老在胡同口转悠，我就问他要找谁，他嘟囔了半天说要找李敏慈，我就跟他说巧了，拽着他一块过来，他倒奇怪得很，硬是不肯过来，托我把这些东西给你们带回来了。"

"啊？给我的？"敏慈低头瞥着脚前的礼包，里面有脑白金、南京桂花鸭、四川腊肠、酱牛肉，都是小刚爱吃的，连忙抬头问老田说："他还在胡同口？"

老田点点头，又摇了摇头，"他把东西塞给我后就掉头走了。应该还没走远吧。"

"噢。"敏慈连忙拜托老田帮他照应着锅，拎起地上大大小小的袋子就追了出去。可找了几圈，也没找到什么形迹可疑的人，只好又把东西拎了回来，怔怔盯着老田问那个男人的长相、年纪。

"那男的差不多四十岁左右的样子，个儿挺高的，说的就是本地口音。"老田不解地盯着敏慈，"这人到底是您什么亲戚，给你们送东西怎么还不敢当面送过来呢？"

"还有没有别的特征？"

"他的腿好像有些不好，走路不是太稳当，一拐一拐的，像是个瘸子。"

"瘸子？"敏慈眼前闪现过秦大福的身影，四十岁左右年纪，走路又一拐一拐的，不是秦大福还会有谁？她本来以为是孙世昌呢，如果是他送来的东西，她肯定要扔出去的，现在确定不是孙世昌，她倒可以心安理得地留下这些东西,可秦大福为什么要送她东西,还要偷偷摸摸的呢？兴许是他怕自己当着他的面不肯接受他的礼物吧。敏慈轻轻点着头，没想到这个秦大福还真够意思，这年头像他这样的好人，尤其是好男人，可真不多见了。

敏慈提着礼包放到屋子里。小刚眼尖，探过头来问："妈，什么东西？刚才我听见田叔叔在外边跟您说话，到底是谁送来的？"一边问一边蹭下床，跑到桌边翻着东西看，"咦，怎么都是我爱吃的东西啊，还有花生饼呢，不会是我爸送来的吧？"

"他能有那么好心吗？"敏慈轻轻打开小刚的手，"田叔叔说了，送东西来的人不好意思进门，在胡同口一直转悠，走起路来一拐一拐的，你爸两条腿好好的，什么时候走路都一阵风似的，怎么可能是他？"

"那是谁啊？"小刚眨巴着眼睛，"不会是在您店里帮忙的那个跛子秦吧？"

"什么跛子秦？那是你秦伯伯。"敏慈瞪一眼儿子，"没想到他心眼居然这么好，这年头像他这样的好人可真不多见了啊！"

小刚伸手要拿花生饼吃，敏慈再次打开他的手，"不许吃。过了年我还得给人家送回去的。"

"都送来了干吗还要送回去？"小刚目不转睛地盯着花生饼咽着口

水，"妈，兴许真是我爸送来的呢。可能我爸走路崴了脚，您看，这里面的东西都是我爱吃的，那个跛子秦他怎么会知道我爱吃什么！"

"不许你叫他跛子秦！"敏慈严厉地瞪着小刚，"秦伯伯，他是你秦伯伯。你都上初中了，怎么一点儿礼貌都不懂呢？"

"您就那么肯定就是他送来的啊？"小刚嗫嚅着嘴唇，"我爸才知道我最爱吃什么，除了他也只有那个陈叔叔知道我爱吃什么，那个秦伯伯根本就不知道我喜欢吃什么的。"

"什么陈叔叔？"敏慈忽地警觉起来，紧紧盯着小刚问："什么时候冒出个陈叔叔来了？"

小刚知道自己说漏了嘴，和志祥之间约定的那个秘密再也守不住了，索性告诉敏慈说："陈叔叔是我爸的一个好朋友。以前我没见过他，我们到了新洲后，他老代表我爸去学校看我，每次去都给我带一堆好吃的，有时还带我去酒店吃饭，都是我爸让他这么做的。"

"啊？"敏慈吃惊不小地睃着桌上大大小小的礼包，"你爸最好的朋友？他每次去看你都给你带的这些东西？"

小刚点着头，"妈，您不知道这个陈叔叔吗？"

"我不知道啊。"敏慈纳闷着，"你爸爸的好朋友里根本就没有什么姓陈的，难道……"敏慈不安地盯一眼小刚，立即把快到嘴边的话咽了回去，"你快上床去，衣服也没穿，一会儿就要冻着的。"边说边推着小刚上了床，"桌上的东西你一样也不要动，我出去有点事，一会儿就回来给你盛猪肚子吃。"

敏慈的思绪纷乱如麻。是谁？陈叔叔？她脑子飞快地旋转着，孙世昌那几个好朋友的名字她都能轻而易举地叫出来，可就是从来不知道一个姓陈的啊！那个自称姓陈的男人已经私下里见过小刚好几次，还带他去饭店吃过饭，小刚说是孙世昌让他来的，这听上去似乎无懈可击，但仔细琢磨起来便又觉得是天方夜谭的事，孙世昌要看儿子怎么还转这么大一个圈子，难道真是那个人吗？

　　天色灰蒙蒙的，像是被扣上了一条青黑色的带子。早晨刚刚下过一场大雾，到现在总算是慢慢散去了，但那层层阴霾还是压在人的心头让人透不过气来。敏慈讨厌这样的天气。武汉的冬天大多数时都是这样灰青暗沉的，因为临近江边，潮气大，空气里到处都浸着一层湿漉漉的水汽，铺天盖地地向每个走在路边街角的行人肆意地弹压过来，越发显出人的渺小与佝偻。敏慈跑出胡同，在胡同口踮起脚尖四处张望着，可她什么也没发现，又拔起脚飞快地朝新洲二中的方向跑去。她跑得气喘吁吁，头发和额头上都被汗水浸湿了。秦大福是个跛子，他不可能走得那么快，可为什么一路追过来她愣是没有看到他的身影？她眼前又闪过黄志祥的身影，他和秦大福一样高高大大的，可他不是个跛子啊，而且他腰上还有伤，这个时候应该躺在医院的病房才对，莫非他已经出院了？可就算他出院了，他走路也不可能会一拐一拐的啊！

　　敏慈带着诸多的疑问继续朝前跑着。眼看着"香香面食店"就在马路对面，她不禁停下脚步，站直身子，伸手在额头上擦了把汗，然后缓缓地穿过马路往对面走去。然而就在这个时候，她不经意地往后掉头看了看，她并不知道自己为什么会出现这样的举动，或许是没来由的，或许是冥冥中注定的，总之，她看到了一个人，一个走路一拐一拐的人，他一直悄悄跟在自己身后，当她掉转过头去的时候，他立即掉转过身子背对着她，装作漫不经心的样子抬头看着灰青色的天空。他显然不会是秦大福，他看上去比秦大福要高大得多，身材也显得略微发福，可他朝另一个方向缓缓走过去时腿也是一拐一拐的。

是他！就是他！敏慈一眼就从他略显佝偻的背影认出他是谁了。是黄志祥！她僵在马路中央瞪着他的背影发着呆，直到一辆公交车缓缓朝她身边驶过来，司机按响尖厉的汽笛声，她才反应过来，迅速朝刚才过来的马路另一侧飞跑过去。她冲到了黄志祥面前，尽管她不知道应该对他说些什么，但还是站在了他身前，用一种幽怨且居高临下的眼神狠狠瞟着他，一直等到黄志祥盯着她愤怒的面容，从牙齿缝里轻轻挤出"敏慈"两个字。

　　"你别叫我！"敏慈愠怒地瞪着他，紧紧咬一下嘴唇，"是你给小刚送的东西？"

　　黄志祥不置可否地盯着她，慢慢低下头，答非所问地说："没想到会在这里碰见你。"

　　"我问你，给小刚送东西的那个人是不是你？"敏慈的声音提高了几个声调，语气显得相当愤懑。

　　黄志祥低着头不说话。

　　"好汉做事好汉当！黄志祥，不，黄元恺，你还是不是个好汉，还是不是个男人？"敏慈紧紧盯着他，忽地发出一声尖厉的冷笑，"你当然不是好汉，更不是男人！你就是个蹲大狱的！你就是个人渣！"

　　"对，我就是人渣。"黄志祥缓缓抬起头，有些费力地翕合着嘴唇，"敏慈，都……都过去这些年了，你就不可以，不可以原谅我吗？"

　　"原谅你？"敏慈冷哼着呸了他一口，"就你？你也配？"

　　"我知道我不配，可我希望你和小刚能过得好一些。"黄志祥一脸惆怅，"你知道，我只是希望你们过得好，敏慈，不要再为难自己，继续伤害自己了，好吗？"

　　"你说什么？"敏慈冷冷地瞪着他，"我伤害自己？我有今天拜谁所赐你到现在还不了解吗？黄志祥，你别再在我面前黄鼠狼给鸡拜年了好不好？"敏慈越说越激动，甚至咬牙切齿地瞪着对面这个曾经带给伤害与灾难的男人，她从来都没想过要原谅他，更不可能会对他好言相向，这一辈子都不可能的！

"敏……"

"你不要叫我！"敏慈浑身打着战，她显得异常激动。"我问你，你给小刚送那些东西是什么意思？还有，经常去他学校看他的那个陈叔叔是不是你？你到底想干什么？你嫌害我害得不够，还想要祸害我儿子，是吗？"

"不是，不是的。"黄志祥摇着头，"敏……我不想看着小刚跟着你受苦……孩子是没有错的，他不应该吃那些苦头，我们做大人的做错了事，可这不能让孩子跟着咱们受影响啊！我就是……"

"那么说，陈叔叔就是你了？"敏慈瞪着他，"黄志祥，我不管你想干什么，从现在开始，我不希望你再来打搅我们母子的生活，更不想再看到你去找小刚，万一被我知道你再去找小刚，我一定会跟你拼命的！"

"为什么？为什么你就不肯给我一个赎罪的机会？"黄志祥万分痛苦地盯着她，"这十几年来，我没有一天不是在痛苦和后悔中煎熬度过的。敏慈，我知道我错了，我对不起你，对不起小刚，我不是故意的，我不知道那个时候我为什么会那么犯浑，那天晚上我和殷长军他们几个喝了酒，喝了很多的酒，后来我们就……"

"别说了！"敏慈伸手使劲往后推着黄志祥，"你给我住口！浑蛋！你得下十八层地狱！"

黄志祥被敏慈一推，朝后打了个趔趄，差点没跌倒在水泥路面上。他嗫嚅着嘴唇努力让自己站稳身子，一手扶着受伤的腰部，一手轻轻理了理身上穿的大衣领子，蹒跚着朝前走了一步，待看到敏慈正用犀利的目光瞪着他，便赶紧停下脚步，立在原地怔怔地瞟着她叹口气说："我会补偿你的，还有小刚，不管付出多大的代价，我都要补偿你们。"

"知道我现在在想什么吗？"敏慈咬着牙齿瞪着他，"黄志祥，我在想，那天你为什么没有被火油炉子给砸死，你要是被砸死了，我们娘俩的委屈和痛苦也就不了了之了。"她几乎是幸灾乐祸地盯着他瘸着的腿，"瘸了？黄志祥，你也有今天？当初那个凶神恶煞似的恶棍黄志祥死哪儿去了？啊，你怎么变成今天这副模样了呢？黄志祥啊黄志祥，你还出来做什么？你还嫌丢人现眼的不够吗？你以为你现在改名叫黄元恺了就可以把过去那些事都一笔勾销了？告诉你，只要我李敏慈一天不死，你就休想活得痛快一天。是吗？你不是后悔了吗？那你就躺在床上挂着拐棍后悔一辈子吧！"

敏慈骂完最后一句话，扬着头，挺着胸，雄赳赳、气昂昂地走了。黄志祥伸手抚着腰伤和那条伤腿，一滴浑浊的泪水从他眼角边情不自禁地掉了下来，滑落在他英俊而又不失沧桑的面庞上。

小刚不明白母亲为什么会发这么大的火。敏慈当着他的面把黄志祥送来的大包小包通通举过头顶，重重砸到地上，抬起脚跺了又跺，额上青筋暴露，像发疯了一样。小刚很久都没看到母亲发过这么大的脾气了，他有些害怕，又有些不解，瞪着大大的眼睛睃着敏慈小心翼翼地问："妈，您怎么了？东西是谁送来的，不是秦伯伯吗？"

敏慈铁青着脸，继续在桂花鸭、花生饼上跺着，脑白金瓶在她脚边开裂，黏黏的液体流了一地。小刚看着那么多好吃的东西就这样被母亲毁了，心里不禁一阵难过，眼里含着委屈的泪水，掉转过头怔怔盯着灰白的墙壁，默默掉着眼泪。

"哭什么哭？没得吃你就要死了吗？"敏慈继续跺着脚下的东西，回过头觑着小刚，伸手指着他愤然地骂着，"你到底是谁的儿子？你还有没有一点出息？啊？什么人的东西不好吃，你非要吃那个魔鬼送来的东西？他倒是用什么勾了你的魂收了你的心啊？"

小刚仍然盯着墙壁无声地哭泣着。敏慈终于忍不住发泄了出来，对着小刚呜呜咽咽地哭出了声来，"他是魔鬼你晓得不晓得？你妈妈走到今天这步全都拜他所赐，你倒好，还认贼作友，还天天跟他去大饭店吃山珍海味，你简直把我这张老脸丢光了啊！"

"他是谁？"小刚突然掉转过来，怔怔盯着母亲因痛苦愤怒而扭曲变形的脸，"是陈叔叔？"

"鬼叔叔！"敏慈歇斯底里地咆哮着，"你喊他叔叔？你这个忘恩负义的，亏我含辛茹苦把你拉扯这么大，你居然喊那个人面兽心的人叔叔，你不是我儿子，我也没你这样的儿子！"

"妈，到底是怎么回事？"小刚被敏慈哭得糊涂了，他一骨碌掀开被子从床上跳下来，不无心疼地睃一眼地上一片狼藉的小吃，紧紧盯着敏慈的眼睛问："那个陈叔叔不是爸爸最要好的朋友吗？"

"他是鬼！是魔鬼！"敏慈愤然地瞪着小刚，忽地抬起手就给了他一大耳光，恨铁不成钢地骂着，"你这个不争气的，他一点小恩小惠就把你收买了吗？是的，妈妈是穷，妈妈买不起好吃的东西给你吃，更没钱带你去大饭店吃山珍海味，可你是妈妈身上掉下来的肉啊，你为什么偏偏要跟那个畜生粘在一起？你对不起妈妈，你对不起妈妈啊！"

"妈，他到底是谁？"小刚哽咽着盯着敏慈，"您告诉我，他到底是谁，难道他不是爸爸的好朋友吗？"

"他当然不是！他是畜生！是禽兽！你爸爸为什么要抛弃我们母子你知道吗？全都是拜这个披着人皮的狼所赐！我们娘俩走到今天这一步，全是他造的孽，是他造的孽啊！"敏慈情绪失控，不能自抑，一个跟跄踩在破裂的脑白金瓶子上滑倒在地，索性趴在地上呜咽着哭了个够。

小刚不知道那个所谓的陈叔叔为什么会给母亲带来这么大的伤感，但凭他的聪明，他已经猜测到那个经常给他买好吃的男人就是他们母子所有灾难的根源，他轻轻蹲在敏慈身边，小心地拉扯她棉袄的衣襟："妈，我错了，我以后再也不吃那个男人的东西了，你原谅我，原谅我好不好？"

"小刚！"敏慈将儿子紧紧搂入怀中，伸手替他擦拭着眼角的泪水，"小刚，是妈妈不好，妈妈不该对你发脾气，你别怪妈妈，别离开妈妈好不好？"

"妈，我不会像爸爸一样丢下您不管的。我一定会好好学习，考上重点高中，考上名牌大学，赚很多很多的钱让您过上最幸福美满的日子。"小刚也伸手擦拭着敏慈眼角的泪水，"那个男人到底是谁？他真的不是爸爸的好朋友吗？"

"不是。"敏慈摇着头，哽咽着说："他就是害妈妈和你有家不能归，害妈妈被人在背后指着骂的那个畜生。小刚，妈妈跟你说，他不是好人，他比你爸爸还要坏，还要没有良心，他已经把妈妈害成这样了，你可千万不能再被他害了啊！"

小刚现在彻底明白了，那个自称陈叔叔的男人就是造成他母亲一切痛苦的根源。原来就是他！小刚怎么能想到害妈妈痛苦绝望的男人居然会在自己面前扮演起大善人来了，不过更令他想不通的是，那个男人并没有要伤害他的意思，而且每次去找他都显得非常慈祥和蔼，现在他怎么也不能把那个男人和母亲口里声声喊叫着的魔鬼联系到一块儿去，这究竟是怎么一回事呢？关于孙世昌之所以逼着敏慈离婚的理由，他早就从邻居和舅妈的闲言闲语里知道了，可他并不明白真相，难道妈妈在嫁给爸爸之前真的跟别的男人有过那种关系吗？那么他又是谁？他真的像传言里说的那样，根本就不是孙世昌的亲生儿子吗？那么他的亲生父亲又是谁，会是妈妈骂作魔鬼的那个陈叔叔吗？

"小刚，妈妈求你，你一定要答应妈妈，以后不管那个男人再怎么纠缠你，你都不要理他，好不好？"敏慈几乎是用一种近乎绝望的语气在和儿子沟通，她很害怕，她害怕失去儿子，小刚的面孔长得越来越像黄志祥，她真怕那个畜生把儿子从她身边给抢走啊！

小刚点着头，"他就是那个害你被爸爸赶出家的坏男人？"

"他是妈妈一切痛苦的根源。你要记住，他是妈妈的仇人，也是咱们这个家的仇人，不管到什么时候，你都不能认贼作友，哪怕他把刀子架在你脖子上，你也不能对着他低下你的头来。"

"嗯。"小刚听话地点头，"妈，您能告诉我，他到底是谁吗？他为什么要害你，他就是别人说的那些闲话里的那个男人吗？"

"你别管他是谁，你只要知道他是我们的仇人就行了。"敏慈收住眼泪，把小刚搂得更紧，"儿子，天冷，你赶紧上床到被窝里躺着，我给你盛猪肚子去。"一边说，一边拉着小刚起来，拍着他的屁股，把他轻轻推上床，替他掖好被窝，刚要转身走开，又突然正色盯着他写满疑惑的脸问，"你真想知道他是谁？"

小刚点点头。

"好，我就告诉你。"敏慈叹着气，"他是你们班同学过江龙的爸爸。"

"过江龙的爸爸？"小刚吃惊不已，睁大眼睛瞪着敏慈，"妈，您说他是谁？过江龙的爸爸？他是周小龙的爸爸？"

"就是周小龙的爸爸。"敏慈拍拍小刚身上的被子，"以后你在学校撞上周小龙，能躲开他多远就躲开多远，他们这对父子简直就是我们母子的克星。"

"周小龙是我们班体育班委，我每天上课都和他在同一个教室里，我能躲到哪儿去？"

敏慈咬了咬牙，"实在不行，咱们就转学。"

"妈！"小刚可不愿意转学，新洲二中可是区重点中学，当初自己就差了一分险些没能被录取上，后来还是许彪帮着他们交了一大笔钱，他才得以进入这所学校念书，他可不想因为周小龙父子的事影响到自己的学习。

敏慈看了看儿子，知道他心里在想些什么，嗫嚅了一下嘴唇，"好吧，这事咱们先不说，反正下课了你能离他多远就离多远，这种家庭出来的孩子也不是什么好东西，上回他不就仗势欺人把你给打了吗？有其父必有其子，他们家就一肚子坏水也一代一代往下传！"

小刚不再说话，默默沉思着。那个陈叔叔怎么会是周小龙的爸爸，还是造成妈妈所有伤痛的罪魁祸首呢？他看上去慈眉善目的，待人热情而富有爱心，怎么会……难道是妈妈搞错了，错把别人当成了陈叔叔？他咬着嘴唇纳闷着，这个陈叔叔的确有些古怪，不说自己在阳逻镇的时候从来没见过爸爸有这么一个朋友，就是他每次来的时候也都没说清楚自己到底和孙世昌是什么关系，难道妈妈说的都是真的吗？

敏慈端进来一碗热气腾腾的猪肚子汤放在小刚床前的床头柜上，找来一块干毛巾摊在被角上，然后把碗和筷子递到小刚手里，怜爱地盯着他说："慢慢吃，别咽着了，别把汤汁洒出来弄脏了被子。"

小刚点着头，举起筷子夹起一块猪肚子，香香喷喷地吃着。"妈，您也吃啊。"小刚一边嚼着猪肚子，一边抬眼瞟着看着自己吃的敏慈，"真好吃，比饭店里做的好吃多了。"

"怎么，那个人带你去饭店里也吃这个？"敏慈面上明显挂不住，但看到儿子吃得兴奋的样子，不忍心再数落他，只好撇了撇嘴，示意他慢慢吃。

小刚没有回答敏慈的话，他津津有味地吃着自己最喜欢吃的猪肚子，已经把陈叔叔的事丢到脑门后去了。敏慈紧紧地盯着儿子看，孩子还小，过了年他才十四虚岁，他懂什么啊？她伸手在围裙上揎了揎，眼前映现出"香香面食店"红火的忙碌场面。她坚信，只要自己肯吃苦，一如既往地把这家小店开下去，就一定能改变他们娘俩现在的窘境，只要把店经营好了，大钱赚不上，可也总能攒到几个小钱，不管钱多钱少，人只要手上有了钱，便不会再任由别人欺负。总有一天，她也会让小刚像过江龙一样，穿得体体面面地去上学，不再让儿子在同学面前丢脸。

第 *10* 章

凄厉的冷风肆意吹打在敏慈脸上。为了生计，刚刚过了五天，她就在年初六的凌晨起了个大早，把身上裹了个严严实实，冒着严寒朝"香香面食店"的方向不紧不慢地走着。她知道，过了年初五，街上的店面也就三三两两地开张了，虽然这几天不会有太多的客人光临她的小店，但只要她开张了，就会有人来吃饭，总比在家里闲着没一分钱的进项好。

店堂虽小，可却五脏俱全。年二十九那天下午，秦大福已经帮她张罗着把春联贴到了对着胡同口的门板上，瞅上去就觉得喜庆。附近居民放的鞭炮烟花的碎末铺满了整条街巷，"香香面食店"门前也不例外地挂上了彩，到处都透着一股浓烈的火硝味。

敏慈撤下店门板，拉开电灯吊绳，白炽灯迅速放射出温馨的光亮，将整个屋子照得亮堂堂的。她把随手带来的发酵粉放进面盆里开始和面发酵，然后点燃紧挨着饭厅门口放着的火油炉子，在上面煮着茶叶蛋，又转身跑到厨房里往灶膛里塞着放在火油炉上燃着的木柴，一边开始烧起水来等着蒸包子，一边准备着包包子要用到的馅料。

敏慈忙得不亦乐乎。她是个闲不下来的女人，在家休息了五天，就觉得浑身难受，现在动起来了，倒感觉全身上下各个部位都舒展开了。

看来自己就是个劳苦的命！敏慈轻轻叹着气，开始淘米熬紫米粥，很多客人喜欢喝紫米粥，她原先没有发现这种紫米的好处，因为客人喜欢，便天天熬了卖，甚至比卖馄饨还要赚钱，这是她从来没有想到过的。她最享受蒸包子时的各种工序，仿佛不是在工作，而是在制作一件精良的艺术品，附近的学生、居民都说她的包子做得好吃，很快把整条街面上卖包子的小店都比了下去。

秦大福问她蒸包子到底用了什么秘诀，她只是抿着嘴露着憨憨的笑容。其实哪有什么秘诀，在盘下这家店之前，她从来没有动手包过包子，甚至不知道发酵粉和酵母的区别。她只是用心在做每一桩事情，哪怕是蒸一个包子、炸一根油条这样的小事。小事其实看起来容易，做起来并不简单，就拿蒸包子来说，她就跟着前任店主夫妇后面学了一个星期才总算摸到了窍门。首先，最关键的就是要把面发好，说到发面，就要掌握好和面的技术，比如一斤面要加多少水，事先必须把发面的引子泡好，与面一起和，面发的时间长短和季节变化的内在关系，这些都是蒸好包子的先决条件。

敏慈心灵手巧，学得还算快，店主夫妇开玩笑说，有些笨女人学一个月两个月，蒸出的包子不是像馒头就是一出笼就咧着大嘴朝人笑，所以别看蒸包子看似容易，其实也是一门大学问呢。其次，就是得保证馅子的口感要好，为了照顾到不同顾客的口味，敏慈每天蒸包子前都得准备好各种馅料，肉馅有猪肉的、牛肉的、羊肉的，菜馅有青菜的、白菜的、韭菜的，另外还有甜馅的诸如豆沙、枣泥之类的，不一而同。当然，调料也相当重要，麻油、酱油、花椒粉、味精等都要放得适量，多一分少一分味道就会大打折扣，拌好后还得至少让它养上一个钟头，然后才进入包皮的工序。包皮也是非常重要的环节，包不好蒸出来的包子就会开裂，初学的人怕包子裂开，就会把皮加厚，这么一来就会大大影响口味，所以上好的包子必须馅厚皮薄，这可不是几天时间就能学来的功夫，是需要长时间练出来的。

新洲二中附近有很多像敏慈这样的小食店，零零落落地开在附近纵横交错的几条街道边和胡同里，店主大多是从武汉乡下来城里创业的农民，由于条件所限，他们从最底层的小本生意开始了他们的生活——蹬三轮、收废品、卖菜，或是卖早点等。乡下人不会别的，摆弄两张桌子，支个煤气罐，煮一锅粥，拌两盘咸菜，或是再蒸几个包子，一家小吃店也就算开市了。虽然一条街巷可以见到很多这样的店市，但大多数外地人并不甘心永远地卖包子，卖包子只是他们跨进城市的第一步，做早点对他们来说只是一个过渡，而他们的终极目标则是利用卖早点作为跳板寻找到更能赚钱的行当，所以他们蒸出来的包子口感就不会好到哪儿去，吃早点的城市居民们也就吃不出多少滋味来。

敏慈盘下"香香面食店"后，起先很担心别的店面会抢去不少生意，但后来她发觉了别家店面存在的问题，深深明白要吸引顾客吃了这回下次还来就必须花费一番心思的道理。如果你店里做出来的东西和别家里的口味差不多，自然就失去了竞争力，这一点敏慈心知肚明，于是她就变着花样让自己蒸出来的包子更鲜美、更符合各种不同人的口味。当然，她在环境上也是下了一番功夫的，愣是找李坤帮忙从他朋友那里批来廉价却很好看的壁纸，连夜把斑秃的石灰墙做了一次彻底"美容"。

火油炉子上的茶叶蛋已经煮好了，敏慈赶紧把锅子挪开，换上倒进紫米的钢精锅，开始熬上紫米粥了。外面的天色已经微白，面也已经发好了，敏慈便开始擀皮了。虽然从事这项行当时间不长，但面案上的活计却成了敏慈的拿手好戏，现在和面烙饼她样样精通，做出来的包子个个精雕细琢、褶花均匀、圆润好看，光瞅一眼便能勾起人们的食欲。最后一道工序就是将包好的包子放入蒸笼，包子与包子之间间隙要适度，间隙太大，就搁不了多少包子；间隙太小，蒸出来的包子就会粘上。所以每一道工序都有学问，要学好这前前后后的一切还是需要费一番心力的。

灶上蒸着包子，敏慈还是闲不住。又赶紧把炸油条的那只用铁皮桶改造成的大炉子搬到门外点燃，就等着油锅烧热开始炸油条了。现在敏慈已经忙得浑身是汗，没有一点寒意，她索性把棉袄脱掉，只穿着两件毛线衣，继续在饭厅和厨房间忙进忙出。要是秦大福在就好了，敏慈抬手用衣袖擦着额上大滴的汗珠，至少他可以帮她把沉重的铁皮桶炉子挪到门外去，女人毕竟还是比不得男人，虽然秦大福是个跛子，但还是有些蛮力的，不像她，粗活、脏活、累活都难不倒，可沉重的活对她来说还是一项艰巨的工程，这不，刚稍稍闲下来，便觉得腰酸背痛起来。她知道是刚才挪铁皮桶炉子时不小心闪了腰，有股钻心的疼痛直刺心肺，痛得她直不起腰来，额上的汗滴越来越大。不行，绝对不能就这样垮下去的，她伸手在腰部狠狠砸了一拳，企图缓解一下腰痛，但老天爷却像是跟她作对似的，就连往前迈一步都显得困难重重。

怎么这么倒霉呢？敏慈眼里噙着晶莹的泪花，这个家不能少了她啊！她要是倒下去了，小刚该怎么办？儿子还小，他需要妈妈，需要一个健健康康、活蹦乱跳的妈妈，她不敢想象一旦自己倒下去儿子将会面临怎样的困难，她紧紧咬着牙齿，一再给自己打着气，敏慈，你是好样的，你不会就这样倒下去的，好了，从现在开始你振作起来，不要被病痛击败，不就是闪了腰吗，闪了腰休息一会儿就好了——根本就不是什么大不了的事，咬咬牙就挺过去了，这家店还要靠你，只要你在，这家店就会越做越红火，就能赚到越来越多的钱，以后小刚的学杂费和生活起居的各项费用就都不用发愁了的。还有什么理由能让她不坚持过来？为了儿子，为了她和儿子共有的家，她都必须挺过来，于是她强忍住泪水，愣是直起腰板，一步一步地慢慢踱进厨房，便又开始抓紧忙碌起来了。

　　天渐渐亮了。房前屋后响着清脆的爆竹声。武汉人过年的兴致意犹未尽，鞭炮烟花得从年三十持续放到年十五以后。敏慈知道天是要亮了，下意识地摸一把闪了的腰，还是钻心地疼，但她只能忍着，忍一忍就好了，过一会客人来了，有事做了，就不会惦记着疼痛了。人是个奇怪的动物，只要让他忙得停不下来，身上的病痛也就不觉得有多严重了，这当然也是敏慈的经验之谈。干活干活，干再多的活也是累不死人的。敏慈搬来一张四条腿的圆凳坐着稍事休息，嘴里轻轻哼唱起"不经历风雨，怎么见彩虹"的歌词来。她会唱的流行歌曲不多，年纪大了，也不爱记歌词，所以翻来覆去地只会哼唱这么一句，最后她自己把自己给逗乐了，咧着嘴呵呵笑着，一边等着天大放亮，一边等着灶上蒸笼里的包子出笼，所有的辛酸都在一瞬间化作了动力。

　　街上已经有了行人，侧耳可以听到"咔嚓咔嚓的"笤帚掠过水泥路面的声音，那是城管工人开始扫地洒水了。敏慈每每听到清扫路面的声音，心情就会变得激动起来，因为知道马上便要有客人过来了。为了让路过的行人知道她已经开店营业，她顾不上严寒，把店门前的一大半门板都撤了下去，亲切地和环卫工人打着招呼。

　　"新年好。"扫地的中年妇女已和敏慈混得很熟了。"这么早就开张了？你也不在家多歇几天，给你儿子多做点好吃的？"

"不早了。"敏慈呵呵笑着，拿着一把大勺子搅拌着铁皮桶炉子上那口炸油条的大锅里的陈油，瞟着环卫工人说，"年三十就把好吃的都做好了，要吃的时候端出来热热就行了。"

"那也用不着这么早就开张，不过了正月十五，没几个人出来吃的。天又冷，我看你还是在家多歇息几天吧。"

"总有人出来吃的。"敏慈伸手在围裙上擦了一把，"我就是闲不下来，一闲下来觉得骨头架子都要散了，就是这劳苦的命。"

环卫工人也跟着笑："将来你儿子有出息了，你也就苦尽甘来了。"

敏慈想着小刚将来会成为一个有出息的人，嘴角便不由自主露出惬意的微笑。儿子很替她争气，成绩一直很拔尖，只要苦过这几年，考上市重点高中，就不愁没有好大学上了。"我蒸笼里的包子就要熟了，一会儿你走回来时，到我这里拿几个带回去给孩子吃。"敏慈热情地招呼着环卫工人。

"不了，我们家那口子年前自己在家蒸了几百个包子，什么馅的都有，五天大年，天天逼着我们吃包子，我跟我儿子都吃得直想吐了。"

"我的包子比你家那口子做得好。"敏慈扬着眉头，自信满满地说，"我今天特地做了芝麻馅的，过会儿一定来尝个新鲜。"

环卫工人大声应着，拿着笤帚扫向马路另一边去了。敏慈孤孤单单地站在冒着热气的铁皮桶炉子前怔怔发着呆，看着街上稀少得可怜的人群，她有些后悔把油条炉子给摆了出来。环卫工人说得没错，不过了年十五，来外面店里吃早饭的人肯定不会多，包子兴许还卖不完呢，何况再多出油条。这样想着，她又觉得闪了的腰痛得厉害，只好轻轻转过身朝屋里面走去。馄饨馅也已经做好了，饺皮子也擀出来了，但她并不急着包馄饨，而是要看看客流量再说，要是没几个吃饭，过了早市她就把门关了，回家陪儿子多唠唠嗑去。

她坐在凳子上盯着馄饨馅发着呆，忽然听到门外传来一声低沉的咳嗽声，连忙抬头朝外面望去，笑容可掬地叫问着，"过年好，来吃馄饨了吧？"话刚出口，她脸上的笑容便又僵住了，那个站在门外穿着灰黑色全毛料子风衣，戴着瓜皮棉帽，两手插在风衣兜里的男人不是黄志祥吗？他怎么跟个幽灵似的，总是在她出乎意料的时候出现在自己面前？自己到底怎么又招惹上这个克星了，到底要用什么方法才能把这个魔鬼从她和小刚的生活里彻底赶出去呢？

"你来做什么？"敏慈顾不上腰痛，飞快地冲到店门口，瞪大眼睛瞅着一脸沉默的黄志祥，"这里不欢迎你，请你赶紧走开！有多远就给我走多远！"

"敏慈……"黄志祥努了努嘴唇，双眼无神地盯着她，"我不是故意的，这几天失眠，所以……我没想到会走到这里来，我不是故意要惹你生气的。"

"黄志祥，你到底想做什么？"敏慈愤愤地盯着他，"你已经害了我大半辈子了，为什么还不肯放过我们母子，你到底还希望把我们母子怎样？是不是非得看到我们母子冻死街头你才肯放过我们？"

"我求你，不要再误会我了好不好？"黄志祥从衣兜里掏出手，抬起右手在嘴角抹了一下，"敏慈，你就不能给个机会让我好好跟你谈一次吗？我知道，你恨我，可恨一个人自己也会痛苦的你知道不知道？我只是希望我们能够打开多年的心结，不要再彼此仇恨了好不好？"

"仇恨？你有资格仇恨我吗？"敏慈冷冷睐着他，"你被判刑坐牢是你自己咎由自取，怨不到我头上来！"

"我没有怨你，更没有恨你。"黄志祥摇着头，他知道自己思绪比较混乱，不知道该如何才能把自己心里想要表达的意思说出来。他伸手挠了挠耳朵，紧锁着眉头，瞥着眼前这个被他伤害得浑身伤痕累累的女人，情绪显得相当激动，"就当你行行好，原谅我一回好不好？每个人都会做错事的，我为过去对你造成的伤害已经付出了沉重的代价，但我的心从来都没有因为重新获得自由而好受过，我知道你一直都恨着我，一想起你正在一个黑暗的角落咬牙切齿地恨着我，我心里就好像被千万把刀子捅了一样特别难受——敏慈，我不求你很快就能原谅我，我只求你给我一个赎罪的机会，让我帮帮你，帮帮你和小刚，这样我就不会像现在这样痛苦了。"

"我们不需要你的帮助。黄志祥，我真的不想再看到你，也不想再听你多说一句话，我只希望你永永远远离开我们母子的世界！至于你想赎罪，那是你自己的事情，和我一点儿关系也没有！"

"可是——敏慈——你就真的这么恨我吗？"黄志祥痛苦地闭上了眼睛，"你就打算这样折磨我一辈子，让我下半生良心都得不到安宁吗？"

"那是你自己的事！"敏慈咆哮了起来，"你以为一句道歉就可以改变我所受的那些罪吗？黄志祥，你太自私太无耻了，十四年前，你祸害了我，十四年后，你又想从我这里得到原谅，你不觉得这世上的便宜事都被你一个人占尽了吗？错误？你犯下的不是错误，是罪孽！如果一切罪孽都可以得到宽恕，当初就不会把你逮到局子里去了！"敏慈一手叉着腰，一手指着他的鼻子，"你走不走？你不走，信不信我把油锅里的油浇到你身上？"说着，迅速跑到铁皮桶炉子面前，做出要搬起油锅的动作。然而，就在这一刹那，她突然觉得自己浑身无力，想哭的欲望再也抑制不住，终于从炉边瘫软地滑倒了下去，蹲在地上抱着头呜呜咽咽地哭了起来。

"敏慈……"黄志祥轻轻踱到她面前，"我知道我罪该万死，好了，你别在街上哭了好不好？一会儿人多起来了，看见了对你自己也不好。"他俯下身子轻轻扶着她起来，推着她往屋子里面走。

"你别碰我！"敏慈掉过头瞪着他，"滚！快滚！畜生，我叫你滚你听到了没有？"她伤心欲绝地跌倒在桌子底下，泪水如同决堤的洪水泛滥成灾。她不想在这个魔鬼一样的男人面前显示出自己的软弱与绝望，可她还是控制不住自己的情绪，多年的委屈与积郁让她一下子爆发出来，举着面前的凳子、筷桶、酱油罐纷纷朝黄志祥身上砸了过去。

黄志祥呆呆站在她的面前，任由她发泄着脾气，不管什么东西砸到身上，愣是没有挪开一步。他知道，不管敏慈对他做出什么偏激的事来，那也是他应该受的。他几乎毁掉了她的一生，一个女人最宝贵的青春年华都浪费在他的手里，怎么能叫她不恨他不怨他呢？他收拾起自己仍然对她存在的感情，努力掩饰着内心深处对她的爱慕与眷恋，现在，他只想好好补偿她和小刚，别的事情他不再敢想，也不能去想。他不配，他这一辈子都不配再去爱她喜欢她了。

"你还不滚？"敏慈呼啦一声从凳子上跳起身，"滚！滚出去！"

黄志祥举起手捏一把鼻子，目光落在敏慈挂在墙壁上的一条灰色的毛线围巾上。围巾已经很旧，早已洗得发白，他一下子便想起当年自己送她围巾时的情景，泪水潸然而下。一切的罪孽都是由自己造成的，自己无法回避，也不能回避过去的荒唐与过错，现在唯一能做的就是迅速从她面前消失，让她的悲痛降到最低点。黄志祥默默走在孤寂的大街上，三三两两的行人从他身边擦肩而过，没有人能够认出他就是新洲区乃至整个武汉三镇鼎鼎大名的商界闻人大唐公司的老总黄元恺，在敏慈面前，他只是一个乞求得到宽恕的罪人，甚至是一条摇尾乞怜的落水狗。他静静倚在街口的电线杆上默默发呆，眼角挂着深深的悔恨。

周桂兰出现在他背后的时候，他一点儿都没有感觉到。周桂兰不依不饶地拽着他风衣的衣襟，不断甩动着烫成波浪卷的中长发，愤然地瞪着他，面部肌肉全都抖动了起来，薄而细长的嘴唇歪到一边，像没捏好的包子，失控的情绪一下子便爆发出来。她捏紧拳头在黄志祥身上四处捶着，又抬手撕着他的耳朵，脸憋得通红通红。"黄志祥！"她在鼻子里冷哼一声，杏眼圆睁，把他浑身上下打量了个遍，"你！你！"

"你跟踪我？"黄志祥无精打采地低着头，他已经没有精力和心思继续和她吵下去了，"你已经把家里弄得乌烟瘴气的了，就不能让我呼吸一口自由新鲜的空气吗？"

"什么？"周桂兰斜睨着他，不解恨地骂着，"我把家里弄得乌烟瘴气的？黄志祥，你从早到晚心里想的都是那个臭婊子，你还怪我？你说，那个婊子到底给你灌了什么迷魂汤，你怎么就一直不肯对她死心呢？"

"她不是婊子。"黄志祥冷冷盯着气急败坏的周桂兰，"桂兰，你要吵的话，我陪你回家去吵，你别再在大街上丢人现眼了好不好？"一边说，一边抬脚朝前走去，很快就把妻子甩在了后面老远。

"黄志祥！"周桂兰站在原地发号施令，"你怕什么？你自己做的丑事，我都不嫌丢人，你怕什么？"

黄志祥继续朝前走着，他默默抬头吁口气，仿佛根本就没把周桂兰放在眼里。

"站住！"周桂兰咆哮着，"姓黄的，你要再往前走一步，我今天就跟那个臭婊子拼了！"说着，掉转过头，气势汹汹地朝敏慈的"香香面食店"跑了过去。

"周桂兰！"黄志祥立即转过身，飞快地追上妻子，在路角一把拽住她的胳膊,铁青着脸,瞪大眼睛正色盯着她,"你给孩子留点面子好不好?小龙还在这附近的学校念书,你就不怕闹起来传出闲话影响了孩子的学习吗?"

"你还关心小龙?"周桂兰抬头瞪着他冷哼着,"他不是你儿子,你压根儿就没关心过他,你是怕你那个野种在学校里更被别的同学看不起,对吧?"

"你!"黄志祥死死拽着她的胳膊,"你别一张口就扯上别人,我对小龙怎么样,你比谁都清楚。"

"那是因为你花了他爸爸给我的钱才发达了起来,你那不是对小龙好,你是在报答小龙的爸爸。要不是小龙爸爸留给我们那些钱,你黄志祥能闯下今天这番事业吗?"周桂兰定定盯着黄志祥,"黄志祥,这个家底是我给你的,你的事业也是我带给你的,你不能吃着我的用着我的,心里却想着跟别的女人鬼混!你今天必须把话跟我说明白,你到底是安了什么心,要不小龙死去的爸在地底下也放不过你!"

"我说了,家里太闷,我快憋死了,难道还不允许我出来活动活动?"

"小区那么大,出了门就是公园,你为什么不在附近活动,偏要走这么老远的路跑到这儿来活动?"周桂兰斜睨着不远处的"香香面食店","黄志祥,你就老实交代了吧,你到底对李敏慈那个娘们安了什么心?"

"我安什么心?"黄志祥也瞪着她,"你不要不讲理好不好?"

"不讲理?好,既然你说我不讲理,我就不讲理给你们看看!"周桂兰边说边奋力挣脱着黄志祥,"你有种就别拽着我!要是心里没鬼,你就让我找姓李的婆娘说个清楚,看到底是她存心勾搭你,还是你一直对她贼心不死?"

"我跟你说了,我就是出来散步,我根本就不知道她在这里开小店……"

"不知道，你骗鬼吧？"周桂兰盯着丈夫冷冷笑着，"我已经打电话给蒋英了解过她全部的情况了，没想到这个婆娘居然就是十多年前被你们那些人渣轮奸的女主角！怎么，你还想瞒着我是不是？她老公之所以不要她了就是因为她生的儿子不是他老公的种，你是不是觉得那个野种有可能是你下的种？啊？怪不得三天两头跟我提离婚，你这是打算跟我离了婚好把那个臭婊子娶回家，连那个野种一块带回来是不是？"

听到妻子说到"轮奸"两个字，黄志祥顿时觉得有如五雷轰顶。虽然结婚之前周桂兰就知道他曾经有过前科，因为强奸罪被判了十年刑，最后因为表现好，被提前两年放了出来，但在他们夫妻之间，这两个字眼却一直是他们交流的禁忌，现在冷不防听妻子说出这两个字，他一下子便觉得被妻子击打得体无完肤，仿佛肮脏的五脏六腑都被她掏出来了丢在马路牙子上供人参观，他在她面前一直保持的高大形象也在瞬间崩溃于无形，只觉得自己变得越加渺小，再也没有了反抗的本能与回击的能力。他痛苦地放开拽住妻子的手，双手紧紧抱住头，痛苦不堪地倚在街口的墙角里，忽地又拿开手，把头对准青色的墙砖便使劲地撞了过去。

"你疯了吗？"周桂兰连忙拽开往墙上撞头的黄志祥，不无心疼地伸手抚着他额头上隆起的大包，"我说你几句你就受不了了吗？你出来的时候有没有考虑过我和小龙的感受？小龙一直对你都非常尊敬，甚至对他死去的爸爸也没对你这么好过，可你心里却装着别的女人，别人家的孩子，你让我们母子俩的心情怎么能够好受得了？"

"桂兰……"黄志祥脸色苍白，有气无力地朝远处的"香香面食店"盯了一眼，迅速低着头，重复着不断哽咽着一句话，"我有罪，我有罪，我有罪……"

"还看什么？那个扫帚星给你带来的厄运还不够多吗？"周桂兰轻轻扶着丈夫从墙角边走开，"一个婊子有什么值得你这么上心的？你欠她的，那也是很早以前的事了，你也因为当初的过错蹲过大狱了，杀人不过枪毙的罪，何况你又没杀人，有必要天天为了她的事哭丧着脸吗？"

黄志祥重重叹口气，"我是有罪的。我欠他们娘俩的，一辈子也还不完。"

"你！"周桂兰瞪着丈夫，可看到他那一脸苍白，心又软了下来，紧紧握着他的手往回家的路上走去，边走边问他说："你老实告诉我，你到底是想补偿她，还是对她旧情未了？"

黄志祥默不作声，只是唉声叹气。周桂兰在他胳膊上重重拧了一下，"你对她还贼心不死，对不对？"

黄志祥摇着头，无精打采地说："你别再无理取闹了好不好？她恨我还来不及，我就是有贼心也没那个贼胆啊！"

"好，你倒是有贼心没贼胆的。"周桂兰睨着丈夫，虽然她并不满意丈夫这么回答她，但她明白这倒是句大实话，李敏慈恨他还来不及，就算他对她还有那份心，李敏慈也是不可能给他机会的，这样想着，一直横在心里的一块大石头终于落了下去，浑身上下也变得轻松起来。"只要你对我和小龙好，我不会在意你的过去。不过，现在我们已经是一家人了，我不许你再在心里想着别的女人，更不许你再在我面前提起'离婚'这两个字，你要是再跟我提，我一定找那个婆娘去拼命！"

"敏慈不是你想的那种女人。"黄志祥答非所问。他思绪纷乱，现在，桂兰已然洞悉他和敏慈的关系，他也不想再隐瞒下去，"是我对不起她，我做了对不起人家的事，我良心上过不去，所以……"

"所以你还想跟她继续纠缠不清是不是？"周桂兰的脸色一下子又

变了下来，"她不是我想的那种女人，还能是什么女人？她在阳逻镇的时候卖假洗发水，好女人能干得出这样的缺德事？"

"她是生活所逼。孙世昌不管他们娘俩，她没办法，她要活下去，她还得养活儿子，还得让儿子上重点中学……"

"嗬，你倒是对她挺了解的嘛！"周桂兰紧紧睃着他，"我刚才跟你说的话你是不是一句也没听到心里去？你心里要是还有我们这个家，就必须跟她们母子切断一切关系，我不管你是对她旧情未了还是想补偿她，总之，我再也不想看到你和他们有什么瓜葛。我周桂兰说到做到，我能够让你一个从局子里出来的人摇身变成名动武汉三镇的大亨，也就能让他一夜间变成穷光蛋，你要是喜欢下半辈子过乞丐的生活，我也绝不拦着你。"

"你能不能……"黄志祥已经一个头两个大了，"好了，我现在头很疼，你让我清静会儿好不好？有什么话咱们回到家再说。"

"好，回家说就回家说！"周桂兰瞟着他，忽地又想起了什么，"你从我手里抢走的那条宝贝围巾是买了要送给那个婆娘的吧？"

"回——家——说！"黄志祥冷冷瞥着她，一字一句地说，"你要不想逼我现在就离家出走，从现在起就把你那张喋喋不休的嘴巴给我闭上！"

"什么？"周桂兰瞪着丈夫，然而她还是咬着嘴唇点了点头，黄志祥的手被她攥得更紧了，仿佛只要她一个不小心，眼前这个男人便会从她的手指缝里溜走。

第 *11* 章

武汉的春天来得很晚。凄厉的冷风在长江两岸继续蹉跎了将近一个半月，迟来的初春才最终战胜了严寒，将身躯完全舒展开来。初春的武汉犹如一个裹着阳光的娇羞女孩，周身流泻着青春的活力，在人们享受明媚的阳光和耳鬓厮磨的快意时，它便真切地融入了你的身躯，使你微有疲惫的身心顿时焕发出昂扬旺盛的生命原色。人们欢呼雀跃，生命中的惰性在经历了一冬的蛰伏后，在蠢蠢欲动的激情中苦苦挣扎，许多的迷茫与费解都在奔腾的血液中顷刻间流亡殆尽。初春，在人们的畅想理想和拼搏未来中，拥抱着每一个感知生活的人。

春风增加了温柔的力度，犹如儿时的游戏，推动人们向前小跑，当你转身面向它时，它便浸入你的肌肤，顽皮地与你嬉戏。你仰望苍穹，那冷漠的月亮，也像缓解在脸盆中的残冰，被初春的阳光逼迫得收敛了清冷，凝成献给春天的一份独特的礼物。经过严冬撕扯的白云，正淡淡地向四周铺展开，一片片衬托着广袤的天幕，偶尔在需要点缀的地方，轻描淡写地展露一下它所覆盖下的蓝天，展示它们那相互融合的完美色彩……

白云缓缓飘动，静静地凝聚，先感知到春天脚步来临的云朵已经合

123

成更加素洁、更加雅丽的棱角分明的山峰，犹如珠穆朗玛峰一样坚实、挺拔。遥望这犹如青藏雪山一样圣洁的云山，人们已经无法用语言表达它的美丽与坚强、庄严与神圣。这凝聚的圣美云山，吞噬了太多的磨难与辛酸，经受了太多的凄苦与伤痛，正如敏慈沉痛的心境，但现在，映衬白云的蓝天，却成了天地间温柔的使者，它虽没有秋天时那样碧美，却占据了整个春天的色彩，给了敏慈顽强拼搏的勇气。当天空中那抹亮丽的淡灰蓝从容不迫地挤进敏慈的眼帘时，却在不经意间幻化成了春意盎然的生命绿，促成了天地间美不胜收的豁然开阔，敏慈小店里的生意也越做越红火，越做越有劲。

漫步在积淀了严冬的初春中，清风柔软地牵引着在不足二十平方米的小店中忙碌不知疲惫的敏慈，亲昵而直白，让她在瞬间感知它的温和与亲切，使她更加清楚明了，那个让人充满忧苦与忐忑，囿于报复她的那个冰冷的时节，已经顺着开化的河水，逐波于水流中，去寻找它自己的归宿，展现在她眼前的则是逐渐加速解冻的河流，清晰触目的彼岸。彼岸边，是那在严冬中抗击风寒顽强生长的青柏，柏树摇曳着温情的身姿，向她传送真挚、火热的春意，让她去除了彷徨与焦虑，使她感悟到春的体恤，让她满载着喜悦与欢欣，不由自主地移动步履，慢慢踱向岸边的青柏。河滩不再因寒冷而坚硬，柔和地触及她的脚步，使敏慈觉得身边的一切都变得浪漫写意，并充满温情。

敏慈就这样把自己全身心完全融进春的天籁中，直到她缓缓抬起脚步，重新回到自己那间充满人间烟火的小吃店里，生活中那些并不完美的本相便又离得她越来越近。但因为俯首可拾的春意，她不再自怜自怨，而是对未来的生活充满了信心与希望。春天来了，夏天就要来的，夏天来了，她和小刚的日子就会慢慢变好起来，等到秋天，她便可以顺理成章地收获金灿灿的成果了。周桂兰的突然出现让她显得不知所措，已经快到中午的饭店，客人们三三两两地踱了进来，秦大福也早已拖着那条跛腿在厨房和饭厅里进进出出地忙碌着，一切都和往常一样显得和谐而有序。周桂兰歪着脑袋，轻轻咬着嘴唇，一手叉着腰，一手拎着一个装满东西的黑色塑料袋，分开两腿，像圆规一样斜睨着在靠门口的一张案板上包着馄饨的敏慈，没有说话，只是在鼻子里冷哼了一声。

敏慈抬眼望着她，心里突突跳着。她知道，来者不善，善者不来，可这个时候又不好对她摆下脸来，只好继续低下头，忙碌地包她的馄饨。周桂兰慢慢踱到她跟前，不慌不忙地睃着她，好半天才在鼻子眼里憋出一句话来，"忙着包馄饨呢？"

"哎。"敏慈勉强抬起头瞟一眼她，"您是要吃馄饨还是要点别的？"

"你看我像是来吃馄饨的样吗？"周桂兰不怀好意地瞟着她，"李敏慈，咱们的账还没算清楚呢，你就想在这里优哉游哉地过日子吗？"

"大姐……"

"谁是你大姐？！"周桂兰狠狠瞪着她，声音提高了几个音调，"我今天来干什么你不知道吗？"伸出叉着腰的那只手往案板上重重一拍，"你少给我装糊涂，我今天就问你一句话，你到底想干什么？"

"我什么也不想干。"敏慈继续低着头包自己的馄饨，淡淡地说，"我只想开好我的小吃店。"

"你开你的小吃店我管不着，可你不能开在新洲！"周桂兰不客气地瞪着敏慈，"武汉这么大的地，你为什么偏要在新洲开小吃店？你就是存心想要勾引我们家黄志祥对不对？"

"你说什么？"敏慈扔下手里的活计，抬起头果断地盯着愠怒的周桂兰，"你别欺人太甚！"

"我欺负谁了？"周桂兰睨着她，"欺负你了是吗？好，我们让大家伙来评评这个理，看到底是你欺负我了，还是我欺负你了？"一边说，一边往人群里钻，伸手指着敏慈的脸，扯开嗓门便嚷了起来，"大家都给我评评理，这个女人在外面到处偷男人，现在又千方百计地要勾引我丈夫，你们说，到底是我欺负她了，还是她欺负我了？"

　　"周桂兰，你别含血喷人！"敏慈悲愤地冲到周桂兰面前，毫不示弱地盯着她愤然质问，"我勾引谁了？你说，你把我勾引的那些男人的名字说出来！你今天要不说出个子丑寅卯来，我这屋子你就休想走出去！"

　　"怎么，你还好意思要我说出姑老的名字来？"周桂兰双手叉腰，"好，是你让我说的，你可别怪我嘴巴不上门板！大家都听好了，这家店里的老板娘，她的名字叫李敏慈，她原来是凤凰镇雷寨村的代课教师，还没嫁人就偷了三个男人，结果事情败露了，她就告那个三个男人强奸了她，带着野种嫁给了阳逻镇化肥厂的会计孙世昌，去年孙世昌因为她给孙家带来了个野种，就跟她离了婚，没想到这个不要脸的臭婊子贼性不死，又勾搭上了阳逻镇的流氓许彪，没过几天许彪也犯了事被关了进去，所以她又跑到新洲城里来做怪，到处勾引男人，居然偷到我家门上来了，你们说，这样的贱货是不是该拉出去吃枪子儿？"边说边恶狠狠地瞪着敏慈，"臭婆娘，你还要我说吗？要我说你是怎么侍候那些野男人的吗？"

　　"周桂兰！"敏慈被周桂兰骂得脸上红一阵白一阵，所有的委屈和对黄志祥的怨恨一下子便倾泻了出来。她到底招谁惹谁了？她躲黄志祥还来不及，可却被眼前这个女人说得这样不堪，难道她想靠自己的双手挣碗饭吃也不行吗？好，既然他们不给她活路，她也就没什么好顾虑的了，恼羞成怒的她瞪大双眼睨着周桂兰，忽然扬起手来就给了她一记大耳光。

两个女人迅速扭打到了一起。

看热闹的人聚得越来越多。大家都站在一边交头接耳、窃窃私语，有好事的婆姨还在旁边偷偷笑着，却没一个人站出来劝架的。这时候秦大福跛着腿从厨房里踱到饭厅里，大喝一声，轰开围观的群众，又费力地去拉敏慈和周桂兰，"都给我住手！大庭广众之下，还要不要给自己留点脸面？"

"留什么脸面？我还要什么脸面？"周桂兰昂起头，愤怒地瞪一眼秦大福，趁敏慈不注意，伸手去挠她的脸，底下也不闲着，双脚使劲踢着对方的下身。敏慈也不示弱，腾出手揪她的头皮撕她的耳朵，一会的工夫，两个人就打得鼻青脸肿，等秦大福拉开她们时，敏慈的脸上已经多了几道血红的手印，而周桂兰的耳朵也往下流着血，可她们意犹未尽，嘴里互相攻击着对方，就是不肯做出丝毫让步。

秦大福显然是包庇着敏慈的。他安顿好敏慈后就走到周桂兰面前指责她挑起事端，周桂兰却瞪着秦大福破口大骂起来。"你是谁？管我们什么闲事？她偷了我男人，我当然要来找她算账！"

"你不要血口喷人！"秦大福冷眼盯着周桂兰，"我天天在店里帮忙，她每天凌晨就到店里来，晚上过了十二点才回去睡觉，你是哪只眼睛看到她偷男人了？"

"我哪只眼睛都看到了！"周桂兰怒不可遏地瞪着秦大福，"她偷了我老公我还不知道吗？你说你了解她，难道晚上十二点钟以后都是你陪着她回家睡觉的？"

"你……"秦大福盯着她一时语塞，"你这是诽谤！你要是再在这里胡搅蛮缠，我就到派出所举报你去了！"

"诽谤？我诽谤什么了？你自己问问她，我刚才说的有哪句话错了？你们要是不信，可以到凤凰镇的雷寨村打听打听，看十多年前，是不是有个叫李敏慈的代课教师跟三个男的不清不白的？！"周桂兰边说边拍着胸脯，"我以我的人格担保我说的每一句话都是真的，我要诽谤了她一句，别说是叫派出所来了，就是叫公安局、公安厅、公安部的人来枪毙了我，我还是得这么说！"

秦大福努了努嘴唇，正要反驳她点什么，敏慈却在一边嚷开了说："好，老秦，你别拦着她，你让她说！让她说好了！我倒要看看她还有什么可说的？！"

"你还想让我说是不是？"周桂兰瞥一眼头发凌乱的敏慈，又瞟一眼挡在她面前的秦大福冷笑一声说："呵，李敏慈，你怪有本事的啊，才几天工夫就又伴上了一个！我看你的档次倒是越来越退步了，就这样的货色你也往门上领？"边说边挑衅地瞪着秦大福，"跛子，不是我说你，这个不要脸的女人跟男人睡觉是要钱的，你能给得了她什么？噢，我懂了，她这是骗你白给她干活是不是？一个妓女，一个跛子，你们倒真是天生的一对！"

秦大福扬了扬手，要打周桂兰。周桂兰伸手用力把他往后一推，秦大福一个趔趄没站住，倒摔了个嘴啃泥，敏慈连忙俯下身去拉他起来。周桂兰瞟着他们呵呵笑着，随即把脸掉向看热闹的群众说："都看见了吧？这个不要脸的女人还说嘴呢，你看他们亲热的样子，还不知道什么时候就勾搭上了呢！"说着，愤然地瞪着敏慈和秦大福，"就你们两个也想跟我斗？也不撒泡尿照照自己？跛子，你自己站都还站不稳呢，信不信我再用点力气能把你推到汉江里头去？还有你，李敏慈，识相的你就赶紧给我拎了包袱走人，要让我看到你还在新洲城里勾引男人，我周桂兰第一个不放过你！"

"你！"敏慈气得浑身打战，委屈的泪水终于忍不住溢了出来。秦大福连忙扶着她到靠里的一张桌子上坐下来，又忙不迭地给她倒来一杯茶给她压惊。

这一切都被周桂兰看在了眼里。她冷笑着瞥着他们，忽然举起手上的黑色塑料袋用力扬了扬，瞄准好方位便朝敏慈坐的那张桌子边砸了过去。一股恶心刺鼻的臭味迅速散开来，塑料袋里的秽物溅得桌上、地上到处都是，甚至溅到几个围观的群众身上。众人纷纷举目凝望，才知道被周桂兰扔出去的是一包粪便，大家惊叫一声，皱着眉头踮起脚尖飞快地逃之夭夭，周桂兰也趁着混乱溜之大吉。这次，她算是赢了李敏慈一个回合，再也没有像今天这样的战果能够让她扬眉吐气了，几个月以来，黄志祥没给过她一次好脸色看，当她知道原因就出在这个开小吃店的女人身上时，她怎么也平静不下来，她决定报复，她要让李敏慈好看，更要让黄志祥难过，她现在就要看看知道了真相后的黄志祥将会如何暴跳如雷。这个家，和他现在的地位都是她给他的，她就不信黄志祥会为了这个不要脸的女人舍弃现有的一切，既然他没有可能真正离开自己和他的事业，那么就让他为了那个可恶的女人继续难过痛苦下去吧！

小刚越来越不喜欢回家，也不肯再去敏慈的小吃店吃饭。周桂兰事件后，小刚变得越加沉默寡言。学校里所有的老师同学几乎都知道了这桩不光彩的事，认识他的，不认识他的，大家都在背后用一种奇怪甚至怀疑的目光审视着他。他知道他们在怀疑什么，这让他很不痛快，甚至对母亲产生了一种抵触情绪。

小刚变得不再听话，甚至有些叛逆。星期天他不再赶回家和母亲团聚，在学校门口碰到敏慈也总是低着头迅速走开。敏慈敏锐地感觉到儿子身上的变化，她知道儿子是在嫌她，嫌她在全校师生面前给他丢了脸，可是她该对儿子说点什么呢？她痛苦地摇着头，再也没有了拼搏下去的动力，她累死累活地忙前忙后不就是希望儿子能有出息吗？可现在连儿子都不理她了，她还有什么奔头呢？

周桂兰三天两头就找人到店里来闹，这让她觉得再这么干下去也没有任何意思，不如索性关了店一走了之。可她又要走到哪里呢？儿子不理自己，可自己怎么舍得扔下儿子不管了呢？如果把店盘给别人，儿子吃什么用什么，学费拿什么来交？这一切都让她头痛不已。

"我看咱们还是报警吧。"秦大福一边擦着桌子，一边回头望着坐在桌边默默发着呆的敏慈说，"再这么下去，迟早要出事。"

敏慈翕合着嘴唇，"报警？脸都丢光了，还要到派出所继续丢脸吗？"

"这不是丢脸的事。"秦大福叹着气，"敏慈，过去的事不是你的错，不能让他们就这样变本加厉下去。"

"可是……"敏慈痛苦地摇着头，"小刚现在看到我，目光里就流露出一种鄙夷不屑的神色，我知道孩子恨我讨厌我，可我有什么办法？我什么办法也没有，不开这家店，我们一家就都得喝西北风去。"

"小刚还是个孩子，过几天我找他好好聊聊。他是个懂事的孩子，一定能了解妈妈心里的苦衷。"

"他了解不了解能解决得了问题吗？"敏慈哽咽着，"就算我再不想把店关了，周桂兰总这样闹下去，别人也都不敢来吃饭了，这生意也就做不下去了，与其这样，还不如……"

"你就是太心软了！马善被人骑，人善被人欺。听我的话，早点到派出所报案，你要抹不开面子，我替你去。"

"别。"敏慈抬起头，"老秦，我知道你是好意，可我不想把事情搞得越加不可收拾，小刚和她的儿子都在一个班上上学，我担心小刚会吃亏。"

"你别什么事都前怕狼后怕虎的。你又没做错什么，怕他们干什么？现在是法制社会，我们都是合法公民，合法公民就不能受流氓泼妇的欺负。"秦大福愤愤不平地说，"你越是这样憋屈自己，别人越以为问题出在你身上，那个女人也就越加得意，再这样下去，还不知道她会闹出什么花样来呢。"

"没事。"敏慈忽地从凳子边站起身，盯一眼他说，"老秦，你就别忙活了，一会儿我自己来收拾就行了。"她轻轻走到秦大福面前，从他手里接过抹布，卖力地擦着桌子，"好了，你回去吧，一会儿你们领导看到你不在，当心扣了你的工资。"

秦大福咧嘴一笑，"我们领导人好，不会扣我工资的。"边说边踱到厨房里洗净了手，扯下围裙，又慢慢踱了出去。刚刚出了门，又不忘嘱咐她一声，"他们要是再有人来闹，你就去叫我，我拿棍子揍不死他们！"

"好了，你回去吧。有事我会叫你的。"敏慈看着秦大福走远，心里的惆怅又涌了出来。总这样下去肯定不是回事，可儿子在新洲城里念书，她也不可能离开新洲到别的地方去找事做，怎么办呢？该怎么才能躲开周桂兰那个不讲理的母夜叉呢？

下午三点多钟的时候，儿子小刚破天荒地出现在她的小吃店里。敏慈既惊又喜，连忙把儿子拽进屋子，高兴得连额头上都绽开了花，拉着儿子的手问寒问暖，又问他要吃些什么。

"妈，"小刚低着头看着脚上那双开了口子的运动鞋，"我想要钱买双运动鞋。您看，这双鞋都开口了，穿不了了。"

"你怎么穿鞋这么费？"敏慈心疼地盯一眼儿子脚上的运动鞋，"这可是李宁牌的，好几百块一双，你才穿了一年多，怎么就坏了？"

"都穿了快两年了。"小刚嗫嚅着嘴唇，"别人半年就换一双了，我这算坏得慢的。"

"你就是太好动了，整天蹦啊跳啊，铁打的鞋子也不经穿。"敏慈叹着气，"要多少钱？"

"最少也得二百块吧。"

"二百块？"敏慈跟儿子商量着，"这个月店里的生意不太好，没赚到几个钱，赚到的也都凑起来给了原来的店主，你知道咱们盘下这家店时还欠了人家几千块的房租没给齐的。要不咱们买双便宜的，附近的服装市场几十块就能买一双不错的运动鞋。"

"妈，几十块的那算鞋吗？"小刚不满地盯着她，"穿两天就破了，还不如不买呢。"

"你省着吃，别整天打球踢球，不就不费了吗？"敏慈定睛打量着儿子，"先这么凑合着穿一穿好不好？等妈赚到钱了再给你买好的，要买就买双耐克的。"

"耐克的？"小刚脸上露出惊喜的神色，眼睛瞪得大大的，"妈，您可要说话算数。"

"妈说的话什么时候不算数了？"敏慈盯着他，"对了，你这会儿怎么有工夫跑出来？下课了？"

"我们正上体育课呢。刚才体育老师让我们跳山羊，过江龙故意使坏，让我摔了下来，要不这鞋也不能开这么大的口子。"

"又是他？"敏慈脸上掠过一丝不安的神色，立即从用硬纸盒做成的简易收钱箱里找出五张麻脑壳（麻脑壳：十元一张的人民币）塞到儿子手里，"你自己拿着钱去服装市场买一双，买完了自己换上，把脚上的鞋给我送过来。"

"这鞋还送过来干吗？"小刚接过五张麻脑壳，低头打量着脚上的鞋子，"破成这样了，你要了又不能穿。"

敏慈呵呵笑着，"妈穿什么不还一样？我送到补鞋匠那儿缝一缝就能穿了。反正你的鞋码跟妈正好一样，扔了怪可惜的。"

小刚没说什么，抿了抿嘴就往外走。走出去几步远，忽然又转过身折回来，郑重其事地盯着她问："妈，咱们以后能不能不在这附近开店？"

"啊？"敏慈知道儿子迟早要提起这个话题，索性问他说，"那你说，我该到哪儿去开店？"

"到哪儿开都行，只要不在过江龙一家人的眼皮子底下。"

"啊？"敏慈下意识地掉转过头，不敢看儿子的眼睛，生怕从他的目光中读出他对她的鄙薄与不屑。

"新洲这么大，到哪儿开店不是一样？"小刚几乎是嘟囔着嘴跑开了。敏慈盯着儿子渐渐跑远的背影，终于下定了决心——搬，搬得越远越好，只要不再出现在周桂兰眼皮子底下，她和小刚的日子就会恢复从前的太平。为了儿子，她唯有作出牺牲，尽管这个决定是那么无奈而又痛苦。

敏慈开始暗中托人打听有没人愿意盘下她手里这家店。秦大福却极力反对她这么做，甚至为此跟她红了脸。秦大福那是恨铁不成钢，他一直不相信在这个法制社会就没了李敏慈娘俩的立足之地，所以执意不答应她把店兑出去，而且私下里找到想盘下店的人把敏慈的难处告诉人家，希望他们不要砸了敏慈的饭碗。敏慈很纳闷，这家店市口这么好，为什么总是看的人多，就是没人愿意接手，甚至有一个中年妇女都已经说好第二天来签合同，可最终还是阴差阳错地错了过去。这怎么就这样邪门呢？敏慈百思不得其解，却发现秦大福站在厨房的水池边一边洗着碗一边偷偷发笑，嘴里还在低声唠叨着，"叫你兑，只要有我秦大福在，老将出马，一个顶仨，看你还怎么把店兑出去？"现在敏慈总算明白过来了，她轻轻走到秦大福身后，伸手在他肩头拍一下，"嗨，老秦，你洗个碗就高兴成这样了？"

"啊？"秦大福正暗自欣喜，冷不防敏慈已经走到他身后，心里一紧张，手下一滑，正擦洗的碗随即掉到面盆里。

敏慈把头凑到他面前，紧紧盯着他看着，一句话也不说。

"敏慈，你怎么进来也不响动一声？吓死人了。"秦大福慢慢转过身，盯着敏慈咧开嘴笑着，"你出去招呼客人吧，这几天生意这么好，都忙不过来了。"

敏慈还是盯着他，一动不动。

"你还站在这儿愣着干吗？"秦大福面色有些发烫，生怕刚才低声地嘀咕被她听了去，连忙掩饰着说，"要馄饨吗？我来舀。"

"没人要馄饨。"敏慈叹口气，盯着他一本正经地问，"老秦，你说，咱们交往这么长日子以来，你觉得我这个人怎么样？"

"很好啊。"秦大福心虚地瞟着她，"你怎么忽然问起这个来了？"

"真的？"敏慈低着头掰了掰手指，"你有没有言不由衷？"

"我干吗言不由衷啊？真的很好。"

"那你干吗扯我后腿？"

"啊？"秦大福故意瞪大眼睛睃着她，"扯你后腿？"装作一副无所谓的样子嘿然笑着说，"我这是带领你前进，怎么是扯你后腿了？"一边说，一边捡起面盆里的瓷碗继续擦洗着。

"别洗了。今天总共才来了不到二十个人。"敏慈抬头往门外瞟一眼，又回过头来盯着他努了努嘴唇问，"你为什么要让大家不来接手我这家店？"

"我……我没有啊！"秦大福正色地盯着她，"你这是听谁胡说八道，我怎么会干这种缺德事？"

"你别装了，我都已经听到了。"敏慈紧紧觑着他，"老秦，我知道你对我好，你不希望我把这家店面兑出去，可是自打周桂兰来闹了之后，咱们这家店就一直没有安生过，大家都不敢再到这里吃饭，客源一天比一天少，再这样僵持下去，我的损失会更大的。"

"敏……"

"老秦，你也看到店里现在是个什么情形了，再这样跟他们耗下去，吃亏的只能是我自己，我惹不起他们，还躲不起吗？"

"敏慈……"秦大福索性打开天窗说亮话，"我承认是我在暗中不让他们盘下这家店面的。好端端的，虽说最近几天生意不太好，可也不是天天这样，再说好歹这家店也能赚足你们娘俩吃饭和生活开销的钱吧？就这么不做了，你打算去干什么呢？现在要再以这样的价钱租下这么好市口的店，打着一百盏灯笼也找不着。"

"做什么都行，我有手有脚的，还怕找不到吃饭的家伙？"敏慈咬着嘴唇，有些心灰意冷地说，"只要离得他们远远的，比什么都强。"

"躲得过去吗？你是躲过去了，可小刚不还在二中上学吗？小刚上这个学校容易吗？东凑西凑才凑足了集资上学的钱，难道你想现在让小刚再去转学？"秦大福扔下手里的抹布，"要我说，你行得正走得正，有什么可怕的？他们要再来闹事，我们就直接报到派出所去，怕什么的？我就不信这世道就没王法了，让公安把他们弄去待上几天，他们也就老实了的！"

"小刚转学的事可以缓一缓，可我……"

"你怎么了？你头上是长了角还是脸上生了疮？那个女人厉害，你比她更加厉害，她就不敢欺负你了。再说这不还有我吗？你就那么怕她吗？"

"我不是怕她，我是不想再和这家子人搅和到一块去。"敏慈嗫嚅着嘴唇，"老秦，什么都别说了，你的好意我心领了，可这店我是非盘出去不可。小刚也是这个意思，不为别的，就为了儿子，我认，我情愿吃这个哑巴亏。"

"小刚是什么意思？这小屁嫩子也太不懂事了。妈妈辛辛苦苦地没早没夜地赚钱养活他，他怎么能……小刚的事由我跟他说去，关键是你自己得摆正心态，新洲区说小不小，说大也不大，你能躲到什么地方去？躲得了初一，躲不了十五，你越躲着他们，他们就越以为你好欺负，再这样下去就没了头了！"

秦大福一脸的不快活。敏慈看得出来，他是真心替他们娘俩着想，可无论如何她也不能继续拖累他下去。她知道，最近来店里吃饭的人越来越少，都是秦大福自己掏钱张罗一帮人进来吃饭，这才把生意给撑了起来。秦大福的付出让她感动，可更让她揪心，她不想欠任何人的，更不想欠他的，就算明知再苦再累的日子在前面等着她，她也不能让秦大福跟着后面受牵连的。敏慈的眼睛变得湿润起来，她定定盯着秦大福哽咽着说："老秦，我都知道了，这些日子店里生意不好，你为了替我撑门面，愣是自己掏腰包叫人进来吃饭——你是个好人，可你不欠我们娘俩的，我们娘俩又跟你非亲非故的，所以我们不能再领受你这份大情——好了，我心意已决，你也不用再劝我了，以后我会经常回来看你的。"

"真的决定了？"秦大福失望地盯着敏慈摇摇头，回过身去继续擦洗碗筷。

"我一定会回来看你的。"敏慈怔怔望着秦大福略显佝偻的身躯，鼻子一酸，忍不住掉下泪来，"你就跟孩子的亲舅舅一样，我们不会把你忘了的。"

秦大福认真抹着碗沿，"我不要你们记着，我只要你们娘俩过得好就心满意足了。"秦大福抹干净碗，用清水把手洗干净，从墙壁的架子上递过一条干毛巾塞到敏慈手里，"把眼泪擦了吧，外边还有客人呢，做一天咱就得把一天的活做好。"

敏慈轻轻点着头，接过毛巾擦干净脸上的泪水，低着头转身而出。秦大福说得对，现在，她还是"香香面食店"的老板娘，做一天和尚就得撞一天钟，自己在这里一天就得做好手头的事，哪怕只有一个顾客来吃饭，她也得把服务做到最佳，把馄饨煮得更有味道。

第 *12* 章

敏慈懒洋洋地趴在靠门口的一张木板桌上打着盹，虽然刚刚过了午饭的点，可往日这个时候还是顾客盈门，相比现在的冷冷清清，让她心里很不是个滋味。约好来看店面的夫妇还没有来，秦大福一直坐在她身后的另一张桌子边默默看着她，忽地低头叹一声气，看来这家店是不盘也得盘出去了。

"约好十点半过来的，怎么这么久了还没过来？"敏慈不耐烦地抬起头朝门外眺望着，又回过头来瞟着秦大福，"老秦，你说，他们不会不来了吧？"

秦大福继续叹口气，"说不好。昨天那两口子不是说得好好的嘛，怎么到这会儿还不来，不会变卦了吧？"

"不会的。"敏慈给自己打着气，"你昨天没看出来吗，他们特别有诚意的。再说我这里市口好，价钱又公道，他们不会不来的。"说着，睃一眼冷冷清清的店堂，心里不禁打着嘀咕，生意这么不好，还说什么市口好不好呢？不过她心里明白，最近生意不好是因为周桂兰从中作梗，她弄了一帮流氓总在附近溜达，不准客人进她店里吃饭，但只要把店盘出去了，换了店主人，那些流氓自然也就会消失了的，所以根本就不必担心这些，可她还是坐立不安，总在提心吊胆着。

"给他们打个电话催催吧。"秦大福瞟着他，轻轻站起身，走到她面前问，"电话号码多少？我到隔壁的香烟店去打个公用电话问他们一声。"

"不用打的。"敏慈掰着手指头，"他们诚心想盘下店自然会来，要是已经没这个心了，催了也是白催。"

"问一问也不多事。总这样下去也不是个事的。对了，你到底想好没有，把这店盘出去，下一步到底该怎么走？"

敏慈摇着头，"我还没顾上下一步呢。"她继续掰着手指，"先把店盘出去再说。反正新洲这么大，总有我混口饭吃的地方。"

秦大福点点头，"我有个朋友在武昌那边开面包店，等把店盘出去了，我介绍你到他那边打工去吧。不过那人脾气不好，做事得顺着他，他骂你几句你就当是耳边风，过了劲头就没事了。"

"武昌？"敏慈把头摇得跟拨浪鼓似的，"太远了，我放心不下小刚。"

"这儿还有我呢。我替你看着小刚。"

"可我不放心。小刚长这么大，从来没离开过我，我也没离开过他，我不能扔下他跑到那么远的地方去的。"敏慈抱歉地盯着秦大福，不无内疚地说，"老秦，你的心意我领了，不过我真的不能离开新洲的。我……"

"我晓得。"秦大福点着头，从裤兜里摸出一包香烟，抽出一根叼在嘴上。敏慈连忙把手边的打火机递到他手里，"你总咳嗽，还是少抽点儿好。"

"咳不死的。"秦大福呵呵笑着，按开打火机，点燃香烟，狠狠抽了一口，"你这一走，我可就又寂寞了。"

"我会时常过来看你的。"

"你不明白，"秦大福猛地抽着烟，仿佛漫不经心地说，"我舍不得你离开我们,你是个好人,一个好女人,这年头,像你这么好的女人真不多见了。孙世昌是瞎了眼,他不晓得珍惜你,他一定会后悔的。"

"老秦……"敏慈怔怔盯了他一眼,突然低下头,咬着嘴唇说,"我不想听你提到这个人。"

"好,不提就不提。"秦大福探过头盯着她问,"可你真的不再重新考虑考虑吗?你在这里也做了几个月了,跟大伙也都混熟了,你人又这么好,谁也舍不得让你走的。"

"我也舍不得大家,可我必须走。"

"你要是敢于面对他们,这附近的街坊邻居都不会眼睁睁看着你受他们欺负的,只要你一句话,我一定帮你摆平这件事。"

敏慈重重摇着头,"我说过,惹不起他们我就躲着他们。老秦,你别再劝我了,其实,我也不单是为了躲着他们,我的名声已经被他们搞得很臭了,我是个女人,还是一个孩子的母亲,我不想附近的人看到我总带着一种好奇的眼光,更不想让小刚因为我而遭受老师同学的耻笑,所以……"

"说来说去,你还是过不去自己那个坎儿。"秦大福抬头朝空中喷吐着烟雾,"有什么的?你那么多大风大浪都挺过来了,还怕他们说几句闲话吗?嘴长在别人身上,他们爱说什么就让他们说呗,你何必跟生意、跟钱作对呢?"

"可这生意还做得下去吗?"敏慈眉头紧锁,"你有多少钱,能拿出来摆平那些流氓?咱们根本就斗不过他们。"

"不是还有派出所吗?"

"派出所管得了初一,还管得了十五吗?哪家派出所也不是专为我这家小店开的,所以还是走了干净。我一走,周桂兰就不会再要死要活地纠缠下去了。"

"你这是软弱可欺的表现你知道吗？"秦大福夹着香烟的手被烟头烫了一下，连忙把烟蒂扔到地上，抬起那只不跛的脚重重踩灭它，瞪着敏慈，语气有些激动地说，"你越让步他们就越得意，也就越没完没了的……"

"别说了，老秦。"敏慈盯着他正色道，"你不是已经答应过我不再劝我了吗？我现在头已经很大了，你再说我的头就要爆炸了。"

秦大福盯着她翕合着嘴唇，话到嘴边却硬是咽了回去。他重新踱到后面那张桌子边坐下，抬头瞪着门外的街口，气得脸色一阵白一阵青。敏慈也不看他，低着头想自己的心思，不论老秦说什么，她也不会收回自己的心意的。两个人就这样坐着一声不吭，本来就冷清异常的小店显得更加孤寂，连咳嗽一声都能被放大好几倍，在他们耳畔上空不断盘旋着。隔壁香烟店的老彭走过来的时候，他们谁也没有注意到，直到老彭像炸开了锅般地扯开嗓门向他们描绘小刚和几个同学在二中门口打群架的场面时，敏慈才霍地从凳子边跳了起来。

"小刚和人打架了？"敏慈瞪大眼睛瞅着老彭，还没等老彭回答清楚，她便立刻撒开腿朝二中门口飞快地跑了过去。秦大福也站了起来，让老彭帮着看一会儿店，拖着跛腿蹒跚着跟了出去。

敏慈跑到二中大门口的时候，几个比小刚高出一头的男学生正合着伙把小刚推倒在地上，把他当成一只巨大的沙包，挥舞着拳头便朝他身上不分轻重地砸了下去。小刚四脚朝天地仰面躺在地上，想要反抗，却因为寡不敌众，只落得个被动挨打的份儿。如同雨点般的拳头纷纷落在他身上，使他动弹不得，但他嘴里却不依不饶地骂着什么，那些打他的同学听他嘴里开骂，打得他也更起劲了。眼看着儿子吃亏，敏慈心痛到了极点，她迅速冲上前推开那几个逞凶的孩子，把眼睛瞪得如同铜铃般，狠狠地睃着那几个滋事的孩子厉声斥责着，"你们干什么？啊？你们眼里还没有规矩了？啊？你们都是哪个班的？这么多人欺负一个人，有种的你们就报上名来，我一会就找你们班主任去！"

那几个孩子显然被突然出现的敏慈弄懵了，个个瞪大眼睛面面相觑，纷纷放开小刚，愣愣地瞅着眼前凶神恶煞般对着他们咆哮的敏慈。"你不是过江龙吗？"敏慈认出其中一个孩子就是上次把小刚打了的过江龙，心里恨得咬牙切齿，瞪着他声嘶力竭地嚷着，"是你唆使他欺负我们家小刚的是不是？好，过江龙，我认识你，走，跟我见你们班主任去！"敏慈一边说，一边上前，跳起脚就抓住过江龙的胳膊，"你们班主任要不管，就找你们校长管！你不还是个体育班委嘛，我一定得问个明白，就你这样以大欺小的学生也能当好班委吗？"

"你牛什么牛？"过江龙忽然明白过来眼前这个女人就是那个害得母亲天天跟继父吵架的女人，不禁火冒三丈，恶向胆边生，一把推开敏慈，指着她的鼻子对几个帮凶的同学大着嗓门说，"快看啊，这就是孙小刚那个不要脸的妈！就是这个女人，让孙小刚一下有了四个爸爸！"

过江龙兴奋地嚷着，他身边的同学们交头接耳，一会儿看看还躺在地上挣扎的小刚，一会儿瞅瞅眼前的敏慈，纷纷发出刺耳可怖的笑声来。敏慈气得脸色铁青，但她现在最关心的是儿子，连忙跑到小刚面前，一把将他拉起来，带着哭腔责问他，"你到底是怎么回事？为什么又跟人打架了？"边说边心疼地替他掸着身上的灰尘，"他们有没有打疼你？要不要到医院看看？"

"我不要你管！"小刚一反常态，狠狠瞪了敏慈一眼，伸手将她重重往旁边一推，又瞪了那几个打他的同学一眼，满面羞愤地转过身，径直往学校里面走了过去。

"小刚！"敏慈飞快地追上儿子，眼里含着热泪，"他们到底有没有打坏你？你快跟妈妈说，妈妈带你找你们班主任找你们校长去！"

"我不要你管！"小刚气势汹汹地瞪着她，"都是你，都是你！"

"我？"敏慈心陡地往下沉着，她颤抖着双手抚着儿子的脸，"小刚，妈妈……"

"你别说了！"小刚一把推开她抚着自己的手，突然用一种厌恶的眼神瞪着她，从嘴里挤出几个冷冰冰的字眼说，"你走！别在我学校里丢人现眼了！"

丢人现眼？敏慈默默盯着儿子毅然远去的背影，心里有如刀绞般疼痛。自己含辛茹苦养大的儿子居然说她丢人现眼，她倒是怎么丢人现眼了？敏慈伸手捂住脸痛哭失声出来，过江龙和那几个可恶的学生仍然对着她指指戳戳地笑骂着，就连在学校门口摆摊卖烤地瓜的一位农村妇女也对着她咧开了嘲笑的嘴巴。"你们……"她浑身颤抖着伸手指着过江龙他们几个，"你们……"

"我们怎么了？臭婊子，我们再怎么也比你强！"一个高个儿的男生盯着她嘻嘻哈哈地笑骂着，"不要脸，老妈不要脸，儿子也不要脸！你们一家都不要脸！"

"你……"敏慈真想冲过去撕烂那个孩子的嘴巴，可她明白自己是个长辈，不能和这些孩子一般计较，唯有把悲痛、委屈和着泪水往肚里面咽。

那几个孩子还在她面前扮着鬼脸戏弄她。她突然好想脚底下有个地洞让她钻进去。就连孩子们都可以这样肆意地羞辱她，她活着还有什么意思呢？黄志祥，黄志祥！这一切都是拜你所赐！她在心里默默诅咒着黄志祥，诅咒他不得好死，她发誓，如果再让她看到那个禽兽，她一定会跟他拼了这条老命的！

秦大福跛着腿轰散了那帮讨厌的学生。"这些小屁嫩子，太没有家教了！"秦大福一边骂骂咧咧，一边从兜里掏出一把手巾纸递到敏慈手里，轻轻安慰着她。

"我这样活着还不如死了的好。"敏慈没有去接秦大福递来的手巾纸，任由泪水侵袭着她的面庞。"对，他们骂得没错，我就是个婊子，我就是个娼妇，我什么都没有了，我还活着丢什么人现什么眼？"

"谁说你活着丢人现眼了？"秦大福气不打一处来地对着那帮跑开的学生背后大声骂了一句，"操，你们这帮有娘生没娘养的小子，不得好死你们！"

"快看啊，孙小刚的妈又偷了个男人，还是个瘸子！孙小刚又多了个爹！孙小刚现在有五个爸爸了！"一个大胆的男学生回过头回骂着。

"去你奶奶的！"秦大福也咧着嘴骂着，"再骂一句，叫派出所把你们逮到局子里去！"

"你叫啊！你个从六角亭出来的老瘸子！"

那帮骂人的学生最终四散而去。敏慈却伤心欲绝，她怎么也没想到儿子会对自己说出那样的话来。她做这些还不都是为了他嘛，可他怎么就一点都不理解自己的心情，还要说自己丢人现眼？自己有什么错？自己开这家小店只是想自食其力，依靠自己的力量养活娘俩，可现在却被儿子骂丢人现眼，这让她无法想通也不能想通，难道对儿子的爱最终换来的就是这句无情无义的话吗？要不是为了他，自己早就不在这个世上苟活了，或许会跳到汉江里，或许会沉到东湖里，武汉到处都是水，想要投河自杀是比吃饭还要容易的事，可自己之所以还不要脸地活着，不都是为了他吗？

"这帮小瘪三！"秦大福愤愤骂着，举起手巾纸替敏慈擦着脸上的泪水，"都是些不懂事的孩子，你跟他们置什么气？还真哭上了，骂他们几句不就好了？"

敏慈低着头，只顾哭着。秦大福扶着她，慢慢朝"香香面食店"的方向走去。"我上辈子一定做了坏事，不然老天爷不会这样惩罚我的。"敏慈扶着秦大福的肩，呜呜咽咽地哭得好不伤心。

"没事了，都过去了，咱们这店马上也盘出去了，就别再想那么多了。"

敏慈难过地摇着头，"他们骂我我不在乎，可小刚那么说我，我……"

"小刚？小刚说你什么？"

"他说我丢人现眼！"敏慈哭得更加伤心，"我知道，他嫌弃我，他嫌我丢了他的脸，让他在老师和同学面前抬不起头来……是我不好，是我拖累了他，我根本就不配做他的妈妈……"

"岂有此理！"秦大福愤愤不平地说，"这个小屁嫩子也太不懂事了！这世上哪一个妈妈有你好的？他居然这么说你，真是身在福中不知福！改天我一定替你好好教训教训那个小子！"

"怪不了他。"敏慈哽咽着，"谁摊到我这样的妈妈，心里都不会好受。要不是我，他也不会跟同学打架。有我这样的妈妈，他脸上不光彩，要是没了我，他也不能被那些同学按在地上打。他们那是瞧不起他。我晓得，都是因为有了我这个妈，他们才看不起他，才……"

"你想多了。"秦大福安慰着她，"天下没有不是的父母，这小屁嫩子太不像话了，他简直……"秦大福气得直跺脚，"不过他终归还是个小子，不懂事，你千万别生孩子的气，气坏了身子骨是自己的……"

145

敏慈一边抽泣着一边点点头，"我晓得，我不生他的气，可我心里难过。"她抬起头定定盯着秦大福，"老秦，你不明白，你没有孩子，你不晓得当母亲的人此刻的心情是什么样的，我不怪小刚，我只恨我自己，我恨我自己当初非要把他生下来，还自作多情地把他当作孙世昌的亲生儿子，其实我早就该想到会有今天这样的结果，我根本就不该把他带到这个世上来，是我让他蒙羞，让他痛苦，我……老秦，我是个罪人，我根本就不配当孩子的母亲，我不配！"

　　"你要是不配，这世上就没人配做母亲了。"秦大福继续伸手替她拭着脸上的泪水，突然间，他觉得自己的心和她挨得是那么近，这让他对她产生了一种特殊的感觉，说不清到底是关心还是爱怜。总之，从这一刻起，他平静的心湖被激起了一层层涟漪，尽管没有大波大澜，但的确在他心里烙上了别具一格的印记，他似乎是在这一瞬间把对她的关切同情升华成了另外一种更加伟大、更加无私的感情——他明白那或许就是叫作爱情的东西，可他不敢爱，也不配爱，他只是个跛子，既无踏实稳定的工作，又无殷实的家底，他什么都不能带给她，而且可能把她现有的生活变得更加雪上加霜，于是他像被电击中了般抽搐着，毅然抽回抚着她面庞的那双粗糙的大手，浑身都不自在起来。

　　他们一前一后地朝面食店走过去。老彭没在店里照应着，显然是店里忙被他媳妇叫了回去。一个学生模样的男孩冷不防从店里冲了出来，擦过敏慈的肩头迅速往二中的方向溜了过去。敏慈连忙回头盯着他的背影看着，心里突然咯噔了一下，那不是刚刚还在学校门口打骂小刚的过江龙吗？他怎么会在这里？敏慈的心突突跳着，这孩子的脾性随他妈，既暴躁又不可理喻，黄志祥碰到这对母子，也总算应了那句老话——苍蝇跟屎好。敏慈挑着眉头迅速走进店里，东张张、西望望，最后跑到厨房里的案板前举起硬纸盒做成的收银箱耐心检查着，幸好钱并没有少，很显然，过江龙没有偷拿店里的东西，可他到底跑来想干什么呢？店里的东西也没被砸坏，就连一双筷子也没被扔到地上，看来过江龙也是刚刚进来，还没来得及动手就撞上他们回来了，于是便又逃之夭夭了。

秦大福瘸着腿跟了进来，紧张地盯着敏慈问："没出什么事吧？那小屁崽子跑这里做什么？"

"可能想过来砸东西，正好碰上我们回来了。"敏慈淡淡应着，把摆在厨房案板上的一盆馄饨馅端到外面的桌子上，一屁股坐在凳子上，开始认认真真地包起馄饨来。

"这小屁崽子，太他娘的坏了！"秦大福瞟着她问，"你知道他是谁家的孩子吗？"

"是周桂兰的儿子。"

"替他妈当帮凶来了？"秦大福在敏慈对面坐了下来，"下午我就不过去看车了，在这帮你盯着，要是他们再来挑事，我就报到派出所去。"

"你还是回去吧。你不回去，菜市场的车谁看？要是真丢了车，你的饭碗也就保不住了。"

"丢不了的。都是些旧脚踏车，谁要偷？"秦大福撇撇开干裂的嘴唇不耐烦地说，"那两口子不会不来了吧？"

"不来就不来吧。"敏慈脸上还留着泪痕，"不来咱们就接着开，开一天就得忙活一天——好了，你不走就不走吧，帮我包馄饨。"

秦大福举起自己的手看了看，立即起身踱进厨房洗净手，再慢慢踱出来，一边坐在敏慈对面，一边伸手学着她的样子包着馄饨，"我不会包，包坏了你可别怪我。"

"包坏了的都留着你自己吃。"敏慈瞥着他手忙脚乱的笨拙样子，忽地忍不住抿嘴笑了起来。秦大福怔怔盯着她看，他觉得她的笑容很美，他还从来没见过她有这么迷人的笑容。

"那我就都包坏了。"秦大福呵呵笑着，"都坏了，煮一锅，都由我一个人吃。"

敏慈"扑哧"笑出声来，她开始觉得老秦这个人还是蛮可爱的。一直以来她都认为他是个木讷甚至不太会笑的人，幽默风趣更是与他绝缘，可现在，她却不得不对他另眼相看。她和老秦认识的过程还不算长，所以双方对彼此的了解还是相当欠缺的。"我只管你一天三顿饭，多吃的可是要付钱的。"敏慈轻轻瞥着他，发出得意的笑声，一扫脸上堆积的阴霾。

秦大福也很开心。他为敏慈能够这么快就把一切的不快抛到脑后感到高兴。看来，他对她深深的担心是多余的，她是个可以很好控制住自己情绪的女人，所以他也不必再像从前那样对她那么不放心了。"你有没有想过再盘一家小吃店来做？"秦大福抬手擦着额头上的汗珠，馄饨皮子上的干面粉弄花了他的脸，然而他自己还不觉得，继续盯着敏慈说，"你这么好的手艺，不做这行倒可惜了。"

敏慈抬头睃着他，看着他的大花脸咯咯笑着，连忙抬起身子伸手替他擦着脸，"看你，包个馄饨倒把自个儿弄了个大花脸，跟戏台上唱戏的曹操一样。"

"曹操是奸臣，我不喜欢他。"秦大福轻轻盯着敏慈抽回的手，心里荡漾开一股暖流，盯着她不好意思地笑着。

敏慈却继续着他刚才的话题说："有什么可惜的？我当年在纺织厂年年都拿先进奖，厂里的姐妹没一个不说我是女超人，要按你的话来说，现在下岗了，这手艺不是也可惜了吗？人啊，就是要安于现状，下了岗我什么苦活没干过？洗发水也卖了，鱼也卖了，大排档也卖了，现在能开上这么一家面食店，我相当知足的。只要有手有脚，肯卖力气，就是到大马路边上卖烤地瓜，也照样挣钱吃饭。"

"你倒是心放得宽。"秦大福认真盯着她的手，仔细学着她包馄饨的手法，恨不能一下就把她的一举一动通通学会。

"到了我这个岁数，还有什么想不通的？"敏慈睒着他，"行了，老秦，看你那认真劲儿，我都快关门大吉了，你还真认真学上了？"

"干什么都得认真，这话不是你说的吗？"秦大福盯着他咧着嘴笑，用筷子夹着面盆里的鲜肉馅往手上的馄饨皮里小心地搁去，又学着敏慈的样子依葫芦画瓢地认真捏着花形。"这活计怎么这么难学？"他摇摇头，盯着手里捏坏的馄饨，"看来我还是太笨了，要不没人愿意嫁给我呢。"

"这活计本来就不是男人干的。你们男人心都太粗，干这活得心细。"敏慈只顾低头包她的馄饨，没有注意到秦大福正充满感情地盯着她看。"会有好姑娘相中你的，只是时候还没到罢了。"她看似漫不经心地加上这么一句话，但却激起秦大福心底更多的涟漪。他越来越强烈地感受到自己正在悄悄喜欢上眼前这个女人，可是他配吗？他当然不配。他晓得，自己是个跛子，又已经四十出头了，各方面的条件都差得厉害，他如何配得上美丽勤劳的敏慈呢？

"你怎么不说话了？"敏慈轻轻抬起头，"是不是看上哪家的姑娘，不好意思说了？"说完这句话，她就开始后悔了，因为她已经发现秦大福正用一种奇怪的目光打量着自己。她的脸一下子便涨得通红，怎么会呢？老秦为什么要用这种眼光盯着自己看？这目光的温柔程度明显超出了一般的友谊应该保持的距离，难不成他对自己产生了不该有的想法？可是老秦是个老实人啊，一个老实人怎么会心生非分之念？敏慈不禁显得心慌意乱起来，手里正包着的一只馄饨突然裂了个口子，新鲜的肉馅都从皮子里冒了出来。"怎么搞的？"她轻轻嘀咕了一句，借以掩饰自己内心的慌乱，连忙换了一张馄饨皮子，小心翼翼地包着，不再抬头去看老秦。

老秦也意识到自己的失态。"我心粗，包不好，看来我就算有心想开一家和你一样的店，这辈子也都没戏了的。"

敏慈没有说话，继续捏她的馄饨。秦大福也低着头，把手里的馄饨皮子从左手挪到右手，又从右手挪到左手，根本不去夹盆子里的肉馅。他不知道现在该做些什么，刚才自己的失态，敏慈肯定已经洞然于心，他猜自己的行为一定引起了对方的反感，突然好生厌恶起自己来。自己算个什么，这不是癞蛤蟆想吃天鹅肉吗？虽然敏慈在周桂兰及别人眼里并不是什么良家妇女，但在他眼里，她就是美和纯洁的化身，是当之无愧的天使，他一只老蛤蟆又怎么能对天使产生罪恶的非分之想？

两个操着江北汉阳口音的顾客从外面走了进来，他们点了两碗馄饨，外加一笼包子及豆浆和小米粥。秦大福连忙自告奋勇地去为他们盛粥端豆浆，敏慈则站起身，慵懒地数着馄饨往小笸箩里装，等捡够了数目，又懒洋洋地起身往厨房的方向慢慢踱了过去。秦大福正好端着托盘从里面走了出来，敏慈连忙低下头，从他高高扬起的胳膊底下钻了过去，那情景在秦大福眼里看来就是一幅温馨的图画，他突然觉得这个瞬间有一种家庭式的美好，他和敏慈好像一对相濡以沫的夫妻，就连心里想要说的话都不必用嘴说出来，而只是需要一个动作、一个眼神就足以表达，刚才敏慈从他胳膊底下穿过去时正好印证了他这种奇妙的想法。这让他变得兴奋起来，步子也显得轻松了许多。

敏慈却有着她自己的心思。她一边往滚开的锅里放着馄饨，一边目不转睛地盯着沸水激起的涟漪费力地琢磨着，老秦虽然是个老实人，但谁也没规定老实人就不能对一个女人产生感情啊？她越想越不对劲，甚至觉得老秦的一颦一笑都是冲着自己来的，她敏锐地发现最近的老秦身上起了相当大的变化，他不再是从前那个不苟言笑、也不太爱搭理人的小老头了，他变得活泼开朗起来，甚至大老远看见一个陌生人也高扬起手臂向来人亲切地打着招呼，这不是爱情的魔力又会是什么呢？

他爱上自己了，可是自己配吗？尽管他是个跛子，但她仍然觉得和他比起来，自己显得更加渺小卑微。她是一个弃妇，而且身上背负着不光彩的过去，就连自己的儿子都厌恶她瞧不起她，又怎么配老秦这样的老实人来爱她呢？她必须壮士断腕，必须快刀斩乱麻，于是等馄饨开了后，她飞快地舀起馄饨加上调料送到两位客人桌上，然后拿起写有电话号码的字条匆匆跑到隔壁的烟酒店给昨天那对来看店面的夫妇拨通了电话。对方支支吾吾，很显然，他们变卦了。敏慈没有求着对方，默默挂了电话，双腿疲软地往回走着。她抬头对着天空吁一口气，就算周桂兰不再找人来闹事，她也不能再继续留在这里了。

她不无自嘲地低下头仔细打量着自己，一个黄脸婆，居然还有男人会喜欢上自己。她明白老秦和许彪不同，许彪是贪图自己尚存的美色，而老秦定然是真心喜欢上了自己，她能感觉到这两种喜欢的不同之处，可自己怎么能拖累善良老实的老秦呢？她摇着头叹口气，这辈子她宁愿孤苦无依，也不会再和任何男人产生感情的瓜葛，也不会再为了生计委身于任何一个男人，她一定要活得坚强、活得有骨气，哪怕是沿街讨饭，她也要让自己和儿子顽强地活下去。是的，只要自己还有一口气在，老天爷就不会断了她的生计，只要她有活下去的念头，明天并不会像昨天那么残酷。她坚信。

第 *13* 章

　　派出所来人了。附近的男男女女扶老携幼赶到面食店前看热闹。这条胡同已经很久没有开着警车的警察特别光顾过了，所有人都瞪大眼睛觑着店堂里一脸落寞的敏慈，仿佛派出所来的公安马上就要给她铐上手铐把她抓走。到底是她偷了东西还是卖淫被抓了个现形，男女老少们都踮起脚尖一边朝里眺望着，一边私下交头接耳、窃窃私语。

　　敏慈不敢相信自己的馄饨里有毒。她从来没用过期的或不新鲜的肉馅包馄饨，怎么就有人中毒了呢？她掰着手指头跟公安争辩着，"同志，我真的没有用过期的肉馅包馄饨，不信你们可以调查，我店里从来不买不新鲜的肉，他们怎么就无缘无故地中了毒呢？"

　　"那两个吃了你馄饨的汉阳人还在医院里躺着呢。他们说昨天下午在你店里各自吃了一碗馄饨，晚上就吃了一袋方便面，我们检查过方便面了，没有问题，所以问题肯定出在你店里的馄饨上面。"

　　"怎么可能呢？"敏慈显得有些急，"昨天包馄饨的肉馅都是昨天早上刚买回来的，还有一些没用完，就在厨房里放着，不信你们可以拿走化验，看是不是不新鲜的肉。"

　　"我们一定是要拿走化验的。"公安盯一眼敏慈，认真地说，"根据那两个吃了你馄饨的人的化验结果来看，他们误食了茚满二酮类抗凝血剂和磷化锌……"

敏慈不解地盯着公安，她并不懂他口里说的是什么东西。公安立即补充说："这两种东西都是化学物质，也是老鼠药的主要成分。"

"老鼠药？"敏慈下意识地往后退着，"不可能，我店里从来都没放过老鼠药，更不可能跑到馄饨里去，你们一定是搞错了，他们肯定是在别的地方吃了不干净的东西！"她立即转身跑到厨房里，把昨天用剩下的馅料端到公安面前，"所有的馅料都在这里了，你们仔细化验化验，我这里怎么可能有老鼠药呢？"

"你先别急，慢慢说。"公安一脸正经地盯着她，"我们只是来了解情况，并不是说老鼠药就一定是你放进去的。"一边说一边示意另外的公安把剩下的肉馅装好带回去化验。

敏慈的脑袋一下炸开了锅，突如其来的变故让她来不及仔细多想，只是一个劲儿地向公安表白着自己的店里不可能有老鼠药，更不可能有人故意往馄饨里投毒。那些挤在门里门外看热闹的群众早就沸腾了起来，大家纷纷指责敏慈昧了良心往馄饨里放老鼠药，诅咒她要遭天打五雷轰，甚至有几个昨天在她店里吃了馄饨的人纷纷觉得身体产生了不良反应，有的说恶心，有的说想吐，有的说呼吸困难，有的捂着胸不停地咳嗽，有的则捂着肚子说想拉肚子，一时间搞得鸡飞狗跳，有好事者表现出义愤填膺的姿态，二话不说，冲进店堂看到东西就打砸，一会儿的工夫就把好好一个店面折腾得面目全非。敏慈拦不住激愤的人群，只得捂着脸蹲在地上号啕大哭起来。

"这个昧了良心的女人，早就看她不是什么好人，没想到她不仅到处偷人，还想谋害人命！这样的人怎么能让她继续在我们这里开店，得把她轰走才是！"

"轰走她算便宜的，公安呢？公安大哥，这个坏女人心如蛇蝎，她今天敢投毒，明天就敢杀人，你们一定得把她抓走，判她无期徒刑，判她枪毙！"

"我没有！我没有！"敏慈趴在地上，声嘶力竭地替自己辩护着。她已经没了任何气力去与疯了一般的人群抢夺店里值钱的东西。砸吧，都砸了吧！她的心在滴血，这就是她所生活的世界！这是一个多么水深火热的世界啊！甚至连公安都没帮她说话，他们没有尽最大力量阻拦那些疯狂的群众，取走肉馅样本就离开了"香香面食店"。敏慈彻底绝望了，对这个世界，对生活在这个世界里的人们。她做了什么对不起附近群众的事？自从她在这里开店，几个月的时间内她从来都是兢兢业业、规规矩矩地做生意，甚至花费大量的心思研究符合各种人群口味的美食，也从来没有克扣斤两,可他们居然这么对待自己,这还有一点公平可言吗？

秦大福跛着腿风风火火地从人群中挤了进来。他不怒自威地站在群众当中，一弯身，挪过一把凳子，抬起那只好腿站到凳子上，高高挥舞着双手冲大家大声嚷了开来，"大家伙儿都冷静冷静，这么多人欺负一个孤苦无依的弱女子不算本事！"

秦大福话刚出口，底下的人群更加炸开了锅。大家说什么难听话的都有，但也有几个熟悉他的人知道他的为人，主动站出来围在他四周，劝众人先不要争执，好好听老秦要怎么说。秦大福冲大家摆了摆手，继续说："事情不是还没搞清楚吗？派出所的公安只是过来调查事情的真相，现在不是还没说老鼠药就是在馄饨里发现的吗？"

"秦大福，你别替那个妖精说话了！"有人跳起脚来指着敏慈的鼻子骂着，"这条街上谁不知道这个女人是什么货色！就你天天替你遮掩！秦大福，你是不是看上她，想把她娶回家当老婆啊？"

大家伙哄然笑了起来。秦大福却冷冷注视着大家说："大家都是老街坊了，说话不要这么难听。我跟敏慈都是从凤凰镇雷寨村出来的，老乡帮老乡有什么不对的？你们大家伙儿摸着自己的良心问问，如果你们的姐妹也碰到她这样的遭遇，你们是不是也能像现在这样无动于衷呢？"

"可她是个婊子啊！"一个高个的年轻人嘻嘻哈哈地笑着说，"婊子无情，这是老话上说的。她就是因为被男人耍了才想到在馄饨里投毒的坏主意来，她这是想报复社会啊！"

"你再说一遍！"秦大福立即拉长了脸瞪着说话的年轻人，"陈三炮，你姐姐在汉阳干的那些事我就不兴说了，要逞威风，这里还轮不上你，还是回家管好你姐姐再说吧！"

这条街坊上的人都知道陈三炮的姐姐在汉阳傍了个大款，做了人家的二奶。陈家的人对这事一直讳莫如深，冷不防听秦大福提起来，个个都抿着嘴偷偷发笑。陈三炮碰了个软钉子，自觉脸上无光，瞪着秦大福撇了撇嘴，恶狠狠地从嘴里吐出一句："老梆子！"撸起袖子便做了个要打人的动作。

秦大福不咸不淡地瞟着他，两个人四目相对，最终陈三炮败下阵来，在众目睽睽之下灰溜溜地跑了开去。秦大福放眼扫视着屋里围观的群众，清了清嗓子继续说："人心都是肉长的，谁家不会有个难事的？现在敏慈遇上难事了，咱们邻里街坊的应该帮助她挺过这个难关才是，怎么还能火上浇油，往人家伤口上撒盐呢？大家扪心自问，自打敏慈来到这条街上，她卖过不好的东西给你们吗？她做的肉馅只要出现一点馊味都要倒掉，这是我亲眼所见的，大家要是信得过我秦大福的为人，就请不要再为难她，至于老鼠药到底是不是馄饨里的，公安还没化验出结果，咱们不能平白无故地就诬赖人家，就算真的化验出馄饨里有老鼠药，我也绝对不相信会是敏慈放进去的。"他顿了顿，瞟一眼蹲在地上抹着眼泪的敏慈，叹口气接着对大家说："大家都不是糊汤米酒，相信你们也知道，最近一直有些流氓来找她的麻烦，请大家不要听那些拆白党瞎侃，更不要听风就是雨，如果馄饨馅儿里真有毒，投毒嫌疑最大的人也不可能是她，而是那些想找她麻烦的人才对。"

"我没有投毒，我没有投毒。"敏慈呆呆地坐在地上，反复嗫嚅着这句话。此时此刻，除了这句话，她再也不能多为自己争辩一句。她的心已经凉到了极点，除了秦大福和儿子小刚，她不再相信任何人，更不敢相信人们会对她产生怜悯。她是被生活抛弃的人，就连过街的老鼠也敢戏弄她，她已经完完全全被这个社会丢弃了。

秦大福的话果然一石激起三层浪。激愤的群众逐渐退去，居然还有几个主动留下来帮助敏慈清理着店里凌乱的场面。秦大福朝敏慈身边走过去，轻轻拉起她，扶她坐到凳子上，安慰她说："也好，派出所介入了，谁是谁非立马就能现了形。"

"你真的怀疑是周桂兰派人干的？"敏慈犹疑着盯了他一眼，她还有些不敢相信，"投毒可不是闹着玩的，也许是那两个人吃了被药过的老鼠咬过的东西呢。"

"你就是心太善了。"秦大福弯腰把地上的破瓷片捡起来搁在桌上，叹口气说："多好的瓷碗，就这么被他们砸了，你说他们亏不亏心哪？"

"可我们昨天一整天都在店里，根本就没人有机会到厨房里投毒啊。"敏慈仍然思考着老鼠药的事，"到底是谁呢？"

"还能有谁？你忘了，昨天小刚和同学打架，我们不是都着急跑了出去吗？"

"你是说，有人趁我们都不在的时候，进来往馄饨馅儿里放了老鼠药？"敏慈瞪大眼睛盯着他，"那赶紧问老彭去，昨天不是他帮我看店的吗？"

"还问什么问？昨天我们回来的时候，不是正好看到一个孩子慌里慌张地从店里面跑了出来吗？"

"你是说过江龙？"敏慈仔细回忆着昨天下午发生的一幕一幕，忽地瞪直了眼睛瞥着秦大福，"对，就是过江龙！可他还是个孩子，有那个胆量往吃的东西里面投毒吗？"敏慈还是不太敢确认这事就是过江龙干的，"他为了什么？就因为他妈妈跟我有过节吗？"

"有其母必有其子！"秦大福恨恨地说，"有周桂兰那样的妈妈，就会有过江龙那样的儿子！敏慈，这回你的心可千万不能软，投毒的罪过可不小，要是派出所的人化验结果证实老鼠药就是咱们馄饨馅儿里的，你可要实话实说，千万别替那小屁崽子遮掩！"

敏慈点着头，又摇了摇头，她仍然心有疑惑。过江龙怎么说也是个未成年的少年，如果真是他干的，那孩子的将来不都要被毁了吗？她还是宁愿相信那两个食客中毒只是一场意外，也不肯相信真的与过江龙有关。

傍晚，派出所的警车再次开到胡同口。他们把馄饨馅儿含有大剂量老鼠药的化验结果通告了敏慈，并请敏慈跟他们到派出所走一趟，要她配合警方的深入调查。一直守在店里等消息的秦大福立即帮敏慈关上店门，也跟着公安一起去了派出所。

"据群众反映，最近经常有些不三不四的人来找你麻烦，到底是怎么回事？"一个干部模样的公安手里攥着一支笔端坐在敏慈对面一本正经地问着她，在他胳膊底下铺着几张公文纸。

敏慈有些慌张，"同志，我……我也不知道那些人是什么人，我……"

"拣重要的说，不要吞吞吐吐的。"公安面无表情地睃着她，举起笔在公文纸上沙沙沙记录着什么。

"我真的不知道他们是些什么人。"

"你没跟人结过仇怨吧？"

"啊？"敏慈摆弄着手指头，"我……"她实在不知道怎么跟警察说她和黄志祥、周桂兰夫妇的恩怨，而且她也极度不愿意再在别人面前回忆并陈述那段不堪回首的往事。

"你必须实话实说，这对我们调查投毒案件极其重要。"公安不紧不慢地抬起头瞟着她，"你要是不配合我们，我们也完全有理由认定老鼠药是你自己投进去的。"

"不，不是我！"敏慈瞪大眼睛替自己辩解着，"真的，要是我干的，我出门就被汽车撞死！"

"赌咒发誓对我们了解案件发生的过程毫无用处。李敏慈，你还是详细说说，你跟那帮流氓到底是什么关系吧。"

"我跟他们能有什么关系？"敏慈嘟囔着嘴，"我甚至不知道他们是干什么的，你说我跟他们还能有什么关系呢？"

公安不满地瞥着她，一边的秦大福连忙替她作答说："警察同志，她是吓蒙了，我来帮她说吧。"

公安冷冷盯着他："好，你说也一样。你叫什么名字？和李敏慈是什么关系？"

"你不是知道我和她是什么关系嘛！刚才在车上就说过了。"秦大福不耐烦地说。

"我现在是在给你们做笔录。我问什么，你们就得回答什么。"公安睃着他，"这是规矩，懂吗？"

"噢。"秦大福点着头，"那你问吧。"

"姓名、年龄、职业，和李敏慈的关系。"

"秦大福，四十二岁，二中后头菜市场看车的。和李敏慈是朋友关系，我经常在她店里帮忙打下手。"

"那你说说，李敏慈和那帮流氓到底是什么关系。"

"是这样的。"秦大福瞟一眼敏慈，尽管看到她的目光里明显充斥着不情愿的神色，但他还是把她和黄志祥夫妇的关系陈述了一遍，"警察同志，那个周桂兰是个母夜叉，三天两头地找人来闹事，你们可要好好管教管教她，咱们这个社会就是被这帮人搞坏的！"

公安认真做着笔录，回头瞟着敏慈问："秦大福说的句句是事实吗？"

敏慈有气无力地点点头，嗫嚅着嘴唇说："是的，他说得没错。"

"那你们为什么不早点儿来报案？"公安不满地盯着敏慈说，"你们这么做是纵容犯罪分子扰民知道吗？"

敏慈默不吭声，秦大福连连说是。"昨天下午周桂兰的儿子和李敏慈的儿子在二中门口打架，我们闻声赶过去看，结果回来的时候碰到周桂兰的儿子从我们店里慌慌张张地跑了出去，我想，在馄饨馅儿里投毒的事除了他，没有第二个了。"

"周桂兰的儿子？他叫什么？"

"过江龙！"

"过江龙？"

"啊，不对，过江龙是他的绰号，他大名叫周小龙。"秦大福连忙补充说。

"周小龙？你们刚才不是说周桂兰的丈夫姓黄吗？"

"周小龙爸爸死得早，他跟周桂兰姓，黄元恺是他的继父。"敏慈终于镇定了下来，盯着公安不紧不慢地说。

"你们确信看到从店里面跑出来的人就是周小龙？"

敏慈点着头，"是的。他跑出来的时候还撞了我一下。我肯定就是那孩子。"

"你肯定那孩子是从你店里跑出来的，还是肯定投毒的人就是他？"

"我不能肯定投毒的人就一定是他。"敏慈认真地盯着公安的脸，"但我们从二中门口走回来的时候，确实看到他从店里慌慌张张地跑了出来。"

"好了，今天就问到这儿。你们都在笔录上签个字按个手印吧。"

敏慈与老秦对望了一下，相继在笔录上签字画押，然后从派出所里走了出来。敏慈对派出所有种莫名的恐惧感，自从十多年前因为黄志祥的案子她曾被带到凤凰镇的派出所问讯后就再也没有往这种地方踏足过半步，可没想到过了十多年，她居然又回到了这种地方，虽然时间不同、地点不同，但她总有些心有余悸，黄志祥伙同殷长军、刘汝沛欺凌她的一幕一幕就像电影画面一样不断在她脑海中闪回着。究竟什么时候才是个头？还得再过多久，她才能彻底和那段痛不可当的往事诀别，才能彻底忘掉那件事带给她的悲痛与苦闷呢？四周静悄悄地，路上的行人没有一个会关心她过往的故事，可她内心却再也难以平静，到底该如何才能摆脱这如同梦魇般的厄运呢？

第 *14* 章

经过派出所的突击调查，过江龙终于承认往"香香面食店"馄饨馅儿里投毒的就是他。黄志祥和周桂兰震惊了，他们谁也没料到过江龙会干出这样的事来，当警察把过江龙从家里带走的时候，周桂兰几乎接近崩溃，咆哮着、号叫着追了出去，一不小心绊在台阶上，只能眼睁睁地看着儿子被公安带走。

"都是你作的孽。"黄志祥扶起周桂兰往屋里走，埋怨她说，"我早就跟你说了，咱们大人的事不要在孩子面前吵，这样会影响到他们的成长，现在你都看到有什么后果了吧？"

"你还说什么风凉话？"周桂兰声嘶力竭地瞪着丈夫，"小龙不是你亲生的，你当然不会管他的死活！黄志祥，你不是人，儿子被公安带走了，你居然一声也不吭，小龙要是有个三长两短，我也不活了！"

"你让我吭什么啊？"黄志祥拧着眉头觑着她，"说毒不是你儿子放的？他自个儿都在警察面前承认了，你让我说什么？帮着他抵赖吗？"

"你就是希望我们娘俩都死了才好！"周桂兰拉扯着黄志祥的上衣，"黄志祥，你要不把小龙弄出来，我就跟那个臭婊子没完！小龙要是缺了一根头发，我绝对不会放过那对不要脸的母子！"

"都这个时候了，你还有心情骂人？！"黄志祥不耐烦地瞟着妻子，"你自己好好反思反思，要不是你天天在家吵吵闹闹，让孩子知道大人的事，小龙能跑到人家店里放老鼠药吗？这都是你做的好榜样，小龙是有样学样！"

"有样学样怎么了？小龙那是心疼他自己的妈，不像你，吃在碗里的，盯着锅里的，你他妈的就是个王八蛋！"周桂兰使劲推搡着黄志祥，"你还杵在这里做什么？还不赶紧去找人打通关系，早点把小龙放出来？"

"怎么打点？他可是投毒！周桂兰，拜托你有点儿法律常识好不好？投毒可不是小罪，幸亏现在没有吃死人，要吃死了人，你儿子都够得上被关一辈子了！"黄志祥一把推开蛮不讲理的周桂兰，愤然盯了她一眼，"火烧眉毛了，你着急了是不是？你以为派出所是我黄志祥开的吗？打通关系？那也得看他犯的是什么事！投毒！你养的儿子真的跟你一样本事！"

周桂兰一个步子没站稳，顺势跌倒在沙发上，看到黄志祥一脸怒气冲冲的样子，她才觉得害怕起来，不禁抱起沙发靠垫呜咽着哭了起来。

"你哭什么啊？"黄志祥心烦地在客厅里踱着步子，"要不说你这个八婆就是嘴劲了得，遇事除了撒泼耍刁就一无是处了呢！"

"你有本事！鱼有鱼路，虾有虾路，你怎么知道我就没办法把我儿子弄出来？"

"鱼有鱼路，虾有虾路？"黄志祥冷冷盯着她，"算了吧，你有几斤几两我还不晓得？好了，现在咱们都冷静冷静，再吵下去我们也没办法把小龙弄出来，这事还真有点儿棘手。"

"那你说怎么办？"周桂兰仍然不甘在丈夫面前示弱，犟着嘴说，"你要有本事，你就赶紧把他弄出来啊！"

"恐怕这事并没那么简单。"黄志祥睨着她，"看来，是要你自己跑上一趟的时候了。"

"往哪儿跑？"周桂兰瞪大眼睛睃着他。

"去求李敏慈。"黄志祥淡淡地说。

"什么？"周桂兰一下子跳起来，"黄志祥，你这出的什么馊主意？你让我去求那个臭……"

"你要不去求她也可以，派出所要认真起来，把你儿子移交法院，判个三四年的也不算厉害。"

"你！"周桂兰咬紧牙关，"你让我去求她？"一把抓起沙发靠垫朝黄志祥身上砸过去，"我就是跟小龙一块儿去跳楼也不会求那个臭婊子的！"

"我已经指给你一条明路了。做不做是你的事。"

"明路？你让我去求你的姘妇也算是条明路？！"周桂兰跳起来咆哮着，熊熊怒火在她胸腔中升腾，以致她整张脸都因为愤怒显得变了形。

"你别扯皮拉筋的好不好？看你平时挺精明的个人，怎么一到关键时刻就苕头日脑的呢？"黄志祥一边说，一边转进卧室找了件外衣披上，"我陪你一块儿去，这事宜早不宜迟，如果李敏慈肯替你儿子说话，你儿子十有八九能被放出来，如果她不肯替你儿子说话，我们就得做好最坏的思想准备了。"

黄志祥低着头打开房门，一脸冷漠地走了出去。周桂兰咬了咬嘴唇，擦把眼泪，随即跟着丈夫走了出去。"走吧，"到了楼下，黄志祥冷冷瞥着她，"现在我们是去求人家救你儿子，你知道该说什么不该说什么吧？"

周桂兰白了黄志祥一眼，默不吭声，直到车子停在"香香面食店"前的胡同口，她愣是一句话也没说。刚刚过了午饭点，敏慈正在店里忙碌着收拾着桌面上的残羹剩菜，一抬头，正好与黄志祥夫妇打一照面。

敏慈立即拧着眉头放下手中的活计，直起身子虎视眈眈地瞪着他们不客气地说："你们来做什么？还嫌害得我不够吗？出去！这里不欢迎你们！都给我出去！"

周桂兰刚要开口应仗，黄志祥立马瞪了她一眼，站在原处一动不动地盯着表情黯然的敏慈说："你别误会，我们是来求你的。"

"求我？"敏慈翕合着嘴唇，"我这狗肉上不了正席的，你们都是大人物，用得着来求我吗？"

黄志祥低着头，"我们是为了小龙的事特地过来求你高抬贵手。小龙还是个孩子，你大人有大量，抬抬手，这事也就过去了，要不这小屁嫩子这一生就都毁了啊！"

"你们找错地方了吧？"敏慈愤愤不平地瞪着他们，"周小龙是被派出所带走了，又不是被我关起来了，你们来求我有用吗？"边说边把手里的抹布往桌上重重一扔，"走吧！我不想看到你们，你们还要我再说第三遍吗？"

"李敏慈！"周桂兰再也忍不住了，她挣脱开丈夫，突地冲到敏慈面前数落着她说，"你别茅赖！小龙在馄饨馅儿里投毒，说起来归根结底都要怪到你自己头上！要不是你跟黄志祥不三不四的，我儿子能跑到你店里投毒吗？"

"你儿子投毒跟我没关系。"敏慈冷冷地回应她说："你别在我店里撒泼，要说什么你到派出所跟警察说去，跟我一点关系也没有。"

"你！"周桂兰两手叉腰，恶脸相向地瞪着敏慈，"好，既然你不肯通融，要丢要磕由你选，千万别拿我们当点混！"

"你想打架吗？"敏慈睃着她冷哼了一声，"你要想跟你儿子一块被弄进局子里去，我不反对。"

"李敏慈，你个老菜薹，想打架又怎么样？我周桂兰还能怕了你不成？"周桂兰恶狠狠地骂着，"别以为你有男人撑腰，我就怕你了，告诉你，我压根儿就不吃你这一套！"

"你个乌拉希，想打架我李敏慈奉陪你到底！"敏慈不甘示弱地瞪着她，咬牙切齿地说，"我已经忍你很久了，现在我不打算继续再忍下去了！周桂兰，你欺人太甚了！"

"你骂谁乌拉希？"周桂兰扬起手掌便朝敏慈脸上扇了过去。黄志祥一个箭步冲上前，紧紧握住妻子的手，愤然地瞪着她骂了一句，"你这个裹筋的婆娘，你是来找人打架了是不是？"

"黄志祥！"周桂兰紧紧睃着丈夫，气急败坏地睨着他，"大水冲了龙王庙了，这个时候你还向着这个骚货说话？"

"我向着有理的人说话！"黄志祥一用劲，把周桂兰拽到一边，连忙朝敏慈赔着小心道歉说，"对不起，她就是那个脾气，为了小龙的事，你多担待点吧！"

"我不要听你说话！你给我出去！"敏慈的脾气忽然爆发了起来，她目不转睛地瞪着黄志祥咆哮着："赶紧带着你的婆娘从我店里滚出去！有多远滚多远！我死也不想再看到你们这两张面孔了！"

"敏慈……求你了，我求你了。"黄志祥脸上挂着被痛苦折磨的表情，"小龙还小，他不懂事，是的，他做错了事，理应受到法律的制裁，可他毕竟还是个孩子，他这么做都是受了我们大人的影响，我只求你给这孩子一个改过自新的机会，不要让他像我一样……我不能让他步上我的后尘，要是那样，这孩子就真的毁了啊！"

"出去出去！你听到了没有？"敏慈抓起手边的剩汤碗砸在黄志祥脚边，"我不想看到你们，也不想再听到你们跟我说一个字！滚！你们要再不滚，我可就要报警了！"

"敏慈……你就给小龙一个改正的机会不可以吗？"黄志祥声泪俱下地求着她。他跪倒在了她的面前。外面已经围了一群看热闹的人，他居然当着大家的面跪在了敏慈面前。

"你干什么？你干什么？"这一来，敏慈倒失了方寸。她没想到黄志祥这个禽兽居然会当众人的面跪下来求自己，那个孩子只是他的继子，可他却为了继子跪下来求自己，难道他真的已经脱胎换骨了吗？狗是改不了吃屎的，她努力告诫自己，千万不能被这个人面禽兽的表演给糊弄了，千万不能心软，不能在他面前显出她哪怕一点一滴的软弱来。

周桂兰也被丈夫突如其来的举动蒙住了。他是个争强好胜的人，从不轻易向别人服软，可他居然会为了小龙向她屈膝下跪，这不能不让她感动，可在这感动背后，她更加深深地体会到丈夫对这个女人的用情之深。他要不是还在默默地爱着她眷恋着她，又怎么会当这么多人的面跪下来求她？围观的群众中已经有不少人已经认出了经常在电视新闻节目里出现的黄志祥，"那不是大唐公司的老总黄元恺吗？"大家交头接耳，议论纷纷。周桂兰心里有如刀割般疼痛，仿佛心脏都被切割机粉碎得只剩下了粉末："起来！起来！你给我起来！"她流着泪，用劲力气拉扯着黄志祥，可黄志祥岿然不动，身子连摇晃一下都没有。

"你死了吗？"周桂兰哭着拼命拽着丈夫的胳膊，"你没死就给我吭声气？干吗求这个不要脸的骚货？你起来！起来！"

敏慈冷眼盯着他们，默默坐在他们面前的桌子后面，一声不吭，脸上像刚刚下了一层厚厚的霜，谁也说不好那是一种什么样的表情，仿佛比死了至亲还要悲伤可怖，但细细琢磨，又不像是悲伤难过的样子。

黄志祥静静地跪着。不仅是为了乞求敏慈放小龙一马，更是乞求她原谅自己十多年前犯下的不可饶恕的罪孽。男儿膝下有黄金，但现在他已经顾不上这些了，他只知道在这个女人面前自己是有罪的，或许当着大家的面跪下来向她谢罪才能减轻他内心的负疚感。

"李敏慈，你哑巴了吗？"周桂兰紧紧瞪着面无表情、冷若冰霜的敏慈咆哮着："他都跪下来求你了，你倒心安理得了是不是？"

敏慈掰着手指，突然站起身来，不紧不慢地朝外面走去。周桂兰疯了似的追了上去，一把拦住她的去路："你这算什么意思？我们都这么求你了，杀人不过头点地，你这是想逼死我们一家子不成？"

敏慈睃着她，伸出掸了掸身上的灰尘，继续朝前面走去。

"李敏慈！"周桂兰跳着脚指着她骂着，"今天你要是不给句话，我跟你永远没完！好，你逼得我们家破人亡，我也不会让你和你儿子安生的！"

这句话深深刺痛了敏慈脆弱的心，她突地回过头来冷冷盯着周桂兰，"我没有逼谁，要说逼得你们家破人亡，那也只能是你自己，和我一点关系也没有。"

"你……"

"我不会管你们家的闲事的。"敏慈淡淡地说，"你儿子投毒和我没关系，他是被派出所的警察带走的，你们要找人说情犯不着跑我这儿来折腾。我算哪门子的葱？我只是一个开小吃店的下岗女工，论地位论富有我都不能跟你们比，要把你儿子弄出来，我实在无能为力。"

"你！"周桂兰咬紧牙关跺着脚，"你个蛇蝎心肠的骚货，你见死不救！"

"你怎么想都好，反正我是不会管这档子事的。"敏慈掉过头去冷冷地说，"把你男人拉走吧，我敞开门做生意，他跪在里面，我还怎么做买卖？他不走也没关系，尽管跪着吧，反正我这店马上就要关门大吉了。"

说完，根本就不当身边还有周桂兰这个人的存在，扬长而去。

　　周桂兰和黄志祥的家庭战争持续不断地发生着，家里一片狼藉。小龙被关在派出所整整一天了，黄志祥托关系打通关节还是没能把他弄出来，周桂兰的精神濒临崩溃，见到什么砸什么，活脱脱一只河东狮。黄志祥窝在沙发里眯着眼睛不断抽着烟，不管妻子如何打骂，他就是一句话也不说。

　　"抽！抽！抽！"周桂兰冲到黄志祥面前，举起茶几上的玻璃烟灰缸，重重摔到他脚边，立即在客厅里炸开一声剧烈的响声。黄志祥微微睁开眼睛睨了妻子一眼，仍然合上眼，跷着二郎腿，继续含着香烟吞云吐雾着。

　　"黄志祥，你还是不是人？"周桂兰踢着脚下烟灰缸的碎片，攥紧拳头在他身上砸着，"小龙一天没回来了，你怎么还跟个没事人似的？到底不是你亲生的，你压根儿就不管他的死活！"

　　黄志祥紧闭双眼，整个身子紧紧倚在沙发背上，仰着头默不吭声。

　　"王八蛋！"周桂兰气势汹汹地从他嘴边拔出香烟，却被香烟烫到了手指头，立即把烟蒂扔到地上，在脚底下重重踩了几踩，使劲在丈夫身上拍打着，"你装什么死？你是不是以为公安的人把小龙抓起来，再慢慢把我折磨死，就能称了你的心如了你的意，把那对不要脸的母子接回来团圆了？啊？"

　　"我不跟你说。"黄志祥慢慢睁开眼睛，蔑视地瞥了妻子一眼，"我跟你没有共同语言，我们没法交流。"

　　"没法交流？你跟那个臭婊子倒是有法交流！"周桂兰伸腿踢着他，"姓黄的，你别欺人太甚，现在我还没死呢你就想把那个骚货接回来，你太不是个东西了！"

"我就不是个东西。"黄志祥仰头瞟着天花板，重重吁了口气，"这样的日子再也没法过了。早知今日，当初就算有座金矿摆在我面前，我也不会娶你。"

"你现在后悔了是吗？"周桂兰紧紧睃着他，"行，你有本事，你就当着我的面把那个骚货弄家里来，你要不把他们弄家里来，你就不是人！"

"我本来就不是人。"

"你！"周桂兰憋了一肚子气，猛地伸过手揪着他的衣领，"你给我起来！儿子被关了，你还有心情躺在这儿？起来！你赶紧起来去把小龙给我带回来！"

"我没那个本事，我带不回来他。"黄志祥斜睨着她，"你有本事，你自个去把他接回来。"

"黄志祥——你——你就是个不折不扣的畜生！"周桂兰如同一只发怒的母老虎朝丈夫身上扑了过去，拧着他的耳朵撕扯他的衣服，瞪着他歇斯底里地咆哮着："你去不去？啊？你去还是不去？"

"不去！"黄志祥左右躲闪着妻子失去理智的攻击，"我是个畜生，我带不回你的宝贝儿子。"

"没错，你就是个畜生！一头不知廉耻的畜生！只有畜生才会做出轮奸母狗的行为！"

"你说什么？"周桂兰终于刺到了丈夫的痛处，黄志祥抬起头瞪大眼睛正色盯着她，"你说什么？周桂兰，你说什么？"黄志祥的嗓门提高了八度，他霍地从沙发边站起身，张大嘴巴瞪着妻子，眼睛里布满血丝。

"我说什么你没听到吗？"周桂兰着实被丈夫这副凶神恶煞般的模样吓着了，下意识地往后退着，不过很快她就又恢复了之前的猖狂劲，瞪着黄志祥不甘示弱地大声嚷了起来，"你还想打人吗？黄志祥，你嫌轮奸犯的罪名还不够大不够多，要再给自己加上一条家庭暴力罪吗？"

"你再说一遍！你再说一遍！"黄志祥怒不可遏地瞪着周桂兰，身体大幅度地向前倾着，扬起手就在她脸上给了重重一记响亮的耳光。

周桂兰被这一巴掌打得眼冒金星，连连朝后退了几步。在这个家里，她的权威还从没被任何人侵犯过，小龙的爸爸生前也从没在她身上动过一根手指头，可现在这个外来的男人居然扇了她一耳光，他到底凭的是什么？周桂兰捂着被打痛的腮帮子，感觉到浑身上下、里里外外都着了火，这个男人算个什么东西？如果不是她周桂兰，他一个强奸犯能取得今天这样的成就吗？如果不是她，他今天还不知道在哪个角落里喝西北风呢，可他居然丝毫不感激自己给他带来的一切，反而动手打了她，这不是反了天了吗？

"黄志祥！"周桂兰挥动着双臂朝丈夫身边冲了过去，一弯身，从脚边捡起碎了的烟灰缸便朝黄志祥额头上砸了过去，刹那间，黄志祥的额头被碎了的玻璃割伤，往下汩汩地流着鲜血。

周桂兰与黄志祥都怔住了。周桂兰浑身打着战，手里紧紧攥着的玻璃碎片同样割伤了她自己的手指，血水顺着指尖朝地板上滴去。

"砸吧，你杀了我吧！"黄志祥猛地抓住她的手，"你砸啊！砸死我算了！反正活着也没意思，你干脆杀了我，这样倒一了百了了！"

"你！"周桂兰的手不住打着战，她看到殷红的鲜血继续从丈夫的额头渗出来，眼泪一下子涌了出来，"志祥，志祥，我不是故意的，我不是……"

"你杀吧！你杀了我吧！往这捅！往这捅！"黄志祥举起她的手朝自己的心口捅过去。"这样的日子我一分钟也不想过了，你杀了我得了！"

"不！我——志祥，我真的不是有意的。"周桂兰哽咽着瞥着黄志祥关切地问："你要不要紧？我送你到医院去。"她边说边挣脱开丈夫，手里攥着的玻璃碎片迅速掉到地面上，发出清脆的响声。

"我这么活着还有什么意思？"黄志祥痛苦地举起手抱着头，"桂兰，我求求你，你们都别再逼我了好不好？"

"我没有逼你。"周桂兰连忙从卧室翻出小药箱子，麻利地掏出紫药水和止血纱布，一边泪眼蒙眬地盯着丈夫，一边可怜巴巴地说，"我从来都没逼你，都是那个李敏慈，要不是她把我们这个家折腾成这个样子，我们也不会变成今天这个样子。"

"你还在胡乱怪别人？"黄志祥摇着头睨着妻子，"周桂兰，你已经无药可救了。"一边说，一边捂着额头大踏步朝门口走去，伸过右手拉开了门把手。

"你去哪？"周桂兰连忙追上来，一把拽住他的胳膊，"你头上还流着血，我先替你把血止住了再说。"

"你闪开！"黄志祥奋力推开妻子，"我的事不用你管！"执意拉开门飞快地沿着楼梯朝楼下走去，"我死在外头也用不着你收尸！"

"你走！你走了就别回来！"周桂兰"呼"一声关上门，一下子扑倒在地上号啕大哭起来，精神彻底陷于崩溃。再没有什么事比这样的场面更令她伤心欲绝，就连当年听到小龙爸爸在建筑工地发生意外事故之际她也没有现在这样脆弱无助过。她无法揣测自己为什么没有了从前一贯的坚强与强势，丈夫摔门而去的行为深深刺痛了她的心，她知道自己的举止过于激动，这一次他们的矛盾将会比以往更加激化，或许黄志祥走了之后就不会再回到他们身边，可是这个家还需要他，她和小龙也需要他，他怎么能就这样一走了之了呢？李敏慈的面容一再映现在她的脑海中，要不是那个骚货的出现，她和黄志祥的生活应该过得比过去更加幸福美满，可自打她突然冒出来后，这个家一切固有的秩序就都乱了套，黄志祥经常深更半夜爬起来躲在书房里长吁短叹，那个女人和她儿子孙小刚已经在他心里生根发芽，并取代了她和小龙在他内心的位置，这一切都让她痛不可当。她不是一个可以默默忍受、当作什么都没发生的妻子，她已经失去过一个丈夫，所以决不能眼睁睁看着现在的丈夫再次从她手底下被无情的生活夺走——不，她绝对不能让李敏慈的诡计得逞，决不能拱手把黄太太的位置让给她！决不！

周桂兰的心始终揪着。黄志祥能有今天都是拜她所赐，他有什么理由可以对着自己摔门而去，又凭什么对着自己发脾气，他有什么资格？他的一切都是她赐予的，要没有她，就不可能有他黄志祥的今天，要没有小龙爸爸留下的那笔钱，他怎么可能有本钱去做生意？要不是小龙爸爸和她打拼多年积攒下的人脉资源，他又怎么会在商界顺风顺水，做到新洲区乃至武汉城首屈一指的大商人地位？"黄志祥，你不是人！"周桂兰咬着嘴唇愤愤骂着，强忍着钻心的疼痛，剪下止血纱布缠绕着被玻璃割伤的手指，"好，你要死就死在外边好了！最好永远都别回来！"

门外响起了一阵"噼里啪啦"的敲门声。她轻轻站起身，伸手理了理凌乱的头发，猛地拉开门，对着门口大声咆哮着，"你还回来干什么？有本事你去找那个不要脸的骚货，永远都别回来了！"

"妈！您嚷嚷什么呢？在楼下就能听到您在楼上鬼哭狼嚎地叫唤。"过江龙虎着一张脸从门外钻了进来，低头看着地上一片的狼藉，瞟着周桂兰问，"妈，您又跟爸爸打架了？"

周桂兰看到儿子平安无事地回来，连忙拉着儿子的手捏了又捏，待确信真的是小龙回来了后，连忙俯下身子关切地问他："你怎么回来了？

派出所的人把你放出来了？"

过江龙点着头，紧咬了一下嘴唇，欲言又止。

"是你爸爸找人把你弄出来的？"周桂兰目光里透着一种难以表述的惊喜，一边说一边搀着儿子的手扶着他在沙发上坐下来，"妈去给你冲杯咖啡压压惊。"

"是孙小刚的妈去派出所把我保出来的。"过江龙嗫嚅着嘴唇，最终还是把实情告诉了周桂兰。

"什么？"周桂兰不相信地盯着儿子，"你说什么？"

"我说是孙小刚的妈去派出所替我说情，所以他们才把我放了出来。"

"那个骚货！"周桂兰满不在乎地盯着儿子，"那个臭婊子去替你说情？她安的什么心？黄鼠狼给鸡拜年，她……"

"妈，您别再骂了好不好？"过江龙不耐烦地睨着她，"您看看，咱们这个家哪还有点家的样子？拜托您别再跟爸爸吵了好不好？您总这样不讲理，迟早要把爸爸逼出这个家的。"

"你说什么？你说我把你爸爸逼出家门？"周桂兰伸手摸摸儿子的额头，"你没发烧啊！李敏慈给你灌了什么迷魂汤，你替她说话？这事本来就是她引头的，她去替你说情本来就是应该的！"

"妈！您别再喋喋不休地唠叨个没完行不行？"过江龙冷冷瞥着母亲，努了努嘴唇说，"其实孙小刚的妈妈并没您说得那么不好，她为了替我说情，还给派出所的警察下跪了，妈——"

"她给警察下跪了？为了你？"

过江龙重重点着头，"要不是她给我说情，这次我恐怕真的要被送到劳教所了，您以后就别再跟人家过不去了，行吗？"

"你说什么？谁跟你说是我跟他们过不去的？是你爸爸——不，是李敏慈那个不要脸的臭婊子，她勾引你爸爸，她——"

"您还在骂人！"过江龙气呼呼地掉过脸去，"您别在我面前烦了，爸爸被你骂走了，迟早有一天我也得被你烦得受不了！"

"什么？"周桂兰不敢相信这些话都是从儿子嘴里说出来的。才一天工夫，他怎么就变成了另外一个人？周桂兰瞪大眼睛在小龙身上来回打量着，她真的讶异了，好端端的一个儿子居然会替李敏慈说起话来，这不是成心要气死自己吗？

"您别光顾着瞪着我看。"过江龙撇了撇嘴，忽然又掉过脸觑着她问，"您老实告诉我，孙小刚是不是我爸的儿子？"

"……"

"我在派出所里被关了一整天，听他办案的警察都在说孙小刚他妈和我爸的事，他们都说孙小刚是我爸的亲生儿子，我也发现了，孙小刚的模样长得跟从我爸脸上剥下来的一样，他肯定就是我爸生在外边的儿子。"

"你！"周桂兰气不打一处来地伸手拧着过江龙的耳朵，"孙小刚是个野种，怎么可能是你爸的儿子？你爸只有一个儿子，就是你周小龙！"

"我不是黄志祥的亲生儿子！我亲爸叫张明伟！"过江龙瞪大眼睛紧紧注视着周桂兰，"你是怕志祥爸爸不要我们了，要去认他亲生的儿子，对吗？"

"……"周桂兰好像不认识眼前这个儿子一样，睐着他气得一句话也说不上来。

"本来就是我爸欠了孙小刚母子的，他现在想赎罪也是人之常情。"过江龙轻描淡写地说，"以后我再也不跟着你瞎起哄了，派出所的警察都说了，父子情是天生的，你越逼我爸，他越觉着自己亏欠孙小刚母子的，到时他就真的再也回不来了。"

周桂兰定定地打量着儿子，咬了咬嘴唇，"你就这么肯定我会把你爸逼得离家出走？"

"你要是当作什么事也没发生过，兴许我爸还能留在这个家里。"过江龙叹口气，腾地从沙发上跳起身，自顾自走回自己的卧室去了。他不愿意再和母亲探讨任何有关孙小刚母子的话题，现在他对李敏慈心存感激，不管那个女人和母亲有多大的过节，他都不想再掺和到她们的战争中去。毕竟，那是上一代人的恩怨，他还只是个初中生，有什么理由去管父辈们的事情？他热爱他的志祥爸爸，对他的感情之深甚至超过了他死去的爸爸张明伟，所以他一点也不希望看到他的志祥爸爸因为孙小刚母子的事离开他们，离开这个家。为了挽回爸爸对这个家的眷恋之情，过江龙决定要用自己的行动来留住他，而他这个计划的第一步骤就是争取和孙小刚成为真正的好朋友。

第 *15* 章

　　"哗哗哗哗……"那个收破烂的女人佝偻着娇小的身子，吃力地推着一辆自制的"板车"颤巍巍地从远处的胡同里摇晃了出来。她白皙的双手干枯而没有光泽，干瘦的脸在晨风的肆虐下显得僵硬模糊，前额还挂着几缕绞着的头发，说是刘海，对她来说却是一种奢侈。其实她推着的车只是一块下面装了四个旧轴承的木板，用一根收来的粗绳牢牢绑住了，便成了一辆名副其实的板车。女人每天都推着她的板车在附近大大小小的胡同里来回穿梭着，于是陈旧而空旷的街道就常常响起她和她的板车来回游走时发出的"哗哗哗哗"声。

　　女人很能吃苦，三十几岁的模样，人长得很清秀，但额头上几缕并不明显的皱纹却无情地写着她曾经历经的种种沧桑。她为人非常随和，见到人就显出一副亲切和善的样子，附近凡是和她打过交道的居民很快就和她处得极为融洽，三两个婆姨聚在一起时便交口夸赞这个收破烂的女人长得好看又勤劳，不过谁也不知道女人的出身来历，也不知道她究竟住在什么地方，所以每当她出现在街头巷尾扯起喉咙叫着收破烂时，大家都拧着眉头暗自揣测着这样一个女人到底会有着怎样的来历。

　　敏慈就这样日复一日地出没在附近的街道边，干起了收破烂的营生。似乎什么活计对她来说都不是一桩难事，把"香香面食店"盘出去后，她找了好几份工作，不过都是只干了几天就被开除了事，不是嫌她年纪大了就是说她干活不卖力，总之随便找出一个理由就要她立马走人。她知道这一切都和周桂兰有关，索性收起了破烂，这样周桂兰就不能再暗中捣鬼了吧？她是一个极能适应新环境的女性，无论什么脏活累活苦活，对她来说是不值一提的，她有着坚强的毅力，所以她才在悲苦的环境中咬着牙挺了过来。她有着太多的不开心，每当她一个人拉着板车出现在冷冷清清的街道上时，她总是面无表情，所有的痛苦与委屈都交织着烙在脸上额上；但只要有一个人从她身边经过，她也会立即堆起满脸的笑容和对方亲切地打着招呼，从来都不让别人看到她内心的愁闷与苦楚。

所有的不幸都会过去的。她拉着板车走街串巷时总是这样安慰着自己。她凭自己的力气吃饭有什么脸可丢的？只要能把小刚拉扯成人，能有钱供他念完初中、高中、大学，她再苦再累也没有关系，现在她已经把一切的宝押在了儿子身上，只要小刚争气，他们母子日后的好日子还长着呢。这样想着，她布满愁绪的面庞便绽开了幸福的笑靥。是啊，小刚就快长大了，自己再咬紧牙关挺一挺，等熬过这三五年，美好的生活离她也就不远了。

她拉着板车从一家家居民门前缓缓经过，每到一家居民门前，她就会下意识地稍稍放慢步子，用一种单调却不显沉闷的声调亲切地吆喝着。这时候如果家里有积压的破烂等着被清理的人家就会打开门放她进去，大多数时候人们并不计较破烂的价值，但敏慈每收一笔东西都显得相当认真，她随身带着一杆木秤，凡是废旧报纸、铁皮之类的东西，她都会规规矩矩地过完秤才收下来，易拉罐、啤酒瓶子都是按个计价，倒没那么麻烦,不过她却用高出平常价两分一只的价值从他们手里把东西收走,所以附近的居民有东西都情愿放在家里等着她来收。不过她的生意有好有坏,有时一天忙得喘不过气来,有时几天都收不到一车的破烂,而且还时不时地会受到一些地痞流氓的骚扰,甚至有几个过去一直在这几条街道上收破烂的男人联合起来想给她点教训看看,要把她赶出他们的地盘,但最终她都咬紧牙关熬了过来,因为她的善良和与人为善的态度,居然还和那些先前要整治她的破烂男成了要好的朋友。那些男人听说了她的遭遇后,都主动从这几条街道撤了出去,但尽管如此,这个行当也只是饿一顿饱一顿的,并不像传说中的那么邪乎,靠捡破烂发大财的永远只是少数,更多的人仍然在贫困线上痛苦地挣扎着。

从早上一直吆喝到下午三点过后,敏慈只零零星星地收来了几只易拉罐、啤酒瓶子以及一些塑料瓶,板车看上去显得空空如也,这一天对她来说显然没有收获。她的眼神里透着忧郁的气质,这个月忙前忙后总共才攒到了四百多块钱,照这个速度发展下去,不仅小刚下学年的学费无法着落,恐怕就连他们母子的日常开销也要成问题了。这可怎么办呢?敏慈愁坏了,这几条街道,那些男人已经让了出去,可靠山吃山,靠海吃海,靠破烂吃破烂,行里的规矩不能坏了,这也就预示着她不能跑出这几条街的范围去别的地方收破烂抢了别人的饭碗,可附近的胡同几乎都被她跑遍了,哪还有人家天天装着一堆不要了的破烂等着她去收呢?

一个小女孩嘴里哼着歌,活蹦乱跳地从她身边跑了过去。敏慈回过头盯着小女孩欢快的身影,突然想起儿子小时候的模样。那时候,孙世昌和她都极为疼爱小刚,含在嘴里怕化了,抱在手里怕掉了,没想到世事多变,十多年过去后,小刚却成了一个没有父亲的弃儿。孩子已经没有了爸爸,敏慈担当起了家庭的所有担子,既当爹又当娘,无论在外边遭遇到什么困难，她都能咬紧牙关硬挺过来，因为她知道，小刚现在只能靠她了，就算再苦再累，她也要把他供养到大学毕业为止的。

敏慈几乎每天早上都是天不亮就拉着板车出来了，为的是沿街可以捡到无主的饮料瓶和易拉罐。大多数中午，她都不吃午饭，有时实在太饿了，不管她人在什么地方，都要赶到城中心一家面包厂买个面包或麻花充饥，因为那里都是批发价，每个面包或麻花比其他地方卖的能省两毛钱。晚上收工回到家，都要到七点以后，有时甚至要拖延到八九点钟，因为她还得把每天收来的破烂都送到近郊一个废弃的仓库里堆放，等积攒到一定数量时，就叫李坤的哥们儿帮忙，开着一辆小货车把它们集体送到废品收购点，换来她急需要的钞票。

和在东门市场卖鱼时一样，敏慈最害怕的就是工商所时不时的就会找到她堆放破烂的那个废弃仓库跟她收钱。那天下午她在附近几条大街小巷转悠了几个来回后也没收到什么东西，就拉着板着早早收工，回到她在郊区的破烂大本营，没想到还没把车上的货卸下来，就碰到工商所的人迎面走了过来。她急匆匆扔下手里的板车，锁上仓库的大门便想溜走，没想到还是被那些人逮了个正着，你推我搡地把她堵在了一堵破旧的围墙边。

"你的执照呢？"一个二十几岁的年轻人，一边打量着满脸灰尘、一身污物的敏慈，一边目无表情地追问她说。

敏慈抬起头瞅了那几个工商所的人一眼，目光冷冷的，又好似死死的，看得人心里发寒。"我才刚收了没几天，你们就行行好，宽限我些日子吧。"面对一大群工商执法人员，她有些紧张，眼里噙着一丝泪花，嗫嚅着嘴唇怯怯地乞求着他们。

"上周我们就来找过你了，是吧？"工商所的执法人员正色盯着她问，"还刚收没几天呢？你就说，打算什么时候办执照吧？"

"忙完这几天，我就去办。我听说要先到派出所办理什么手续，我……"

"等你忙完得到什么时候？你没有办照就不能经营的！"一个大高个的中年人瞟了敏慈一眼，大声附和着说。

敏慈双手不停地揪着衣服的下摆，显得不知所措。他们来了不少人，说话都很有底气，也不敢跟他们争辩，只好一味地乞求他们再宽限几天。

"还宽限几天啊？"先前说话的那个年轻人瞪着两只大眼睛向同事介绍说，"上回我们来催她办照和收费，这个女人就说她不做了的，所以就没管她，但今天她这里居然收了这么多的东西，看来她是故意骗我们的了，要好好收拾她一下才行。"

年轻人话音刚落，大家顿时变得情绪高涨起来，一把揪着敏慈走到仓库门前，准备给她点工商的"颜色"看看。于是有人阻拦着她不准再她再卸车，同时有些人打电话叫车来拉东西，另外的人查看她仓库里堆着的旧物，看有没有不准收的违禁品。

敏慈显然是被他们的举动吓着了，不知所措地瞅着他们忙不迭地说："同志，求求你们了，求求你们行行好，我要不是没办法也不会出来收破烂，我们累死累活的，一个月下来也赚不到几个钱，求你们了，再宽限我些日子，等我手头不紧了，我一定去工商所补办执照。"

可那几个工商所的执法人员丝毫不管敏慈的死活，一边厉声地嚷嚷着，一边商量要罚她多少钱。几个人嘀嘀咕咕了几分钟，好像考虑了半天，最后由那个年纪稍大些的高个男人站出来对敏慈说出了他们的决定："你没有营业执照，也就是无照经营，按规矩，理当罚款五千块，这样吧，罚款就算了，我们看你也挺不容易的，你就把之前几个月的管理费补上吧，交四百块，你看怎么样？"

"啊？四百块？"敏慈踌躇着，"大哥，我才刚刚做了不到两个月，四百块是不是多了点？你看我下岗了，除了捡破烂卖，没有其他生活来源，还要供养上初中的儿子，你们就行行好，放过我一马吧。"四百块管理费对挣扎在贫困线上的敏慈来说显然无法接受，她知道，现在唯有尽量争取他们的同情，才有可能把要交的管理费降低到她能接受的最低程度。

"不行，你无照经营，这样处理也算对你宽松的了。"其他几个工商执法人员都一块起哄，"你不交也行，我们就叫车子过来把你仓库里的东西全部拉走没收！"

无论怎么样，敏慈也不愿意交给他们四百块，那相当于她捡半个月破烂的所得啊，要这样给了他们，她这半个月不是白辛苦忙活了吗？为什么？为什么老天爷总是不让她安生，就连捡破烂也不能让她轻轻松松地捡下去呢？她摸了摸口袋，耷拉着眼皮，无可奈何地说："同志，我真的有困难，我身上总共才只有五十多块钱，一时半会我也拿不出四百块钱啊。"

"不就是四百块钱吗？我知道你们捡破烂的这几年都捡成大财主了，别看你们身上穿得破破烂烂的，腰包里可比谁都富得冒油。"年轻的执法员显然不知道捡破烂发大财的只是个别现象，而更多捡破烂的人还都处在水深火热的生活窘境之中。"交了交了，做生意本来就要办手续嘛，我们都没罚你款了，四百块管理费已经很便宜你了。"

"我真的没有这么多钱。"敏慈泪眼汪汪地睃着他们，"发大财的那是别人，不是我，我一个下岗女工，才捡了两个月不到的破烂就能发上大财吗？我求求你们了，你们都是活菩萨活观音，你们高抬贵手，就够我们一家过几个月的了，求你们了，等我儿子有出息了，一定让他报答你们今天的大恩大情的！"

双方就这样僵持不下，那个年纪大的高个男人觉得敏慈说话诚恳，不像是有意跟他们周旋的，心里突然生出一股异样的感觉，瞟了瞟眼泪就要掉下来的敏慈慈，又瞟了瞟周围的同事叹口气说："叫她交五十块钱算了，这个样子估计也没什么钱的。"

大家见高个男人开了口，也都不再坚持，表示同意。于是高个男人轻轻踱到敏慈面前说："这样吧，我们看你确实是有困难，你就抓紧时间来把执照办了吧。今天你就补交五十块管理费算了，等到了年底我们看你的情况再定，如果你生意不好，可以先写个申请来，我们酌情给你减免。"

五十块钱也是钱哪，省吃俭用着，够她半个多月的生活费呢。敏慈默默流着泪，从裤兜里哆哆嗦嗦地摸出五张皱皱巴巴的麻脑壳，紧紧咬着嘴唇，极不情愿地递到高个男人手里。

高个男人看着她颤抖着双手递过来的五张麻脑壳，又低头看了看扔在板车上还没卸下来的瓶瓶罐罐，突然生了恻隐之心，从五张麻脑壳中抽出两张塞回敏慈手里，"下岗工人的确不容易，风里来雨里去的，这两张麻脑壳你自己先留着，要是有困难就对我们说。"说着，把从敏慈手里收来的三张麻脑壳递到年轻的执法人员手里，一群人头也不回地上了摩托车走了。

敏慈手里紧紧攥那两张被他们还回来的麻脑壳，又把它们高高举起来贴在胸前，早已浸满双眼的泪水终于忍不住顺着她憔悴的面庞掉了下来……

潮湿而阴暗的地下室里，秦大福正倚在一张破旧的竹椅上捧着一本小说消遣。无数个寂寞的夜晚，他总是这样坐在昏黄的白炽灯下默默打发着无聊而又漫长的时间。敏慈把面食店盘出去后，他更加闲得无聊，总觉得生活中好像少了些什么，仿佛连阳光看上去都没从前那么明媚灿烂了。秦大福明白，自己对敏慈的那份感情由来只是痴人说梦，在他眼里，她就是美丽与纯洁的化身，而他永远也不可能配得上她，所以他唯有把心中深藏的那份感情继续深藏，哪怕到他生命的尽头，他也不愿意用这种看似热情真挚的爱来亵渎敏慈一分一毫。

"咚咚咚"，有人敲门。秦大福抬眼睨着桌上的小闹钟，晚上九点十四分，这个点还会有谁找他？他在这间地下室住了好几年了，因为性情孤僻好静，从来不苟言笑，大家背地里都叫他老学究，很少有人和他往来，也都不太愿意和他接近。"咚咚咚"，房门继续响着，秦大福把手里的书往桌上一丢，疑惑地朝房门口瞟着，颤巍巍站起身，扶着墙壁踱到门口，轻轻拉开房门。

"是秦师傅吧？"黄志祥上身穿着一件淡青色的衬衫，下身穿着一件米色的麻料休闲裤，满脸堆笑地盯着秦大福不紧不慢地问着。

"你是……"秦大福伸手挠了挠头，突然想起来这个人就是两个月前跪在"香香面食店"乞求敏慈宽恕的黄志祥，不禁板起面孔瞪着他没好声气地问，"你来做什么？"

"我来看看您。"黄志祥不请自来，轻轻推开房门走了进去。

"喂，喂！"秦大福连连盯着他大声叫唤了起来，"我让你进来了吗？什么人啊？你跑到我家里来做什么？"

"我就是来看看您。"黄志祥把手上拎着的大大小小的礼品袋轻轻搁到摆在床边的那张掉了漆的小圆桌上，"秦师傅，您看……"

"看什么？"秦大福立即踱到桌边，抓起黄志祥带来的礼品袋就往他手里塞，"干什么这是？我跟你非亲非故的，用不着你来这套！好了，赶紧地，赶紧拿着你的东西给我走人，我这里不欢迎你！"边说，边昂起脖子，把黄志祥往门外推。

"秦师傅！"黄志祥又把礼品袋搁到他的床上，"一点小意思，不成敬意，您就收下了吧。"说着，不顾秦大福推搡，硬是倚着他那张不足一米宽的小床边笔直地站着，翕合着嘴唇说，"您别误会，我没有恶意，就是来看看您。您帮了敏慈娘俩那么多忙，我还从没来对您说声谢谢，您看……"

"别，别！"秦大福立即拧起眉头瞪着他撇了撇嘴，瓮声瓮气地说，"我帮敏慈跟你姓黄的没有任何关系，用不着你特地跑这么一趟来对我说声谢谢！"一边说，一边伸手指着床上的东西，"你都给我拿走，别脏了我的地盘！你要不拿走，我可就要扔了！"

"秦师傅！"黄志祥皱着眉头蹲到他面前，满脸惭愧地盯着他说，"我知道您对我有意见，可那都是十几年前的事了，那时我还太年轻，可我真的没想伤害敏慈，更没想到那天的事会给她带来这么巨大的影响，我要是知道事情会引变到今天这个样子，我……"

"你跟我说这些做什么？"秦大福不解地睨着他，"我又不认识你，要想让敏慈宽恕你，你找她去说才对啊！"

"秦师傅……"黄志祥一脸为难地瞟着他，"我这次来就是为了敏慈的事，我想求您，求您帮我一个忙……"

"什么？你让我帮你忙？"秦大福气急败坏地努着嘴，在鼻子里冷哼着说，"你是什么人？我是什么人？你和我是一条道上的人吗？找我帮忙，你找错地了吧？"

"我没找错地，这桩事只有您出面才能妥善解决。"黄志祥嗫嚅着嘴唇，"我知道您因为敏慈的事对我有成见，当然，您对我有成见也是正常的，可我只是想尽自己微薄的力量多帮帮敏慈，她现在每天都起早贪黑地在城里捡破烂，还经常被工商所的执法人员围堵，我想这对她来说总不是个办法，所以我想请您帮我……"

"什么？"秦大福的眼睛突然放起光来，他不相信地睃着黄志祥问，"敏慈在收破烂？小刚怎么告诉我他妈在一家饭店里帮忙呢？"

"小刚说他妈妈在饭店里给人帮忙？"

秦大福咬了咬嘴唇，"我明白了，敏慈是不想让我替她担心，所以才让小刚对我撒了谎。"一边说，一边挑衅地瞪着黄志祥，"这都要怪你，要不是你，这娘俩能沦落到这步田地吗？她一个女人家，去捡破烂？捡破烂一个月能挣到几个钱？"

秦大福不住地叹着气，他在替敏慈现在的处境发愁担忧。黄志祥连忙瞭着他说："秦师傅，我这次来就是为了这事。你也说了，她是个女人家，捡破烂不合适，您看，能不能由您出面帮我把这些钱交给她，劝她再做个小买卖？"黄志祥说着，从随手带的公文包里掏出一大沓蓝精灵放在桌上，"您数数，这里有五万块钱，够她重新盘下一家小吃店了。"

"你这是干什么？"秦大福盯一眼他放在桌上的百元大钞，"谁稀罕你这些臭钱？敏慈娘俩根本就不需要你帮助！"

"可您也不忍心眼睁睁看着她们娘俩就这样一直苦下去吧？"黄志祥诚恳地盯着他，"这些钱都是正道上来的，您尽管放心劝她收下。要是不够，我再想办法给凑。"

秦大福有些火了，他抬起头，眼睛直勾勾地盯着黄志祥，"难道你认为这几个臭钱就能收买人心了吗？姓黄的，敏慈是个有骨气的女人，她不会要你的钱！"

"所以我才能求您帮忙。您不要告诉她这些钱是我拿的,您就说这钱是您自己攒下来的,如果她不要,您可以说先借给她用,等她以后赚到了钱再还给你就是了。"

"你倒是想得周到!"秦大福不客气地瞪着他,"你们这些人做惯了缺德事,撒谎都不用打草稿,可我是个什么人?我是个看车的跛子,谁就是想破脑袋了也不可能相信我能攒下这么多钱啊!"

"您看,我这不是把钱都特地换成了旧的嘛,"黄志祥指着那一大沓钞票说,"您可以先给她两万,应该能让她相信的。"

"你把我当成什么了?"秦大福睃着桌上的钱,心里突然涌起一股愤怒,"拿走!把你的脏钱通通拿走!敏慈不需要你的帮助,我也不可能替你当这个中间人!"

"秦师傅!"黄志祥陡地跪在了他面前,"求求你,求求你了!"

"你……"秦大福颤抖着手敲击着桌面,一个大男人竟然跪在自己面前,这让他百感交集,突然不知道该说什么好了。说实话,他讨厌黄志祥,对他当年对敏慈的所作所为深恶痛绝,但自打上次他为了小龙当众向敏慈下跪乞求宽恕后,他对他的看法就稍稍有了改观。不管怎么说,黄志祥在武汉市和新洲区都是有头有脸的人物,跺一跺脚地上也能抖起几尺灰尘来,可他居然当着那么多人的面跪在敏慈跟前一动不动,这得需要多大的勇气和毅力啊。当然,这还不仅仅是勇气的事,更重要的是一个男人的面子,秦大福并不傻,知道面子对黄志祥来说绝对是相当重要的,那么是什么促使他毫无顾忌地跪在敏慈面前呢?他为此事琢磨了好几天,开始他认为黄志祥那么做完全是为了小龙,为了给妻子周桂兰一个交代,可最后他认定根本就不是那么回事,黄志祥是为了赎罪,为了获得敏慈对他的谅解,这么想着,他就觉得这个男人其实并没有坏到极点,芸芸众生,谁生下来没犯过一点错呢？既然黄志祥已经有了深深的悔意，就说明他想改过自新，别人又为什么不能给他一个机会呢？

　　"秦师傅，不管您怎么看我，这笔钱您务必收下，帮我转交给敏慈。"黄志祥眼里噙着泪花，"我愧疚他们母子的实在太多太多了，她不肯原谅我，这我理解，换了别人也是不可能宽恕我的。可我希望他们母子过得快活舒心一点，她现在每天没早没夜地出去收破烂，辛苦不说，一天忙下来能赚到几个钱呢？就那些钱还不够他们娘俩吃饭开销的，她又是个犟脾气，不肯接受别人的帮助，再这样下去，我真担心他们娘俩的日子青黄不接，生活都成问题了，小刚上学的费用又从哪里出呢？"

　　"这就用不着你来担心了。"秦大福心里已经软了下来，但嘴上却犟着说，"早知今日，何必当初？你知道你把人家好端端一个黄花大闺女祸害成什么样了？就你这样的禽兽还能成为首屈一指的大富翁大企业家，老天爷真是没长眼睛！"

　　"您就看在敏慈母子的分上帮帮我吧！"黄志祥痛苦地摇晃着脑袋，"无论如何，钱没有犯法，有了钱，就能够解决他们母子眼下的难题，难道您不愿意看到他们母子过上舒坦幸福的日子吗？"

　　"我当然希望他们过得好！"秦大福伸手在他带来的那堆钱上摸了摸，他从来没见过这么多钱，当然也知道有了钱的好处，心不禁扑通扑通跳着，但他还是把钱重重推到地上，砸在黄志祥脚边。看到这些钱，他感到受到某种莫名的侮辱，他也说不上来自己到底为什么发这么大的火，但他事后分析得知，这是因为他内心对黄志祥深深的妒忌造成的。是的，他在妒忌黄志祥，他长相英俊、体态风流，又是大老板，随便砸出几万块钱对他来说都是小意思，可他秦大福呢？他秦大福要什么没什么，还跛着一条腿，站在他面前，他不仅矮了一截，而是矮了一大截，他又有什么资格喜欢敏慈，暗暗爱慕她呢？

"秦师傅！"黄志祥用一种乞求的眼神打量着愠怒的秦大福，伸过手紧紧拽着他的裤腿，"我是走投无路了，才想出这个办法——现在也只有您能帮我完成心愿，也只有您才能帮助敏慈母子，您……"

"出去！你给我出去！"秦大福抬起那只被他拽着裤腿的跛腿踢着黄志祥的胳膊，"把你的脏钱捡起来一块滚出去！"

"秦师傅……"

"秦爸爸也不管用！"秦大福冷冷睃着他，"别以为有几个臭钱就可以作威作福了？这世上是有人贪钱，可敏慈不是这样的人！她不需要你的臭钱，你也别拿这些脏东西到我面前来玷污我的人格！走！赶紧走！要不我就把这些钱通通放到盆子里点火烧了！"

"秦……"黄志祥抬起头傻傻地盯着怒不可遏的秦大福，一下子便蒙住了。原本他在出门前和来的路上就编好了一大套要对秦大福说的话，可到了这个份上他是一句话也说不上来了，只好缓缓从地上站起来，拣起一张张蓝精灵，拖着疲惫的步伐，无精打采地走了出去。

"慢着！"秦大福赶忙从床上捧起他带来的礼品袋，一股股儿塞到他手里，"拿走！我不要你的脏东西！"

黄志祥啜嚅着嘴唇，"秦师傅……"

"别，你千万别再这么叫我！"秦大福瞪大两只眼睛斜睨着他，"走吧！以后再也别来找我！我跟敏慈一样讨厌你！"

……

第 *16* 章

　　享誉武汉三镇的新洲区凤凰城酒店在如火如荼的宣传攻势之下终于顺利开张了。出乎众人意料之外的是，一个四十岁左右年纪，业界中人从未听闻过其大名的中年女子居然成为这家酒店的大堂经理，她就是曾经走街串巷以收破烂谋生的李敏慈。敏慈那天特地穿上了一套真丝质地的套裙出席剪彩仪式，尽管她看上去有些羞涩，夹杂在一大堆当地名流之中显得相当不自在，脸色变得微红，但秦大福一直站在远处给她默默打着气，她才有勇气一直镇定地站在凤凰城董事长兼总经理的傅美晶身边坚持到最后一刻。

　　傅美晶是新洲餐饮业的一个传奇。她和敏慈一样，也曾经是个下岗女工，也曾经摆过地摊开过小饭馆，但她最终凭借自己的努力打拼出了一番事业，现在她又拥有了这家有香港人投资的大酒店，事业如日中天，整个仪式及接下来的开业宴席上，她脸上总是洋溢着喜庆大方的笑容。她端庄的举止和姣好的容貌让别人猜不出她的真实年龄，更无从洞悉她曾经受过的苦楚，敏慈一直跟在她身边，从傅美晶身上，她读出一股只有女人才会拥有的坚毅和耐力，当新洲各界的名流纷纷簇拥到傅美晶身旁向她敬酒时，敏慈对这个比自己高不了多少女人已经不仅仅只是仰慕和钦佩，而又多了一层深深的崇拜。

傅美晶拉着敏慈的手，向众人热情洋溢地介绍着她这位即将走马上任的大堂经理。由于傅美晶的介绍，敏慈第一次受到众人的瞩目，大家众星捧月般把她围在中间，纷纷向她讨教管理酒店的经验，甚至还有几个唐突的记者举着摄影机和摄像机挤进人群要采访她，弄得她拘谨而又狼狈。敏慈从没见过这样的大世面，看到摄像机就下意识地掉过头连连后退，可那几个记者仍不死心，连连追着她跑，最后还是傅美晶出面，巧妙地替敏慈挡了局，把记者的目光都吸引到自己身上来。

傅美晶一边向记者侃侃而谈自己的创业史和对凤凰大酒店前景的憧憬，一边偷偷朝敏慈瞥了一眼。敏慈心领神会，连忙走到秦大福的那一桌上，悄悄拽了拽他的衣襟，示意他起来。秦大福连忙立起身，朝同席的人抱歉地点了点头，随即跟着敏慈一起走到电梯间，乘着电梯直奔她在三楼的办公室。

"你怎么不在记者面前多说几句？"秦大福不无遗憾地盯着敏慈，目光落在她那套新买的真丝印花套裙上，"你今天这身打扮真漂亮，我都快认不出你来了。要是你跟记者聊几句，今天晚上兴许就能上电视了呢。"

"老秦，你快别取笑我了。"敏慈抿着嘴，不好意思地笑笑，"这回多亏了你，把傅总介绍给我认识，要不是她，我这会儿恐怕还在捡破烂呢。"

"有啥可谢的？"秦大福定定打量着她这间宽敞明亮的办公室，由衷地感叹说，"好气派啊！敏慈，这以后你也就是电视上常说的那种白领阶层了吧？"

"你又笑话我。我有几斤几两重，你还不知道？能混口饭吃我就要拜菩萨了，哪里想得到傅总会给我这么大一个职务？"她轻轻踱到自己那张两米长的豪华办公桌后面，伸手摸了摸那张黑色真皮老板椅，"老秦，你过来摸摸，这可是水牛皮做的，我一辈子也没坐过这么好的椅子。"

秦大福一摇一摆地走了过去，伸手在老板椅上摸了一把，盯着敏慈咧着嘴呵呵笑了起来，"真好，我也是头一回见到这么好的椅子。"

"那你坐坐，"敏慈连忙扶着秦大福坐到老板椅子上，"你感觉感觉，是不是很舒服？"

秦大福一屁股坐到老板椅上，突然跳了起来，瞪着敏慈惊叫着说："哎呀，我的老娘啊，这什么玩意，怎么这么软？都能把人弹起来了！"

"你多坐会儿就知道它的好处了。"敏慈望着他嫣然一笑，按着他重新坐好，"这可是老板们坐的椅子，你可得好好感受感受。怎么样，比我开面食店时店里那些破板凳坐着舒服多了吧？"

"不见得。"秦大福叹口气，"我还是觉得坐着我自己那张破木椅子最舒服。这玩意，我还真是不敢恭维。"一边说，一边欠了欠身子，就要站起身来。

"你就多坐一会儿嘛。坐久了才能体会到它的好处。"敏慈又重新把他按在椅子上，认真瞟着他说，"老秦，要不是你，我能有今天这么好的待遇吗？"边说边抬头打量着这间偌大的办公室，心里升起一股巨大的幸福感来。

房间四周的墙壁都是用最高档的涂料喷涂的，颜色是天蓝色的，和办公桌对面的观景落地窗外的湛蓝色天空恰到好处地糅合在一起，让人很容易产生水天一色的惬意感受。地上铺的是樱桃色的高档地板，在办公台右前方摆着一张乳白色的牛皮三人沙发，沙发前是一张透明的水晶板台茶几，茶几下面铺着一块鸭蛋青色的地毯，给人大气端庄的感觉。在这样的办公室办公，自然会令人心旷神怡，什么不好的事都会被瞬间抛到九霄云外去了。"老秦，你看，我做梦都没想到我会有一间这么漂亮的办公室！傅总真是抬举我了，硬要让我来当这个大堂经理，我跟她说我没有这方面的经验，而且我只是个高中毕业生，根本就担当不起这样的重责，可她却说她要找的大堂经理就是我这样的人，在社会上吃过苦、受过罪，这样的人用起来她才能放心。"

"傅总选你来当这个大堂经理绝对没错。"秦大福从老板椅上直起身，轻轻踱到敏慈面前，语重心长地说，"你不要太瞧不起自己了，好歹你也开过小吃店，怎么能说一点经验也没有呢？不管大店小店，侍候好客人，把服务搞上去才是硬道理嘛。傅总说得没错，你吃过苦、遭过罪，也只有你这样的人才会更加珍惜这个来之不易的岗位，才不会像那些小年轻一样，但凡遇到点芝麻大的小事就跟别人起争执，你想，如果傅总找这么个人来打理酒店，还不被顾客到处投诉啊？"

"就你会说话。"敏慈掩饰不住内心的惊喜，一说话就想笑，"你别把我说得那么好。武汉这么大，我就不信傅总找不到比我更合适的人。我看她这次肯破例用我，肯定是因为你的缘故，老秦，我倒是真没想到你还认识这么大的人物，早知道，我早就巴结上你了。"

秦大福呵呵笑着，伸手摸着办公台上的液晶电脑屏幕，又摸了摸旁边的鼠标，疑惑地盯着她问："这玩意就是电脑吧？你也会玩？"

"嗯。"敏慈瞟着他笑着说，"我哪会玩这玩意？都是新科技，我连开机关机还没学明白呢。都是傅总的意思，非要让他们给我弄一台电脑进来，我说我又不会，她就说什么事都是学出来的，让我晚上去报个电脑速成班学习学习，说是以后这玩意可有大用处了。"

"学点新知识当然是好的。"秦大福着实替敏慈感到高兴，看到她这副兴奋的模样，他真不知道以后让她发现了真相会引起怎样的后果。敏慈压根就不知道，也不会想到，其实他秦大福也是刚刚才认识傅美晶的，而且是在黄志祥的介绍下才认识她的。之所以把敏慈介绍给傅美晶，傅美晶又破天荒地安排她当了大堂经理，都是黄志祥一手安排的。黄志祥三天两来去拜访秦大福，苦苦乞求他答应帮他帮助敏慈拉她一把，秦大福起初愣是不同意，最后经不过他几番三次地苦苦哀求，终于被他的诚意打动，答应替他出来当这个中间人，于是便把敏慈介绍给了由他在幕后操纵投资的凤凰大酒店名义上的老总傅美晶。

"你觉得我能学会吗？"敏慈瞪大眼睛瞟着秦大福，"我都这么大岁数了，还让我去学这个，别说老师同学会笑话，就连我自己也觉得怪不好意思的。"

"有什么不好意思的？人家八十岁还学吹手呢！我虽然不懂电脑这玩意，可也知道这东西的重要性，以后不光做生意炒股票什么的离不了它，干什么工作学习缺了它也不行的！你现在好歹也是大酒店的大堂经理了，总不能连电脑都不会吧？这可不比你在二中附近开小吃店的时候，你现在是白领了呢！"

"老秦，你就别再拿我取笑了行不行？"敏慈扑哧笑出声来，"还白领呢，我连白领是什么还没搞明白呢。"

"白领就是坐你这样的办公室，只要动动嘴、开开电脑就能把活儿干了，而且每个月还能领到高出普通工人几十倍甚至几百倍薪水的人。"秦大福眉飞色舞地说着，"你别看我只是个看车的，可我爱学习啊，我每天都坚持读报，外面发生的事情我全都晓得。"边说边张开右手在她面前一晃，"傅总跟你谈了工资待遇的问题了吗？"

"谈了。"敏慈脸上突然露出震惊的神色，压低声音说，"你都不知道傅总开出的数，吓都吓死人了！"

"多少？"

"四千五。"

"四千五？一个月？"

"是啊，我想都不敢想。这对我来说就是个天文数字，不，比天文数字还要大，我都不能相信这是真的，可傅总的的确确就是这么跟我说的。老秦，这么多钱，我要还在开小吃店，半年也不见得能赚得到。"

"那是好事啊。白领就应该拿这么多钱。"秦大福的脸上也露出了震惊的表情，他没想到黄志祥出手这么宽绰，一个月就让傅美晶给她四千五的工资，看来他是真的想要悔改，想要给敏慈母子最好的生活。不过他的脸色随即却黯淡了下来，额头上的笑容也突然消失不见了。黄志祥出手这么大方，是不是不仅仅是想赎罪，还隐藏了些见不得人的想法呢？

"你说，有了这么多钱，我们是不是拿出来当本钱再做个小买卖？"

"小买卖？我们？"

"是啊。"敏慈点着头，"这么些钱花也花不完，还不如拿出来开家小店帮帮那些跟我一样下岗在家待业的姐妹们呢。你知道，她们很多人现在的处境还不如当初开小店时的我，她们的困难并不比我少。"

"你这还没发迹就抖起来了？"秦大福盯着她嘿嘿笑着，"要我怎么说你呢，你就是心太善了，走哪儿心里总惦记着别人。"

"我这不是现在苦日子熬到头了吗？这还不得感谢傅总和你啊？四千五一个月，我就是再多做几百个梦也不敢想象，傅总肯帮我就是因为我是个下岗女工，我也总不能忘本了吧？再说，你腿脚不好，总住在地下室看车也不是回事，我想好了，等我把钱攒上了，就选个好地方再开家小吃店，由你来管理，以后你就住在店里，我再找几个下岗的姐妹过去帮忙，你看好不好？"

"好是好，可现在说还早了些。"秦大福咧着嘴指着她，"敏慈啊敏慈，我看得没错，你骨子里就是有抱负的人，就是被生活的重担把你那些志向都压垮了，一旦给了你机会，你就会大展鸿图的。"

"说着说着，你又笑话上我了。钱闲着也是闲着，不如拿出来帮助我那些姐妹，好日子也得大家一起分享嘛。这样人才能活得快乐健康啊！"

秦大福不置可否地笑笑。眼前的敏慈越发闪现出成熟女性独有的妩媚，她美丽、善良、纯真，甚至带些少女的可爱与青涩，举手投足间都散发着一种端庄大气的韵味。再看看自己，胡子拉碴的，布满褶子的脸，还有一条拖累了自己大半辈子的跛腿，浑身上下愣是没有一点配得上她的。秦大福的眼前立即映现出黄志祥英俊高大的形象，的确，敏慈和他才是天造地设的一双，如果不是发生在十几年前那个夜晚令人惊魂扼腕的惨剧，说不定他俩早就毫无悬念地走到一起了。可现在，他们却成了一对生死冤家，这难道不是造化弄人吗？他的脸上露出一抹苦涩的微笑，只要敏慈过得好，他就会觉得高兴，而他和黄志祥、傅美晶之间的那个秘密，还是能隐瞒多久就隐瞒多久吧。

那年的夏天来得格外早。被河流切割开来的武汉三镇变得更加灵气逼人、绚丽多姿，但一入夏，那些明镜似的水面便有了一种人们无法见识到的狰狞，整座城市都因为无法挥发掉的炎热而显得太过招摇。白天，烈日中天之际，大大小小的水泊将太阳暴晒的热能尽情吸收，到了晚上，则又将白天掳获的热能拼命地释放。因为坐落在城市东南一隅的幕阜山恰好又挡住了原本可以沿着长江深入内地叩门而入的海风，于是，湿热便在无风的夜晚变得更加猖狂，并在这种猖狂之下造就了武汉夏天特有的闷热。

阳光总是肆无忌惮地挂在武汉的城市当中，从来都不顾忌人们的感受，从清早照耀出的第一抹晨光开始，直至最后的余晖沉落西山，似乎要给全城年老的年轻的生命都镀上不可抗拒的浓抹重彩。在这艳丽而又妖冶的光华中，没有人可以逃脱一种繁华，一种浓重，一种慌乱……脚步与灵魂碰撞，心灵找不到庇荫，于是，满城的人惊慌与缭乱、烦躁与茫然，阳光的明亮与繁华，让城民无处可逃。

除了让人透不过气来的闷热，武汉的夏天之所以让人印象深刻，还在于那一件件穿梭于大街小巷之中，让人眼花缭乱、目不暇接的盛世华裳。是的，这个时候武汉女人便是这个世界最美丽的花，而女人的各色衣裙则是这个世界上陪衬红花的最娇艳的绿叶。驻足武汉城头望眼望去，触目可及的靓妹装、韩装、仿古装、淑女装、职业装……款款动人，穿上去各有风华、美不胜收。

小刚和小龙愉悦地穿过学校的大门，兴致盎然地穿行在热闹喧嚣的街头，迅速融入茫茫人海深处，和那些花花绿绿的衣裙组成一曲和谐的生活情调。这个夏天刚刚开始的时候，他们已经成为一对无话不说的好朋友，现在，他们夹杂在人群中欢天喜地逛着街，亲密得跟亲兄弟一样。前面不远处是一片绿色的草坪，阳光透过路边玉兰树叶子的缝隙洒落在小哥俩身上，两个人的脸上都洋溢着幸福得意的笑容。不知不觉中，他们已经走到凤凰大酒店门前的马路边，小龙不无得意之色地伸手指着那排金碧辉煌的建筑群对小刚说："看，那是我爸投资的酒店，够阔气够气派吧？"

"啊？"小刚抬起来，愣愣地盯着凤凰大酒店豪华气派的门厅，"这酒店是你爸投资的？"

"是啊！"小龙故作神秘地盯着小刚，"我爸偷偷告诉我的，他不让我告诉别人，连我妈都不知道。"

"你妈都不知道？"

小龙点着头，"我妈那个人你也是知道的，脾气火爆，碰到点芝麻大的小事她也能掀起三尺高的风浪来，不过她心眼不坏，尤其是那次你妈去派出所把我保出来后，她嘴里虽然没说什么，但我看得出来她心软了，所以她明知道我跟你交往，也一直没说什么。"

　　"你爸投资酒店，为什么不让你妈知道？"

　　"这家酒店名义上的老总是个女的，是我爸在落魄的时候认识的，那个女人原来是个下岗女工，可她很了不起，硬是凭着自己一双手在武汉打拼下一番事业，我爸很欣赏她，也想帮她一把，于是就跟她说好投资她开了这家酒店，不过为了不招摇，我爸特地在香港注册了一家公司，而这家大酒店就是以那家香港公司的名义投资的，外面人都不知道这家酒店还和我爸扯得上关系的。至于我妈那边，她什么都不懂，就知道整天吃我爸的干醋，我爸这不是怕她闹嘛，所以就一直瞒着没跟她说。"

　　"那你爸为什么会告诉你？"小刚瞪大眼睛睃着他，"他就不怕你在你妈面前告密？"

　　"告密？"小龙拍拍自己的胸脯说，"我周小龙也是堂堂七尺男儿，你看我像是那种汉奸之辈吗？实话跟你说，我爸虽然不是我亲爸，可我们俩的关系处得比亲生父子还亲，我有什么事都会跟他说，他有什么事也从来都不瞒着我，当然，他一直叮嘱不让我告诉你有关凤凰大酒店的事，我一直都很纳闷，为什么就不能跟你提凤凰大酒店的事呢？"

　　"因为……"小刚怔怔盯着小龙，到嘴的话终于憋了回去。看样子小龙还不知道他妈妈在这家酒店当大堂经理的事，怪不得敏慈这回能找到这么体面又轻松的工作，原来一切都是黄志祥在背后操纵的。

　　小刚撇开小龙冲进了凤凰大酒店，直奔敏慈在三楼的办公室。他跑得满头大汗，过江龙被他突如其来的举动弄蒙了，等他跑进电梯后才反应过来，紧紧追着他跑了过去。敏慈正坐在办公台后操作着电脑，一个月的突击学习，她已经初步掌握了电脑的使用知识，一抬头，看到小刚气喘吁吁地站在透明的玻璃门前，连忙站起身问他："小刚，你怎么来了？下午不上课了？"

"我们刚刚考完语文，下午都没事了。"小刚迅速踱到敏慈面前，睁大眼睛定定注视着她，"您知道这家酒店是谁开的吗？"

"谁开的？"敏慈丈二和尚摸不着脑袋地盯着儿子，纳闷地说，"是你傅阿姨开的啊，上回我不是带你见过傅阿姨了嘛。"

"什么傅阿姨八阿姨的？"小刚噘着嘴，气不打一处来地说，"这家酒店幕后的投资人是周小龙的爸爸！"

"啊？"敏慈身子微微颤了颤，不敢相信地望着儿子，"小刚，你说这家酒店是……"

"这家酒店真正的老板是周小龙的爸爸，也就是黄志祥！"小刚盯着敏慈的眼睛大声说着。

敏慈一下子便愣住了。脸上一阵白一阵灰，她抬头朝四周打量了一番，怎么会呢？这怎么可能呢？明明是秦大福把她介绍给傅美晶的，而且傅美晶也亲口跟她说过这家酒店的大股东是香港人，在开业剪彩的那天，那个从香港来的徐董不是也亲自出现在媒体面前了吗？"你这是听谁说的？"她弯下腰，轻轻盯着儿子的脸，犹疑不定地问着，"这都从哪儿听来的小道消息？不可能，怎么可能呢？"

"是周小龙亲口说的。"小刚立即把刚才过江龙在楼底下跟他说的话又对敏慈复述了一遍，"这么大的事，周小龙不可能编故事骗我玩的。"

"周小龙人呢？"敏慈像泄了气的皮球，显得浑身乏力，整个身子立即松软了下来，紧紧倚在办公台前，嗫嚅着嘴唇，不知道如何应对这突发的事件。

过江龙的身影已经出现在了明亮的玻璃门外。三人六目相对，顿时都明白了过来。小刚连忙把周小龙拉进屋，指着敏慈对小龙说："小龙，你告诉我妈，这家酒店到底是不是你爸在幕后投资的？"

"我……"小龙看到敏慈，显得有些意外，但还是咬着嘴唇点了点头。

"这家酒店真的是你爸爸投资的？"敏慈睁大眼睛定定注视着小龙，其实她心里已经有数了，只是她还不敢确定，更不敢相信老秦会伙同黄志祥一起欺骗自己。她脑子里一片苍白，只希望是自己听错了，或者是小刚没听明白，总之，老秦是无论如何也不可能和黄志祥走到一块儿去的啊！

"嗯，我爸爸以香港人的名义投资了这家酒店，是他亲口告诉我的，连我妈那边他都不让我说……"小龙为难地盯一眼敏慈，"阿姨，其实我爸这么做，也是想替您和小刚做点事情，您就接受了他这片好意吧……"

真相大白了。敏慈周身仿佛被雷击了一样不地抽搐着。黄志祥，又是黄志祥！四千五百块一个月的工资！原来一切的美好都只不过是个梦魇而已，可怕的梦魇！她再一次被无耻的黄志祥算计了，还有老秦！他们怎么能这样？老秦怎么能和黄志祥那样的畜生伙同起来欺骗自己？她紧紧咬着嘴唇，脸色一阵苍白，二话没说，立即收拾好自己的手提袋，拉着一脸愕然的小刚匆匆离开了凤凰大酒店。

这个地方，就算给她一个月一万块的工资，她也不可能再回来了！她紧紧攥着儿子的手沿着马路往家的方向走去，现在，儿子再次成为她身边仅剩下的宝贝，为了这个宝贝，她还得继续出去找事做，哪怕是重新拾起捡破烂的板车，只要能让她远离黄志祥，能让她的儿子衣食无忧，做什么她都心甘情愿。

第*17*章

　　空气里蕴含着狂热的因子，把穿梭其间的人群逼到大汗淋漓的最后边缘，个个攒头踮足，只盼湖面上能够起一阵凉风，但这一切毫无疑问只是一场美好的希冀。太阳照样高悬在人们头顶之上，清风更是可遇不可求，热得人们脱下身上的汗衫都能挤出一脸盆的水来。女孩子们打着小洋伞，娇声娇气地皱着眉头抱怨着，心疼自己被阳光灼伤的肌肤，而太阳却毫不在乎你是千娇百媚还是沉鱼落雁，如同一位鲁莽的男子，丝毫不懂得怜香惜玉，只管寻求自己肆意伤害他人的那份快乐。

　　敏慈紧紧攥着小刚的手，以超出平常走路的速度迅速朝他们租住房子的那条街上走去。她始终冷着一张脸，尽管额上、嘴角、手腕上早已沁出大滴的汗珠，却愣是没有声张一句，只管朝前走着。她心里很乱，其实压根儿就不知道要去做什么要去哪儿，可除了他们租在城里的那间房子，他们还能回哪儿呢？她甚至没想过要去找秦大福证实什么。总之，那些男人的鬼话她是再也不会相信了，她唯一能做的就是远离他们，永远都不再和他们产生任何瓜葛。

　　"妈，您走那么快干吗？"小刚吐出舌头舔了舔干裂的嘴唇，"热死了，我都走不动了。"

敏慈没有作声，依旧攥着儿子的手继续朝前走。她压根儿就没想过要去公交站等公交车，紊乱的思绪已经不能让她变得冷静下来，她只想迅速离开这个地方，于是脚下的步子变得越来越快。

　　"妈，您真的不打算再回酒店上班了吗？"小刚往肚里咽着口水，咬了咬嘴唇轻轻问她。

　　敏慈盯了他一眼，面无表情地摇着头说："不回去，死也不回去。"

　　"妈，这太阳也太毒了，咱们到那边，沿着柳树的阴影走吧。"小刚掉头瞟着马路另一端的一排杨柳树，拉着敏慈慢慢朝马路对面走了过去。这个时候，他不想惹妈妈生气，所以尽量顺着她的心气，抿着嘴，一声也不吭，但心里明显揣着一份失落，深深的失落。

　　"你觉得妈是不是应该留在那里继续装作什么都不知道？"忽然，敏慈冷不防地回头瞥着儿子问："大堂经理是不是比捡破烂的强多了？"

　　小刚不知道怎么回答她的话，抬起头眨巴着眼睛盯着她，好半天没说上一句话来。

　　"你心里是怎么想的就怎么说。"敏慈捏了捏儿子的手，鼓励他把心里的话说出来。

　　"我不知道。"小刚耷拉着眼皮说，"我只知道捡破烂不是人干的活，相比之下，大堂经理的活当然要比捡破烂强很多，可是……"

　　"可是那家酒店是黄志祥开的，所以妈妈不能再继续留在那儿，对不对？"

　　小刚掉转过头，默默盯着身旁平静如洗的湖面，良久才从牙缝里挤出一句话来说："妈，您是不是真的很恨那个人？"

　　敏慈轻轻哼了一声，"恨。他就是死了被烧成了灰，我还是恨他。"

　　小刚的心突地一揪，猛地抬起头怔怔盯着她，努了努嘴唇，最终还是鼓起勇气问她说："妈，别人都说我是他的儿子，到底是怎么回事？您能不能告诉我，我到底是不是……"

"你是妈妈的儿子！"敏慈正色盯着他，斩钉截铁地说。

"那我爸就是我亲生的爸爸对不对？"

敏慈知道他指的是孙世昌，立即板起面孔冷冷地说："你没有爸爸。你打生下来就没有爸爸！"

小刚默然地低下头，沿着树阴继续朝前走，一边走，一边踢着路边的石子。

"嘿，你脚长翅膀了啊？"敏慈睃一眼儿子脚上的新凉鞋，"怪不得你穿鞋费，再好的鞋穿到你脚上也经不起你这么折腾。"边说边伸手拍拍他的肩，忽地话锋一转，问，"你就真的那么渴望有个爸爸吗？妈妈对你还不好吗？为什么还总想着那些乌七八糟的事情？"

"妈……"小刚有些难过，"别人都说我是没爸的孩子，可是我知道，没有爸爸光有妈妈，根本就不可能生出小孩来的。妈，我已经十四岁了，是大孩子了，您就不能把真相告诉我吗？"

"什么真相？没有真相！"敏慈睨着他，"我告诉你，孙小刚，你没有爸爸，孙世昌不是你爸爸，黄志祥更不可能是！这话我只说这一遍，以后再也不回答你这么无聊的问题了！"

"可是我还姓孙啊！"小刚瞪大眼睛瞟着她，"我爸爸就是孙世昌对不对？我知道您恨我爸爸，可是……"

"别再跟我提这些个人！"敏慈有些怒了，瞪着眼睛狠狠睃着小刚，攥着他的手握得更紧了，"小孩子懂个什么？知道的就埋在肚子里，不知道的也别随便问！你现在的任务就是上好学、念好书，等到你翅膀长硬了的那一天，自然就什么都明白了！"

入夜，刚刚放暑假在家休假的小刚躺在床上怎么也睡不着。离家十分钟路程的地方新开了一家体育场，是个热闹非常的地方，每天天刚黑下来，散步的、跑步的、打篮球的、踢足球的、跳健美操的、遛鸟的、练武术的、领孩子来玩儿的，形形色色的人聚集在一起，比晨练时还要热闹。敏慈出去摆小吃摊还没回来，自打从凤凰大酒店回来后，她琢磨了两个晚上，便决定在体育场门口把小吃摊重新摆起来，那里人多，不仅可以赚到可观的钞票，而且离家还近，也方便她就近照顾放假在家的小刚，于是，热热闹闹的体育场门口便又多了敏慈娇小瘦弱的身影。小刚总想出去帮她，可敏慈怕被他的同学看见瞧不起他，愣是不让他到体育场附近去，一个劲儿地叮嘱他在家好好温习功课。

小刚拉开电灯吊绳，抬头看一眼摆在窗下办公桌上的闹钟，已经晚上九点了，往常这个时候在学校正好下晚自修，他总要一个人围着操场跑上几圈才回宿舍休息的，现在放了假，自然不能到学校去跑步，不禁觉得浑身痒痒，蹭一下从床上跳下去，不顾敏慈的叮嘱，趿踏着拖鞋沿着胡同口，飞快地朝体育场的方向奔跑过去。

因为体育场人气很旺，它的出入口自然聚集了大量小商贩。昏黄的路灯光下，支辆三轮车，或者在地上辅张塑料布，摆上东西，也就开张了。当然，出来运动的人身边不会带很多钱，这里卖的也都是些小东小西的日常用品。敏慈的小吃摊摆在离出口较远的地方，一辆破旧却被擦得很干净的三轮车上被桌子、煤炉、平底锅、桶、盆子之类的东西塞得满满的。敏慈穿着一件灰白色的确良短袖衬衫，配一件米黄色却被洗得发黄的裙子，脚上穿着一双塑料花拖鞋，不时地往油锅里放着各种串好的肉串鱼丸之类的小吃，忙得汗流浃背，可她脸上却始终溢着平和的笑容，因为热情好客，价格公道，小吃的口味又好，看上去她的生意很是不错。她旁边也停着一辆破旧却显得脏兮兮的三轮车，同样也是做小吃的，摊主是个三十出头的平头男人，穿一条花色短裤，光着脊梁，上衣搭在车把上，脚上趿踏着一双脏不拉几的拖鞋，因为生意清淡，正骑在三轮车座上歪着脑袋盯着忙得一塌糊涂的敏慈发着呆。

小刚沿着湖畔的柳荫朝前走着，老远地躲开敏慈的小吃摊。突然，他听到一个女人发出尖锐的叫声，回头望去，却看到敏慈高举着手，丢开正炸着小吃的油锅就火急火燎地往体育场相反的方向跑了过去。在她前面，有个中年男人撒开双腿疯了似的往前飞奔而去，远远看上去，他们就像是在比赛长跑的两位运动员在角逐最后的冠军归属。小刚正纳闷着，又听到敏慈尖锐的叫声，这回他听清楚了，敏慈嘴里一直喊着，"钱钱钱，你还我钱！"想也没想，就横着身子冲过去，帮着敏慈去追那个男人。

母子俩在体育场大街上跑得满大大汗，可还是让那个中年男子跑了。敏慈高高扬起右手，欲哭无泪。小刚很快跑到母亲身边，看到她手里紧紧攥着一张五十块钱的钞票，连忙问她出了什么事。"那个人给了我一张假钱！"敏慈愤愤地跺着脚，"妈什么时候才能赚到五十块钱啊？辛辛苦苦一晚上，全给那个杀千刀的白忙活了！"

小刚从敏慈手里接过那五十块钱，仔细瞅了瞅，嗫嚅着嘴唇问她说："妈，怎么能看出这钱是假的？"

"你看这水印，对着灯光一看就看出来了。"敏慈接过钞票，在路灯底下晃了晃，眼里忍不住掉下泪来，"五十块钱呢，他才买了一串一块钱的肉串，我找了他四十九块，四十九块啊！"

这时，路边有摆摊的好心人凑上前来帮忙看那张钱到底是不是假的。一个四十岁出头的男人接过票子认真看着，用手指头一搓，然后抖一抖，摇了摇头盯着敏慈母子说："这钱不对头。"又把钱举过头顶，对光看了看，"真是的，绝对是张假币。这年头，世风日下，人心不古啊，连我们做小本买卖的钱他们也骗！"

敏慈翕合着嘴唇，抬手擦了擦眼角的泪水，"这才让出摊，就收了张假钱，这几天都白干了！"

"大姐，已经这样了，生气也没用，这里人太乱，还是买个验钞器吧，三块五块的就能用。"

"就当花钱买个教训吧。"敏慈深深叹口气，有气无力地朝自己的小吃摊上走去。小刚紧紧跟了过去，在他们身旁摆小吃摊的那个光着头的男人盯着敏慈冷笑了一下，嘴里嘀嘀咕咕着不知说了句什么话。敏慈只是回头朝他看了一眼，就走到自己的三轮车旁，把油锅里已经炸焦的小黄鱼捞了出来。"小刚，你怎么不听话，又跑了出来？"一边说一边把焦了的黄鱼外表的那层焦皮撕掉，露出里面金灿灿的鱼肉，递到小刚手里说："里面还没焦透，你吃了吧，千万别浪费掉了。"

"我在家里待着实在太闷了，就想到体育场跑几圈。"小刚接过烤黄鱼，怔怔盯着敏慈说，"妈，咱们还是花几块钱买个验钞器吧。要不这里人多手杂，很容易就会收到假钱的。"

"验钞器也不全管用。"敏慈叹口气，指着不远处在地上摆书摊卖书的一个戴眼镜的小伙子对儿子说，"看到那个小哥哥没有？昨天他就收了两张假钱，他每次收到大额钞票都得用验钞器验一下的，还不是走了眼？几块钱的东西能管什么用？还得自己把眼睛擦亮些才行。"

"那这五十块钱呢？"小刚紧紧攥着那张假币，轻轻咬了咬嘴唇，"咱们就自认倒霉了？"

"还能怎么样？"

"要不我把它花出去。"小刚盯着她，声音压得很低很低。

"什么？"敏慈瞪着他，皱了皱眉头说，"我花钱供你念书，就让你学会这么做人的？这是假钱，别人缺德，你也跟着缺德？"

"可这钱……"小刚在手里狠狠揉搓着那张钱，"反正又不是我们自己的，只许州官放火，不许百姓点灯吗？"

"小刚！你这都是从哪学来的坏习气？"敏慈睃着他，"都是从过江龙身上学来的吧？我就知道你跟着他学不出个人样来！"

"这和周小龙有什么关系？妈，您不要恨屋及乌，我跟周小龙早就和好了，人家可没教过我什么。"

"近朱者赤，近墨者黑。他天天跟那样的爹妈在一起，心还能是红的吗？我告诉你，以后少跟他交往，我可不想自己生出来的儿子变成别人家一样的人！"

"妈……"

"别说了，回家睡觉去吧。"敏慈从他手里一把抢过那张假币，当场撕了个稀巴烂，"回去吧，瞪着我干吗？大热天的跑什么步？温习功课才是正经事。"

"我天天温习功课，您就不许我有点自由时间吗？咱们班主任都说了，要劳逸结合，不能天天死捧着书本磕，要那样早晚得磕出个书呆子不可！"

"书呆子？"敏慈"扑哧"一声笑了出来，"好了好了，回家吧。天热，回头跑得满身的汗又得洗澡了。"

"我已经跑得浑身是汗了。"小刚盯着妈妈呵呵笑着，"刚才帮您抓那个骗子跑得我浑身是汗，下回要让我碰见他，非得把他扭送到派出所不可。"

"你看清楚他长什么模样了？"

小刚无奈地摇摇头。

"那还说什么嘴？赶紧给我回家去。"敏慈一边睨着小刚，一边和一个要买炸鱼丸的小女孩打着招呼，"炸鱼丸？你要来几串？……好的，阿姨马上就给你炸，你往后面挪挪，要不待会儿热油溅出来会把你漂亮的小脸烫伤的。"

小女孩乖乖地往后退去。敏慈一边炸着鱼丸，一边瞟着小刚："怎么还不走？都快十点了，回去吧。"

"我睡不着，还是留在这里帮你打下手吧。"小刚边说边从塑料框子里掏出一串鱼丸递到忙碌的敏慈手里，"这会出来的人最多，您一个人忙不过来的。"

正说着，从远处三三两两地走来一些食客，敏慈遂不再说什么，机械地和各种客人打着招呼，问好他们要吃什么，小刚便在旁边把串好的串递到她手里，然后再下锅开炸，忙得不亦乐乎。

"给我来二十串鱼丸，二十串鸡翅。"一个极富磁性的中年男人的嗓音在敏慈母子耳畔轻轻荡漾开，"再来二十串炸蘑菇。"

"好的，您稍等一下。"敏慈低着头，认真地炸着别的客人要的东西，"一会就好。小刚，赶紧帮妈妈数二十串鱼丸、二十串鸡翅，还有二十串……"她脸上带着招牌式的微笑，而此刻天上月朗星稀，健美操活泼的音乐从远处袅袅地传来，老人孩子不时从他们身边的三轮车前走过，一切显得忙碌而又有条不紊。

"妈……"小刚轻轻拽一下她的衣襟，用一种奇怪的语调轻轻叫着她。

"怎么了？是不是没有串好的串了？那你帮妈串好就是了。"

"妈……"小刚又拽了拽她的衣襟。

"你这孩子，干什么呢？我正忙着呢。"敏慈抬起头睃一眼身边的小刚，却发现他正愣愣地盯着前方看着什么。

"怎么了？"她顺着儿子的目光掉过头朝三轮车前方看去，正好与紧紧挨着三轮车站着的黄志祥四目相对，心里突然一拧，手里抓着的肉串掉进油锅里，溅起滚热的油花烫着了她的手。

"走，我这里不做你的生意！"她赶紧捞起锅里的各种肉串递给先前排队等候的人群，等人们陆续从她身边走过去时，才压低声音狠狠瞪着黄志祥说："你耳朵生茧子了吗？听不到我说的话？"

"敏慈……"黄志祥从裤兜里摸出一张五十元的人民币举在她面前，"这是你的。"

"你想干什么？"敏慈没好声气地瞪着他，"我说了，我不做你的生意！"

"不，这是你自己的钱。"黄志祥瞟一眼小刚，连忙盯着她解释说，"是刚才那个人，我都看见了，他用一张假钞骗了你的钱，我把他追住了，我跟他说要不把他送到派出所，要不他就把从你这骗到的钱吐出来，结果，他就把钱给我了……"

"你一直在监视我？"敏慈目光冰冷地瞪着他，突地从他手里抢过那张五十块钱扔到收银箱里，"那劳驾你了，要没事请您别挡在这儿影响我做生意！"

"敏慈……"黄志祥苦着一张脸，瞟了瞟她身边不远处摆小吃摊的那个光头男人，不紧不慢地说，"你身边那个光头不是好人，他和骗你钱的那个瘪三是一伙的。"

敏慈目光犀利地瞪着他，撇了撇嘴唇，冷哼着说："说完了没有？说完了就可以走了，别在这儿挑拨离间！"

"我没有，是那个瘪三亲口说的。他说就是这个光头给了他二十块钱，他才来骗你的。"

"是吗？"敏慈虽然讨厌黄志祥，可还是警觉地朝光头那边瞟了一眼。光头也正朝他们这边看着，见她掉转过头，立马回过头去，装作一副没事的样子。

"在这做生意的有几个是好人？他是嫌你抢走了他的生意，所以……"

"我也是在这做生意的！我不是什么好人，那么现在请你让开好不好？"

"我……我说的是真的，敏慈，我是关心你，我怕他们找你麻烦……傅美晶那边的确需要一个人手来帮她，你就不能再考虑考虑，回去帮帮她的忙吗？"

"你到底是干吗来了？姓黄的，我不想看到你，也不想再听到你所说的每一句话，我凭我自己的双手劳动吃饭，碍着你哪儿了吗？"

"我只是，只是希望你们母子过得好一些。"黄志祥为难地盯着她，"敏慈，你就真的不能给我一个赎罪的机会吗？凤凰大酒店虽然有我的股份，但傅总是绝对的大股东，你回去并不代表就和我有什么瓜葛，事实上傅总她很欣赏你……"

"行了！不要再说了！"敏慈从一旁茫然不知所措的小刚手里拿过几串肉串，重重地甩在油锅里，溅起的油花立即在黄志祥身边漾开，喷得他满胳膊满腿都是滚烫的热油。"你走不走？再不走我就把一锅热油全浇你身上！"

敏慈边说边做了个要去搬油锅的动作，低眉颔首间，却陡地听到黄志祥发出一声凄厉的惨叫，慌忙抬头去看，不禁倒抽了一口凉气。

黄志祥被那个光头男人撂倒在地，腹部被重重砸了一拳，刚要爬起来，又被光头撂了下去。光头个子比黄志祥还高，黄志祥张开左手半撑着身子，伸过右手紧紧揪住他的大裤衩，不料光头却从地上捡起一块砖头对准他的头部就是重重一击。殷红的血水顿时顺着黄志祥的额头涌了出来，敏慈和小刚都被眼前发生的一切惊得目瞪口呆，张大了嘴巴不知所措地盯着他们看着。

"你个贼婆娘！"还没等敏慈反应过来，光头就撒开黄志祥，陡地从怀中抽出一把锃亮的匕首，高高举起便朝她身边扑了过来。

小刚连忙拽着敏慈往旁边闪去，敏慈这才意识到危险已经向她儿子身边袭了过来。"你想干什么？"敏慈下意识地张开双臂挡在儿子面前，瞪大眼睛直逼光头，"温大毛……你想干什么？"

"还废什么话！老子就是看你不顺眼，怎么了？！抢了老子的生意还坏老子的好事，老子让你们通通不得好死！"光头疯了一样朝敏慈母子身上扑过去，敏慈紧紧护着儿子朝后退去。

敏慈发出一声尖厉的呼叫，尾声直震长空。

"小刚，你快跑！"她撒手把小刚使劲朝后推着，"快，小刚，快跑！"

"妈！我不跑！我要跟你在一起！"小刚话音刚落，光头就举着刀跳上前，一把抓住敏慈的胳膊，恶狠狠地瞪着她骂着，"老娘们，早就看你不顺眼了，今天你们一个也别想跑得出我的手掌心！"边说边举起刀子横向里就朝敏慈身上刺了过来。

"妈！"小刚发出恐惧的叫声，立即冲到光头面前，趁他不注意张开嘴就朝他有着一条长长刀疤痕的手臂上咬了过去，疼得光头挑起眉头直冲小刚咧嘴。

"小刚，你还不快跑！"看到小刚处在光头的攻击之下，敏慈觉得天都快塌了下来，用力拉着小刚，抬头瞪着光头，"温大毛，这事跟孩子没关系，你别跟孩子过不去！"

"我他娘的就跟孩子过不去了，怎么的？"光头唾了敏慈一口，一甩手把小刚扔出去老远，举着匕首没头没脸地朝敏慈刺了过去。

关键时刻，黄志祥从地上爬起来冲了上去，替敏慈挡了一刀，胳膊立刻被划出一道口子。黄志祥紧紧护着敏慈，盯着光头摆开架势，撇了撇嘴唇瞪着他说："小子，你想进局子蹲上几天是不是？"

"我先放了你的血再说！"光头毫不示弱地瞪着黄志祥，两个人进入了僵持阶段。敏慈抬眼瞄着黄志祥高大的背影，立即跑到小刚面前，把他扶起来，一边替他掸着身上的灰尘，一边紧紧盯着他问长问短。光头再次朝黄志祥猛扑了过去，两个男人很快扭在了一起，开始黄志祥占了上风，眼看就要把光头手里的匕首抢过去了，可双方持续了五六分钟后，黄志祥渐渐没了气力，马上就被光头扑倒在地，那把锃亮的匕首在他脖子边闪着逼人的寒意，敏慈和小刚都不禁倒吸一口凉气。

"妈，我过去帮他！"小刚挣脱开敏慈，拔开腿就朝黄志祥和光头身边扑了过去。他用自己弱小的身体紧紧压住了光头的身子，伸过手去抢他手里的匕首。

"小兔崽子！我操你祖宗！"光头回头瞪着小刚，咬牙切齿地骂着，一只手紧紧掐住黄志祥的脖子，那只握着匕首的手伸到背后，试图扭住小刚的手。

小刚看准他的手腕又咬了一口，还没等躺在地上的黄志祥反应过来，光头手上的匕首就深深地捅进了小刚的腰部，一股还冒着热气的鲜血顿时从小刚体内喷涌而出。

"小刚！"敏慈撕心裂肺地惊叫着朝被光头丢在地上的小刚身边扑了过去。她的身子剧烈地颤抖着，她看到小刚的身体正在不停地往外渗血，殷红殷红的血，几乎流了一地，她的心也跟着痛到了极点。"小刚，我的儿子！"她看到小刚痛苦地举着双手不停地抽搐，黄志祥正抱着他的身体大声呼喊着他的名字，可小刚却浑身打着战，瞪着大大的眼睛紧紧盯着抱着他的黄志祥，一句话也说不出来。

"小刚！小刚！"她脑子里顿时一片空白，光头捅了小刚一刀？不，这不是真的，不是真的！她欲哭无泪地趴在小刚身上呜咽着，这是真的吗？怎么会？不，不会的，她疯狂地摇着头，她不敢相信眼前发生的一切都是真的，光头怎么会朝一个手无寸铁的孩子下毒手？一定是她眼睛看花了才对，要不就是她的梦还没做醒，她使劲抓着小刚的苍白的手摇晃着，"小刚，妈妈在这儿，小刚，你别吓唬妈妈，快跟妈妈说句话啊！"

"妈……"小刚憋足力气盯着敏慈拖长了声音叫了她一声，可还没等她缓过劲来，小刚便立即耷拉下眼皮，再也发不出一声来了。

"小刚！"敏慈用尽力气掐着他的手，只觉得他的双手一片冰凉，立即瞟着黄志祥颤声问："小刚，小刚到底怎么了？"

"小刚被人捅了一刀，他是为了救我。"黄志祥耷拉着脑袋，立马抱起小刚飞快地朝马路中央跑去，一边跑一边回头用发颤的声音朝敏慈疯了似的大声嚷着，"快！快叫车子，送小刚去医院！快！"

第18章

秦大福瘸着那条跛腿扶着医院病房外的墙壁，沿着长长的走廊，面无表情地朝前蹒跚地走着。脸色发白的敏慈紧锁眉头，异常憔悴地跟在秦大福后面，看上去她的背影有些佝偻，但却能从她紧闭的唇角看出她的坚毅与内心的坚定。两个人各怀心思，谁也没跟谁说话，只顾朝前走着。走到走廊尽头，秦大福停下步子，倚在楼窗慢慢回过身，轻轻睇着默不吭声的敏慈看似不漫不经心地问："听说是黄志祥的血救了小刚一命？"

敏慈盯了他一眼，随即掉过脸去，无力地点了点头。秦大福有些失落地舔了舔嘴唇，"总算把孩子一条命救回来了。可要不是他黄志祥，小刚也不会无缘无故地被那个光头捅一刀！"

"孩子这回算是遭了大罪，伤口整整缝了十针，大夫说要是晚送几分钟，他就会因失血太多丢了小命。"敏慈边说边咬了咬嘴唇，"老秦，你说我是不是做错了？"

"啊？"

"要是我不离开凤凰大酒店，不去体育场门口摆摊，小刚也就不会摊上这种事，有时我真的觉得自己不是个称职的母亲，我在想，或许孩子跟着他父亲过就不会遭这些罪了。"

"你这是什么话？"秦大福定定盯着她，"孙世昌都不认他这个儿子了，你还说这些有什么意思？咬咬牙，大家帮衬你，不就都挺过来了吗？"

"老秦，我的意思是……"敏慈欲言又止，走到楼窗口，探出头朝楼底下看着，正好与守在楼底下的黄志祥打一照面。敏慈一惊，连忙缩回头，盯着秦大福叹口气说，"我是说，小刚他总有个亲生父亲……刚才在病房里，他跟我说，他愿意帮我抚养小刚，他俩的血型是一样的，可我还是觉得……"

"血型一样的并不代表他们就是亲生父子啊！现在不都流行 DNA 亲子鉴定嘛，不做那个鉴定，哪能光凭血型一样就断定他们是父子呢？"秦大福伸长脖子盯着她，踮起那只跛脚，用脚尖在光洁的地砖上碾来碾去。

"他就是这么说的。他想让我答应让小刚和他一块儿做个亲子鉴定……"

"你答应他了？"

"不"，敏慈摇着头，"他根本就不配做小刚的父亲，而且——他也不可能是小刚的父亲！小刚不会有那样的禽兽父亲！"

"那就对了，还做什么做亲子鉴定？儿子是你的，他爸爸叫孙世昌，已经跟你离婚了，那个男人跟你们母子一点关系也没有！"秦大福面部肌肉上下抽搐着，显得相当激动，"我看你们娘俩还是离他越远越好，自从摊上这么个人，你瞅瞅，你们还过过一天好日子吗？先是他家那个母老虎，现在又是……"

"老秦！"敏慈睖着他，"好了，都过去了，小刚也被救过来了，再怨天尤人也不是办法。"

"可……"秦大福紧紧盯着她，"那你以后打算怎么办？还有，小刚住院的医药费……"

"这些你都不用担心的。小刚是为了他才受的伤，他掏钱出来替小刚治病也是理所当然的，至于我，"敏慈宛如一只泄了气的皮球，抬起头对着楼顶长吁一声说，"还能有什么打算？做一天和尚撞一天钟罢了。"

"那你也得找个稳定的事做不是？再出去摆摊谁能放心啊？"秦大福深情款款地盯着她，"敏慈，你这个人什么都好，就是对自己太不好，这样吧，我回去替你想想办法，不过你一定要答应我，千万别再出去摆摊收破烂了。"

"嗯。"敏慈不无烦躁地点点头，"我先送你下楼吧，你在医院待的时间不短了，一会回去市场那边该说话了。"边说边扶着秦大福的肩顺着楼梯慢慢朝楼下走去。

黄志祥还在楼下的草坪前来回踱着步没有走。敏慈把秦大福扶到楼梯口，睃一眼远处满腹心事抽着烟的黄志祥，拽了拽秦大福的衣襟轻声说："那个人还在那儿，我不想见到他，也不想跟他说话，就不送你到大门外了。"

秦大福伸手紧紧握了握她的手，点点头说："我晓得，你上楼去吧，一会儿小刚醒了看不见你心里会难过的。"

"那你小心点。出了门叫辆三轮车，别省那几块钱。你腿脚不方便，也别去挤公交车。"

"放心吧。我都这么大了，会照顾自己的。"一边说一边抽开握住敏慈的手。这是他第一次握着自己心仪女人的手，心里立即漾开一股暖流，尽管握住的时间很短暂，但却足以让他铭记一生一世。

"回吧，小刚醒了，你把我带给他的东西弄给他吃，让他多吃些红枣，补血的。"说着，抬腿便朝前走去，但敏慈并不知道，此时的秦大福心里却夹杂着一股深深的惆怅，更没有看到他转过身去时从眼角滚落的泪水。

病房里，敏慈紧紧握住儿子的手，看着儿子苍白的面庞，她心里的痛一阵紧似一阵。"妈，刚才是他来过吗？"小刚微微睁开眼睛盯着一脸紧张的敏慈问。

"谁？"

"他。我听到他跟您说话了，我虽然困得睁不开眼睛，可你们说的话却听得一清二楚。"

"你说秦伯伯吧！"敏慈盯着儿子勉强挤出一丝温和的笑容，"他听说你被流氓捅了，非嚷着要来看你，我让他别来，他还是来了。"边说边瞟着床头摆着的一堆水果和补品，"看，这都是你秦伯伯给你买的。"

"我不是说他。"小刚失望地耷拉下眼皮，轻轻咬着嘴唇，忽地重重叹了口气，瞪着空洞的大眼睛盯着楼顶的天花板发着呆。

敏慈犀利的目光迅速在他脸上扫了一圈。她明白了，儿子问的那个他是救了他命的黄志祥，但她却避免和小刚谈到有关这个人的一切话题，拉了拉他的手关切地问："你饿了吗？想不想吃点东西？妈给你削个苹果。"

"不想吃。"小刚摇了摇头，眼睛仍然瞪着天花板，"妈，他是不是我的亲爸？"

"啊？"敏慈吃惊地盯着儿子，面色一下子就窘起来。

"你们刚才说的话我都听见了，他说要带我去做亲子鉴定……妈，您就告诉我真相好不好，我爸到底是谁？就是这个男人吗？"

"小刚……"敏慈紧紧攥着他的手，把它放到自己胸口，低下头让自己的脸紧紧贴在他的手上，"你就真的在乎自己的爸爸究竟是谁吗？"

小刚突然转过头来，怔怔盯着他，抖动着长长的睫毛，淡淡地说："谁都有爸爸，不是吗？"

"是，谁都有爸爸。"敏慈叹着气，"可你没有爸爸。你一出世起就没有爸爸，你只有妈妈。"

"妈……"

"别再问了，再问下去妈妈会不高兴的。"

"可是……"

"小刚！"敏慈用严厉的眼神扫了他一眼，"难道你真的愿意和他一起去做那个亲子鉴定吗？他不是你爸爸，谁是你爸爸，我比你清楚。"

"我没说要跟他一块儿去做亲子鉴定。"小刚摇着头叹着气说，"就算他真的是我亲爸，我也不会跟他去做亲子鉴定的。"

"……"敏慈瞪大眼睛盯着儿子，她有些不明白儿子这句话的意思，把他的手攥得更紧。

"您放心吧，我不会离开您的，不管发生什么事，我永远只有一个妈妈。"小刚嗫嚅着嘴唇，又故意强调着说，"我没有爸爸，以前没有，以后也不会有。"

"小刚……"敏慈眼圈红红地盯着小刚瘦削的面庞，一滴晶莹的泪珠随即滴落在儿子的唇边。母子俩的手紧紧攥在一起。

秦大福一拐一拐地沿着绿色的草坪慢腾腾地朝前一步一步挪着步子。黄志祥掉头看一眼敏慈上楼的背影，立即扔掉嘴里的香烟，飞快地跑上前，紧紧跟着秦大福出了医院的大门。秦大福刚往左边的街道上拐过去，就回过头来冷冷睃一眼黄志祥，不冷不热地问："你老跟着我干什么？我又没有替你挡刀子！"

"秦师傅，我……"黄志祥从胳膊里夹着的棕色牛皮公文包里取出一个黑色的小提包，二话没说就往他手里塞了过去。

"干什么？干什么？你又想让我帮你一块欺骗敏慈对不对？"秦大福立即皱起眉头，不耐烦地瞪着他，"要去你自己去，我不会再帮你做这种事了！上回帮你就已经勉为其难了！"

"您再帮我这一次好不好？"黄志祥求着他说，"秦师傅，您行行好，好人做到底，我这辈子也忘了你的大恩大情的。"

"别，你可千万别给我唱高调。"秦大福斜睨着他，"你爱找谁找谁去，反正这次我是不会再帮你了！你知不知道，就因为上回心一软听了你的话，害得我差点没被敏慈骂死，我可不想因为你的事破坏了我和敏慈的感情。"

"感情？"黄志祥怔怔盯着秦大福，"您……"

秦大福自知说漏了嘴，红着一张脸，立即甩过头扬长而去。黄志祥还不死心，紧步跟了上去，"秦师傅，这是我最后一次求您，就算为了小刚，为了孩子，好不好？"

"你别跟我说了行不行？"秦大福愤怒地甩了甩手，"姓黄的，你别跟着我了！我不会多管你们的闲事的！"

"闲事？怎么会是闲事呢？您就跟敏慈的哥哥一样，难道您不希望她有个好的归宿吗？她的脾气您是晓得的，现在又发生了这样的事，她就越发恨我了，可我真的没想到事情会演变到今天这步田地，我去体育场那边只是想帮帮她，谁也没想到……"

"好了，你别再说了！"秦大福撇着嘴唇睨着他，忽然气不打一处来地斥责他说，"说这么多管用吗？小刚现在被人捅了一刀躺在医院里，差点连小命都没了，这些都是用钱可以买得来的吗？归宿？你也配在我面前提敏慈的归宿？要不是你，他们娘俩能有今天这些遭遇吗？姓黄的，我拜托你，以后不要再出现在我们面前，我告诉你，敏慈有多讨厌你，我就有多讨厌你，还不给我让远点！"

"秦师傅……您说得对，我是没有资格提敏慈的归宿，我也没想过拿钱收买什么，可小刚毕竟是我儿子啊……我……"

"谁说小刚是你儿子了？"秦大福扭过脖子，用一种寒冷的目光上下扫视着他，"就你？你也配？也不撒泡尿照照自己的德行！"

"不管怎么说，小刚的血型和我的血型是匹配的，这就说明……"

"你还有完没完了？"秦大福狠狠瞪着他，"小刚是孙世昌的儿子，请你别在我面前侮辱敏慈的人格！你要再侮辱她一句，我就对你不客气了！"

"秦师傅，我求求你了，现在能帮上她们娘俩的只有你一个人。除了你和小刚的舅舅，她谁的话也听不进去，可你知道，小刚的舅舅自顾都不暇，而且他也和敏慈一样把我恨到了骨髓里，所以我只能求您，我……"

"我也把你恨到了骨髓里，知道吗？"秦大福睨着他咬牙切齿地愤然骂着，"你这种人渣就该被一辈子关在局子里！他们还把你放出来做什么？害人精！你出来了除了害得敏慈娘俩更加不得安生，到底给他们带来了什么好处？走走走！你别再跟我啰唆了，我不想再看到你了！"

"秦师傅……小刚是我儿子，我不能这样眼睁睁地看着他跟着敏慈一直过着这种人不人、鬼不鬼的日子，他还小，他需要更多保护，需要更多呵护，敏慈现在这种状况，如果没有我的帮助，她怎么可能挺得过去？"黄志祥硬是把小黑包塞到秦大福怀里，"这里面是两万块钱，我特地到银行兑出来的旧票子，都是五十、二十、十块的，这样她就能相信是你这么些年省吃俭用，一分一分攒下来的了。"

"你给我滚！"秦大福终于压制不住地发泄了出来，随着一声震彻云霄的咆哮，一记重拳瞬即落到了黄志祥脸上。

　　黄志祥伸手摸着往外汩汩冒着血的鼻梁，怔怔盯着怒不可遏的秦大福。这一记重拳让他明白了眼前这个瘸着一条腿的男人和敏慈的特殊关系，一股莫名的妒意在他浑身荡漾开来，他的情绪也变得激动起来。"你爱敏慈，我明白了。"他冷冷睃着秦大福，"可小刚是我的儿子，亲生的儿子，你抢不走他，也不抢走他的妈妈！"

　　"看来我一拳还没把你打醒！"秦大福瞪大眼睛觑着眼前这个潜在的情敌，"血型一样并不代表小刚就是你的儿子！你只不过是个轮奸犯，你在敏慈心里自始至终都是个魔鬼，你还有什么资格能赢得她的芳心？"

　　"我是没有资格，可你呢？"黄志祥挑着眉头睃着眼前这个身体有些佝偻的高大男人，在鼻子里冷哼一声说，"一个瘸子，你以为凭你这样的条件就能赢得敏慈的芳心？你凭什么爱她？拿什么爱她？除了一条跛腿你还有什么？你能带给她幸福的生活吗？"

　　"凭什么？凭我的良心！"秦大福拍拍自己的胸脯，"黄志祥，我是没你富有，也没你风光，可我有的是良心！就凭这一条，敏慈就会选择我而不会选择你！"

　　"就凭良心？"黄志祥脸上挂着冰冷的微笑，"可父子之间的骨肉亲情是任何东西都割舍不了的，小刚是我儿子，他身上流的是我的血，我决不会让他们母子下半辈子跟一个没法带给他们任何生活保障的瘸子在一起度过的！"

　　"你说小刚是你儿子，有什么证据？"秦大福气得直吹胡子，"我的血型和小刚的也是一样的，不信你可以去问医生，只不过我比你晚来医院几十分钟，要不小刚宁可输我的血也不会要你的脏血！"

"你！好，我不跟你争，我会让小刚跟我做亲子鉴定的，到时结果出来了，你就知道什么叫作骨肉亲情了。"

"做你的白日梦去吧！亲子鉴定？你爱做梦就继续做下去吧！"

"你怕了？怕做出来的结果让你连最后那点希望也没了存在的理由，是吗？"黄志祥不无得意地盯着他，"谁都能看出来，小刚的脸相和我简直就是一个模子里刻出来的，做不做鉴定，什么时候做鉴定，也都不能改变他和我血浓于水的父子关系！"

秦大福被黄志祥说中了痛处。是啊，谁都能一目了然地从小刚的长相判断出他就是黄志祥的亲生儿子，这对他来说自然是个巨大的打击。他咬着嘴唇胡思乱想着，难道自己真的注定一辈子都不能光明正大地去爱敏慈吗？不，他再也忍受不了了，他想要向敏慈表白爱慕之情的冲动也越来越强烈，无时无刻不在琢磨着该如何捅破这层窗户纸，可没想到关键时候，黄志祥居然又杀了个回马枪，他到底还想干什么？他不是已经有了老婆孩子了嘛，难道他还想和敏慈鸳梦重温？秦大福心底涌起了莫大的失落与恐惧，虽然敏慈一提到黄志祥就恨得咬牙切齿，但他可以清楚地洞悉到她内心深处还是深深眷恋着这个男人的，这世上没有无缘无故的爱，也没有无缘无故的恨，或许敏慈就是爱之太深才会恨之入骨吧！

"难过了吧？失落了吧？你根本就不配去爱敏慈，更不配成为我儿子的父亲！"黄志祥尽情地奚落他，"听说过癞蛤蟆想吃天鹅肉的故事吗？"

"……"秦大福瞪大布满血丝的眼睛睨着他，嘴唇部位剧烈地抽搐着。

"知道吧？你就是那只伸长了脖子想吃天鹅肉的癞蛤蟆！"黄志祥睨

着他，伸出右手打了个响指，一字一句地加重音节地说，"你就是那只癞蛤蟆！"

"你说什么？"

"我说你就是那只癞蛤蟆！"

"你……"秦大福怒了，抬起跛腿在好腿上蹭了一下，咧着嘴，弓着身子，缩起脖子，飞快地冲上前，将自己的头部对准黄志祥的腹部重重撞去。两个男人迅速扭动成了两棵互相缠绕的大树，分都分不开了。

第*19*章

秦大福失踪了。整整一个星期，都没见他露个人影。敏慈四处去找，还是没有找着，急得她团团转，却又无可奈何。这个老秦，怎么就突然失踪了？平常他有什么事都要跟她打声招呼的，难道发生了什么不测或意外？敏慈抬眼盯着病房里白色和绿色相间的墙壁，心陡地往下沉着。小刚恢复得很快，这会儿正睡得香甜，敏慈伸手摸了摸儿子的脸，站起身，满腹心思地朝窗口走去，她纳闷着，不会是温大毛的兄弟不服这口气，抓走了老秦要替被逮到局子里去的温大毛报复吧？

黄志祥轻轻推开门进来，手里拎着大大小小的袋子，径直走到小刚的病床前，把东西搁到他床头的柜子上。敏慈回头睐着他，淡淡地说："你还来做什么？不是跟你说了，小刚的事你只管掏钱给他付医药费就行了吗？"

"我……"黄志祥嘟嚷着嘴，"我放心不下，在公司里心神一刻也安定不下来，所以……"

"你走吧。我不想看到你，小刚也不想看到你。"

"敏慈……"黄志祥朝她身边慢慢走过去，"你就不能给我一次机会吗？我毕竟是小刚的……"

"你给我站住。"敏慈紧紧倚着窗口站着，一手放在窗台上，一手放在腰间，瞥着他冷冷地说，"我们之间需要保持适当的距离，还有，以后请你不要再一张口就小刚小刚什么的，我跟你说过，他不可能和你有任何关系。"

"可他身上流的血和我的是一样的啊！"黄志祥抬起手放在胸前不断地搓揉，"你要不信，就让我跟他做一次 DNA 亲子鉴定，如果结果属实，我就必须对孩子尽到一个做父亲的责任。"

"什么责任？他和你没有半点关系。"敏慈显得相当镇静，"他姓孙，和你有什么瓜葛？"

"可孙世昌不是他的亲生父亲，这你是知道的！"黄志祥情绪化地盯着她，"这么多年了，你就不能放开对我的成见，和我一起给儿子创造一个美好的明天吗？"他咬了咬嘴唇，伸手指着熟睡中的小刚，"小刚跟着你吃了多少苦你都是亲眼看到亲身体会到的，我想给儿子一个美好快乐幸福的生活，有什么做得不对的呢？"

"没有对和不对，但你不配。"敏慈目光炯炯地盯着他，"他根本不可能和你有任何关系，你就死了那条心，别再在他身上打主意了行不行？"

"打主意？我能打孩子什么主意？敏慈，我请你站在一个父亲的角度，理解一下当父亲的心情和感受好不好？是的，我是个罪人，在对待你的问题上，我犯有不可饶恕的罪孽，你不原谅我可以，但你不能剥夺儿子享受幸福生活的权利。"

"他不是你儿子，他过什么生活，和你没关系。"

"他是！"黄志祥定定地盯着她，目不转睛地说，"要是他不是，你为什么不肯让我跟他做亲子鉴定？你是害怕，你害怕我从你身边抢走儿子，可我真的从来没有这么想过，我只是希望小刚和你都过上快乐美满的日子，仅此而已。"

"我们不需要。好了，小刚一会儿就要醒了，我不想让孩子看到你，更不想让他听到我们在这里说这些无聊的、子虚乌有的闲话。"

"可他……"

"出去……你再不走我就叫人来轰你走了。"敏慈不客气地对他下了逐客令，斜睨着眼睛瞪着他，"走不走？"

"敏慈！你别逼我好不好？"黄志祥满腹委屈地睃着她，"人都会犯错，我已经为自己的罪孽付出了代价，如果你觉得我坐了八年牢还不足以让你泄愤，那么你告诉我，我究竟要怎么做，你才能宽恕我？"

"我为什么要宽恕你？你和我之间有什么关系吗？"

"我是小刚的父亲，你是小刚的母亲，你说我们之间是什么关系？"黄志祥皱着眉头痛苦不堪地盯着她，"我知道，我没有秦大福做得好，他喜欢你，你也喜欢他，可不管你们之间是一种什么关系，小刚是我的儿子，这是改变不了的事实！这份血浓于水的父子亲情也不会因为秦大福的出现而发生任何改变的！"

"老秦？"敏慈立即挑起眉头，"你说什么疯话呢？黄志祥，你不要欺人太甚！"

"他自己亲口说的，他说他喜欢你，他爱你。"黄志祥愤然地掉过头去，"你们爱不爱跟我和小刚没有半点关系，我也不会借着要认小刚这个理由去破坏你们的关系——我知道，我根本就不配，我没有资格再去爱你，可是……"

"别说了，你别说了！"敏慈抬眼瞪着他，身子不住地打着战。爱？这个男人居然在事隔十多年后对自己说他没有资格再去爱她，这是多么大的讽刺啊！她的心一直在淌血，持续淌了十多年了，他早上哪儿去了呢？为什么？为什么当初他要那样对待自己？她做错了什么？她什么也没做错，可她却遭受了眼前这个禽兽伙同另外两个恶棍最为无耻最为恶心的欺凌，他让她如何宽恕他，如何怜悯他呢？不，她是绝对不会原谅他，永远都不会宽恕他的！

"敏慈，难道你到现在还不明白，当初我之所以会犯下那样的罪孽，都是因为我太爱你的缘故吗？"黄志祥毅然掉过头，正色盯着她的眼睛，痛不欲生地哽咽着，"我爱你，我比任何人都要爱你，那天晚上，我喝醉了，殷长军那个畜生和刘汝沛打赌，说你一定会爱上他，所以他们两个就借着酒劲去了你房里，他们拽上了我，我本来是想把他们赶跑的，可是……可是不知道为什么，我的脑子却不听使唤了——我做错了，敏慈，我错了！"他"扑通"一声跪倒在敏慈面前，仰起脖子怔怔盯着她，"你要还不解恨，我就把我的手指头剁下来！都是这只手作的孽！"说着，以出其不意的速度从怀里抽出一把瑞士军刀，对准自己的左手食指拼命砍了下去……

两天后。秦大福掸掸身上的灰尘，在医院楼下的小吃店里坐在敏慈对面，一边从盘子里拿起一只包子胡乱塞到嘴里，一边从身后掏出一个打了补丁的包袱，又从里面掏出一个黑色塑料袋，递到她面前，咧着嘴笑着说："看我给你带来什么好东西了？"

"什么好东西啊？"敏慈抓起桌边的一杯白开水"咕咚咕咚"喝了下去，"老秦，你吓死我了，我还以为你出什么事了呢。回老家怎么也不事先跟我说一声？"

"我能出什么事？一个身无分文的瘸子，谁会把我怎么样？"

"还说呢，我就担心是温大毛那帮兄弟抓了你。"

"我这不好端端地坐在你面前嘛。"故作神秘地盯着黑色塑料袋朝她挤了挤眼睛，"打开看看。"

"什么啊？"敏慈丈二和尚摸不着脑袋地盯了他一眼，随即拨开塑料袋封口处的橡皮筋，"黑不溜秋的，到底是什么啊？"一边说一边伸手往里掏着，面色忽地变得凝重起来。"钱？"她立马摸出一堆钞票摊在面前，有二十块一张的，有五十块一张的，还有一块的、两块的，不禁瞪大眼睛疑惑地盯着秦大福问，"这是……"

"是我回雷寨村替你化缘化来的。"

"化缘？你是说，你为了我的事去跟那些村民要钱？"

"不是要，是化缘。"秦大福伸出一根手指头在桌面上轻轻叩击着，"总共两万零五百一十六块，不多不少，我都数过了……这样你就可以拿着这些钱再去开家小吃店了。"

"我怎么能用乡亲们的钱呢？"敏慈霍地站起身来，把摊在桌上的钱迅速放回袋里，拿起橡皮筋重新把袋口封紧，推到秦大福身边，"不行，这钱我可不能要！乡亲们那都是血汗钱，别说这么多，就是一分我也不能要！"

"你先别急嘛。"秦大福伸过胳膊按在她肩头上，示意她坐下来，"我知道你的脾气，你是个不轻易接受别人帮助的人，所以我这趟去化缘并不是白化的，这都是以我的名义向他们借来的，白纸黑字，我给他们打了欠条的，还要还利息的。"

"啊？"

"本来他们不让我打借条，可我非要给他们打，他们拗不过我，才让我打了。敏慈啊，乡亲们都听说了你的遭遇，大家都很同情你，所以全村上下没有一家不慷慨解囊的，你千万不要辜负了乡亲们这片心意啊。"

"可是……"

"还有什么可是的？白字黑字，借条是我打的，这钱就算是我借给你的行不行？"秦大福语重心长地盯着她，"你不想用黄志祥的钱，有骨气，可小刚跟着你要吃饭要上学的，光靠你去捡破烂摆小摊管用吗？我想来想去，觉得大事咱们做不了，还是开个小店做个小本买卖稳妥，这样，我也可以过来帮你打点，辛苦个几年，也缺不了衣短不了食的。"

"老秦……"敏慈哽咽着盯着他，激动得不知道说什么好了。忽地，她定定盯着他额上的一块疤痕关切地问，"这是怎么了，你脸上什么时候多了道疤？"

"噢"，秦大福伸手摸着和黄志祥打架时留下的疤痕，扯了个谎说，"没什么，很久没去了，村里的路不好走，摔了一跟头，把脸磕破了。"

"你总是不小心，明知道自己腿不好，还要……"

"不提了，把钱给你借回来就万事大吉了。"秦大福又抓起一个包子放到嘴边咬着，"你猜我这次回去还碰到了谁？"

"谁？"

"你认识，是你的好朋友。"

"我的好朋友？谁啊？"

"曹霞。"

"曹霞？"敏慈惊讶地盯着他连声问，"曹霞在雷寨村？十多年没见了，她现在还好吗？"

"好，人家好着呢。"

"我听说她后来嫁到汉口去了，怎么会又跑回雷寨村了呢？"

"她是两年前跟着她老公一起下乡搞药材种植才回到雷寨村的。现在他们两口子在村里办了一个很大的药材生产基地，在汉口还有他们的制药厂呢。"

"她现在这么发达了？"敏慈替曾经的小姐妹高兴，"她从前只要一开口就说个不停，现在还是这个样子吗？"

"她一说起话来就跟开了机关枪似的。"秦大福呵呵笑着，又指了指那只黑塑料袋说，"这里面除了乡亲们那儿凑的两万多，还有一万块钱是曹霞特地让我带给你的，她说只要你有困难，就尽管开口跟她说，她一定会尽力帮到你的。她还说，要是你不肯收下这一万块钱，就以她的名义跟你合伙，以后你开了小店赚了钱给她股份就行了。"

"她真这么说的？"敏慈瞟着那个塑料袋，"她倒真是变了，说起话来都忘不了她的生意经。"

"那你是……这钱，还收不收下？"

"收下，当然得收。不过这小吃店能有什么股可入的，到时我们赚了钱再连利息一块还给她就是了。"

"那事不宜迟，这几天我就陪你到处走走逛逛，赶紧把店址定下来吧。"

"行，过两天小刚就要出院了，你先帮我打听打听，看哪儿有合适的店面。有了消息你告诉我就行了。"

秦大福点点头，忽地面色变得凝重起来，问她说："姓黄的最近怎么样了？这几天没来找你们麻烦吧？"

"他？"敏慈拧着眉头叹口气说，"他乞求我原谅他，当着我的面剁掉自己一根手指头，幸亏处理得及时，才把断指给接了回去，小刚这会儿正在他的病房里守着他呢。"

"小刚？"秦大福撇撇嘴唇，"你怎么让孩子……"

"没办法，骨肉亲情，我是没办法割舍他们之间的父子之情的。"敏慈摇摇头,"我没想到,他会剁自己的手指,他连眼睛都没眨一下,我送他去病房的时候,他还跟我说,如果我能原谅他,他愿意剁掉他整只手。"

敏慈的眼角含着一丝不易让人察觉出来的泪光,但还是被细心的秦大福发现了。秦大福装作没看见,低着头叹着气说:"看来他真的想悔过了,敏慈,你……"

"我不会答应让小刚跟他做亲子鉴定的。"敏慈突地抬起头,目光定定地盯着他坚决地说,"他不配。小刚没有他这样的父亲。"

秦大福没有说话,只是低着头继续吃着手里的包子。他不知道自己和敏慈的感情究竟会朝着什么方向发展,但他敏锐地感觉到,敏慈的心里一直藏着黄志祥的影子,只是她始终不愿意说出来罢了。不过,生活还是得继续下去,半个月后,"敏慈饭馆"在新洲区某个闹市口悄无声息地开张了,秦大福辞去了在菜市场看车的工作,一心一意地过来帮着敏慈打点店里的生意。很快,他们的饭馆就以优良的服务态度和多样的口味赢得了大量回头客,生意蒸蒸日上。敏慈和小刚的生活也进入了一个全新的阶段。

第 *20* 章

一年后，敏慈饭馆已经在附近几条街道打起了很响的名头，由于敏慈肯吃苦耐劳，在经营餐馆的正常生意之外，又额外接手了附近几家公司员工午餐的盒饭业务，生意做得越来越红火，口碑也越来越好。就在这个时候，孙世昌突然被检查出晚期胰腺癌，在一个炎热的夏夜悄无声息地撒手离开了人世。孙世昌患病期间，他新婚的妻子辛蓉席卷了他苦苦攒了十几年的财产跑了，在小刚奶奶的坚持下，敏慈一直让小刚在医院陪着孙世昌，直到他咽下最后一口气。

孙世昌去世后，小刚变得沉默了。他总是一个人坐在角落里发愣，任谁叫他也不理，仿若与世隔绝了一般。孙世昌临死前因为剧烈疼痛趴在床上翻身打滚的情形一直烙在小刚的脑海中挥之不去，给他的心理造成了巨大的阴影。在孙世昌没和敏慈离婚之前，小刚和他的关系一直非常融洽，虽然孙世昌不是他的亲生父亲，可他毕竟跟他在一起生活了十三年，这种养育之情不是随着父母的离异说没就没了的，所以小刚一直都沉浸在深深的痛苦之中不能自拔，甚至严重影响了他的学习成绩。

敏慈开始替儿子的健康担忧，她带他去看医生，开了各种药，可吃了之后没有显著疗效，直到有一天，她在学校门外看到他和黄志祥有说有笑地站在一起，才明白过来到底是怎么回事。儿子和自己不一样，他并没有经历过自己那段刻骨铭心的痛，所以他不会理解黄志祥加在她身上的痛苦究竟有多大有多惨烈，父子之情是一种天性，或许，自己真的应该放开手，让儿子去追寻属于他自己的幸福才不会给他的一生带来更多的遗憾与阴影。

"敏慈，这几天你都怎么了？"秦大福坐在面对着大门的柜台后面，一边按着计算机，一边算着账，"扣掉人员工资，这个月我们有一万多的纯利润呢，还没算上那些盒饭的业务。你看，饭馆有起色了赚钱了，干吗还总拉长着一张脸唉声叹气的？"

"我唉声叹气了吗？"敏慈睁大眼睛讶异地盯着他，"我真的唉声叹气了？"

"你自己不觉得，从早上到下午，你就一直在我面前晃来晃去的，晃得我眼睛都花了。"

"是吗？"

"你不信问问别人。"秦大福关心地瞟着她写满疲惫的脸庞，"这几天你脸色越来越不好了，是不是没睡好？都跟你说几百遍了，饭馆已经上了轨道了，就别所有事情都要去操心了，你看我，吃得好睡得香，什么也不想，他们都说我面色一天比一天红润。"

"我哪是操心饭馆的事啊？"敏慈轻轻叹口气说，"我是担心小刚。这孩子自从孙世昌过世之后，他就变得越来越沉闷，每次双休回到家，他总共跟我说不上十句话，我想方设法地引他说话，可他就是没答我的茬，你说，要再这样下去，这孩子不是毁了吗？"

"哟，这样子可马虎不得。"秦大福丢开手里的计算器，"前两天你不是说他已经好多了嘛，怎么又变回老样子了？大夫开的药都不管用吗？"

"管用我还能担心吗？"敏慈不无焦虑地盯了他一眼，"老秦，有件事我想跟你商量商量，可，我也不知道从何说起，我总觉得这孩子吧他心里有个结，孙世昌死了以后他跟我们在一起就没一天露过笑脸……"

"他毕竟跟着老孙家长了十多年，虽然不是亲爹，可还是有感情的嘛。"秦大福吁口气说，"人非草木，小刚这孩子懂事，长大了一定孝顺你。"

"可是……"敏慈瞟着他欲言又止，"可是……"

"可是什么？"

"可是"，敏慈有些为难地盯着他，"我在学校门口看到他和黄志祥站在一起，他们有说又有笑的，自从我和孙世昌离了婚，就从没见过这孩子笑得那么开心过，老秦，你说我是不是不应该再那么自私，是不是应该顺其自然，让黄志祥带小刚一块去把那个亲子鉴定做了？"

"啊？"秦大福吃惊地盯着她，双手不自觉地打着战，"这是你们的家事，我一个外人，我管不着。"

"你怎么是外人呢？"敏慈怔怔盯着他的眼睛，"老秦，我可从来没当你是个外人，这一年多来，我也仔细想过了，我和黄志祥的恩恩怨怨都十多年了，再这样纠结着又能怎么样？他对我的伤害已经造成了，这是怎么也无法更改的事实，可我们难道就非得带着这种心结度过漫长的下半辈子吗？黄志祥已经为他所做的事付出了代价，看得出来，他对小刚是真的好，而且他也是真心想悔过，所以……"

"所以，你想原谅他是不是？"

敏慈摇了摇头，又点了点头，"我也不知道，我不知道自己想要做什么。老秦，我心里很乱，所以我想让你帮我拿个主张，小刚到底该不该认黄志祥，我想听听你的意思。"

233

"听我的意思？"秦大福伸手在柜台上轻叩着，抬起跛腿蹭着另外一条好腿，舔了舔嘴唇，抬眼定定地凝视着敏慈的眼睛，"你真的想听我的意思？"

　　"嗯。"敏慈重重点着头，"你的意见对我来说非常重要。"

　　秦大福不知道敏慈这句话里究竟蕴藏着怎样的意思，但他却觉得这句话听上去非常亲切贴心，听得他内心涌起一股暖流，有一种不吐不快的欲望。"放下心里的仇恨吧！别再难为自己了。"他轻轻觑着敏慈劝慰她说："如果你想让自己和小刚以后的日子过得舒适安心的话，就必须放下过去所有的恩恩怨怨，勇敢地去面对一切的问题。敏慈，我不晓得自己说得对不对，但我晓得恨一个人自己心里也不会痛快的，你想想，这十几年来，你把黄志祥恨得咬牙切齿的，自己心里就真的那么好受吗？不，你心里一点也不好受，这我早就看出来了，其实我明白，男女之间的感情不是一句话两句话就能说得清楚的，你恨黄志祥是因为怒其不争，如果当年没有发生那样的事，你敢保证你就一定会嫁给孙世昌而不是黄志祥吗？"

　　"老秦……"敏慈侧过脸讶异地睃着他，紧紧咬着嘴唇，硬是控制住自己的情绪，没让眼泪从眼眶中掉出来。

　　"你爱黄志祥，你一直……"

　　"不，老秦……我没有……我也不可能……"

　　"你听我把话说完。"秦大福郑重其事地接着说了下去，"尽管你一直抗拒着不肯去正视这个问题，但从你的眼神里早就泄露了你内心深处的秘密。敏慈，我知道这么多年来你能熬过来相当不易，可你想想，这世上比你比我更惨的人何止千千万万？和更多的人比起来，我们就算是幸福的了，爱一个人并没有错，爱错一个人也不是什么羞耻的事情，既然你内心深处早就原谅了他，为什么还要继续假作坚持，让大家都活在痛苦之中跳不出来呢？"

"老秦……"

"我能体会你的心意，我也理解你的困惑。不管怎么说，孩子是无辜的，你和黄志祥谁也没有权利强逼他去选择你们给他安排的生活，既然小刚和他很处得来，那就让他们相认了吧。至于你和他的事，就等机会再慢慢说吧。"

"老秦……"敏慈泪眼潸然地盯着他，"你说到哪儿去了？我跟他还会有什么机会？或许你说的话都在理，我确实曾经爱过不该爱的人，可这一年多的时间跟你相处下来，难道你还没明白我真正的心意是什么吗？"

"……"秦大福愣愣地盯着她，突然显得有些不知所措。

"我知道你对我的心意，为什么你就不肯把那个字说出口呢？"敏慈目光定定地盯着他，伸过手紧紧握住他粗糙的双手，鼓励着他说，"我早就对黄志祥死心了，难道你都没看出来吗？我和他注定不是一条船上的人，而你才是……"

"敏慈……"秦大福不敢相信地瞪大眼睛睨着她，"我是不是在做梦？敏慈，你在跟我开玩笑，对吗？我……"

"是真的。"敏慈盯着他深情款款地一瞥，"老秦，如果你愿意，你不嫌弃我，等小刚和黄志祥做完亲子鉴定，我们就把这家饭馆的名字改成福慈饭馆，好不好？"

秦大福自然明白敏慈话里的意思，只是这意外来得太过突然，这让他着实吃惊不小。自己心仪的女人居然主动向他表白自己的爱慕之情，这对他来说还是有生以来碰到的头一遭，他一个跛子，一个四十开外的男人，居然也会有女人对他产生好感，而且愿意把自己的一生都托付给他，这对他来说是一个多么大的惊喜啊！

"不，敏慈，你一定是搞错了！"尽管秦大福周身都洋溢着欣喜的因子，但还是不敢相信这是真的。他犹疑着盯着敏慈微微发红的脸仔细打量着，"我？你是说，你跟我？"

敏慈望着他重重点着头，"除非你嫌弃我……"

"不，是我配不上你。"秦大福咬着嘴唇，竭力让自己的情绪平复下来，"你知道，我们之间存在很大的差距，这根本就……"

"就什么？"敏慈仍然紧紧握着他的手，"你很善良，又很体贴人，这两点就够了。"

"我……"

"我会给你时间好好考虑的。"敏慈慢慢松开他的手，"好了，我要到厨房里帮她们忙去了，盒饭生意一单接着一单，光靠她们几个是忙不完的。"

"那再招几个人进来打打下手？"秦大福抬眼征求着她的意见。

"我也是这么想的，这一年多来，我们已经帮助好几位下岗女工在再就业中重新找到了自己的位置，你看她们，谁不知道珍惜一个来之不易的工作机会，所以我还是想从下岗女工中找些知根知底的姐妹过来帮忙。你觉得怎么样？"

"你觉得好就可以了。"秦大福咧着嘴朝她笑着，"你是老板娘，当然得听你的。"

"别忘了，在大伙心里，你也是半个老板啊。"敏慈呵呵笑着，掉转过身，朝厨房里走了过去。秦大福默默盯着她娇小的背影，脸上绽开了温暖的笑靥。

周桂兰把家里能砸的东西全都重重摔到地上，客厅、卧室、厨房、浴室，都成了她攻击黄志祥的战场，就连黄志祥的大衣、西服都被她从橱柜里掏出来扔到了地上踩了又踩。这个女人已经彻底崩溃了，她知道自己再也挽留不住丈夫的心，只能一遍一遍地在家里上演一幕幕闹剧，企图强化自己在黄志祥心目中的位置，以此达到把丈夫牢牢控制在自己手里的目的。

　　"黄志祥，你今天要是敢出这个门，我跟你没完！"周桂兰一屁股坐在他那套阿玛尼高级西服上，操起一把锋利的剪刀，对准衣领就是"咔嚓"一声剪下去，顷刻间就把一套名贵的西装剪了个稀巴烂。

　　"你疯了。真的疯了。"黄志祥挨着沙发站着，盯着歇斯底里地妻子，只是嗫嚅着嘴唇冷冷地重复着这句话。

　　"是，我就是疯了！黄志祥，你算个什么东西？你也不想想，你今天的成就和地位都是从哪来的？还有这些西装，哪一件不是用我的钱买的？好，你走啊！你不是非要带着你那个野种儿子去做亲子鉴定吗？好，你带他去！你尽管带他去！不过你也给我听清楚了，今天只要你出了这个门，就别想再回到这个家里来！还有，公司那边你也休想带走一样东西！"

　　"我说了，只要你同意离婚，我什么东西都不要，一分钱也不要！"

　　"离婚？"周桂兰蹭一下从地上爬起来，冲到黄志祥面前，指着他气急败坏地骂着："离婚？你休想！黄志祥，你不让我好过，我也不会让你好过！我就算把你整个毁掉，也绝不可能眼睁睁看着你和那个臭婊子双宿双飞、风流快活！"

　　"你不可理喻！"

"对，我就是不可理喻！那个骚货可以理喻，要不她怎么能同时侍候好三个男人呢？她多有本事啊，一个晚上就把三个男人玩弄于股掌之间，要是有人给她现场录像做证，她的伟大行迹都可以上报吉尼斯世界大全了！"

"你说够了没有？"

"要问你疯够了没有！"周桂兰大声咆哮着，"你跟那个姓李的骚货是什么关系？他们家的事跟你有什么关系？啊？姓黄的，你别忘了，你现在还是一个有妇之夫，你要再敢出去胡搞乱搞，当心我把你告到派出所，让公安再把你逮起来关到局子里去！"

"好啊！"黄志祥冷眼瞟着她，"你别光说不练。周桂兰，有本事你现在就去告，不过我得提醒你，饭可以乱吃，话不能乱说，你要拿不出真凭实据来，恐怕非但告不了我，自己还要吃诽谤官司！"

"你！"周桂兰虎视眈眈地瞪着他，"姓黄的，你个不要脸的！你还想让我捉奸在床是不是？你们有脸做得出来，我还没脸去看呢！"

"那还说什么？"黄志祥鄙夷不屑地睃着她，"捉贼捉赃，捉奸捉双，等你手里有了证据再站在这儿叨叨个不停吧！"

"你！"周桂兰气得浑身打战，伸手指着丈夫的鼻子说："我会找到证据的！你们都给我等着！我一定要让你们这对奸夫淫妇得到报应的！"

"那就让报应快点来吧。"黄志祥弯腰从茶几上捡起一包香烟，抽出一根来，点上火，含到嘴边抽了一口，盯着妻子慢悠悠地说，"你吵够了没有？吵够了我就要出门带我儿子去医院做亲子鉴定了。"

"谁是你儿子？黄志祥，你别欺人太甚！"周桂兰使劲拉扯着他的 T 恤衫领子，"黄志祥，你说，你今天给我把话都说清楚了，谁是你儿子？啊？你要带谁去做亲子鉴定？"

"孙小刚啊！"黄志祥仰起头吐着蓝色的烟圈儿，"你不知道？"

"你！"周桂兰跺着脚，攥紧拳头在丈夫身上捶着打着，"孙小刚？你也知道他姓孙不姓黄吗？"

"跟谁姓无所谓，重要的是，他是我的儿子，是我黄志祥的亲生儿子。"

"亲生儿子？"周桂兰发出一声凄厉的冷笑，"亲生儿子，你还用得着带他去做亲子鉴定？姓黄的，你太不是个东西了！怎么，你也怀疑啊？那个臭婊子一晚上陪三个男人睡觉，谁知道她生出的野种到底是谁下的啊！"

"说吧，接着说。你心里还想说什么，都尽管说出来吧。"黄志祥摆开一副无所谓的架势睃着妻子，"等你说完了，我就带小刚去医院。"

"你休想！"周桂兰昂起头，怒不可遏地瞪着他，"你是谁的丈夫？你是谁的父亲？黄志祥你可别忘了，咱们家户口本上清清楚楚地写着，你是我周桂兰的丈夫，是周小龙的父亲，你今天要是敢出这个家门，我就跟你拼了这条老命！"

"拼吧。要不你杀了我，要不我把你杀了，再去局子里蹲着。周桂兰，这两条路，你自己选择吧。"

"你……"周桂兰瞪大眼睛直勾勾地盯着黄志祥，忽地扑倒在地，呜呜咽咽地哭了起来。她是多么希望丈夫能跟她大吵大闹一顿啊，可黄志祥却连吵都懒得跟她吵了，她知道，丈夫这样的态度已经表明他心里完全没有了这个家的位置，他的心已经死了，这比他打她骂她更让她难过，更让她伤心欲绝。"明伟啊明伟，你这个死鬼，你为什么说走就走了？你撇下我们娘俩人不人、鬼不鬼地活着，还要受这个轮奸犯的欺负，早知今日，我还不如当初就带着小龙跟你一块儿去了的好。哎呀明伟啊，你两眼一闭走了，什么烦心事也不用管了，可你知道我和小龙现在过的是什么日子吗？我们每天都处在水深火热之中，你还不如把我们娘俩一块带走算了！"边哭边使劲往地板上撞击着头部，嘴里一直含混不清地念着前夫的名字。

黄志祥冷冷睃着她，扔下嘴里的烟蒂，拉开房门，头也不回地走了。"哐当"一声关门的巨响惊醒了崩溃的周桂兰，她掉转过头狠狠盯着紧闭的房门，一咬牙，立即伸手擦去脸上的泪花，跑进厨房拿过一把菜刀就风风火火地跟了出去。

周桂兰在敏慈饭馆大闹了一场，她和黄志祥的婚姻终于因为这件事走到了崩溃的边缘。黄志祥几乎是被净身出户，但周桂兰还是不肯同意协议离婚。一个礼拜后，小刚和黄志祥亲子鉴定的结果出来了，果然不出众人所料，小刚的确是黄志祥的儿子，得知这个喜讯后，黄志祥立即打车跑到新洲二中，在第一时间把鉴定的结果告诉了他日思夜想、做梦都想喊他一声儿子的小刚。

"小刚，不，从现在开始，我就要改口叫你儿子了。"黄志祥喜形于色地盯着一脸漠然的小刚，"怎么，你看到这个结果不高兴吗？"

小刚摇着头，紧紧咬着嘴唇，若有所思地眨了眨眼睛。

"你讨厌我？"黄志祥紧张地瞪大眼睛盯着他，"我知道，我对不起你妈妈，我……"

"不。"小刚仍然摇着头，两只脚不停地在水泥路面上碾来碾去，嗫嚅着嘴唇，忽然大声叹了口气。

"怎么了？你不高兴，还是根本就不希望自己是我的儿子？"

"都不是。"小刚继续摇着头，"我妈，我妈……"

"你妈怎么了？"

"我妈，我妈说等亲子鉴定出来，她就要和、要和秦伯伯结婚了。"小刚支支吾吾地说。

"什么？你妈和秦大福？"黄志祥是紧紧觑着小刚的脸，"你说的是真的？"

小刚点着头，"她说她已经决定了，可我……"他撇了撇嘴唇，不愿意继续说下去。

"可你一点儿都不希望妈妈和秦大福结婚是不是？"

小刚又点了点头。

"那你就大声地把自己的想法跟你妈说出来。"黄志祥鼓励着小刚，"现在鉴定结果也出来了，我和小龙的妈妈也已经分居了，协议离婚是迟早的事，我们一家三口也到了该团聚的时候了。"

小刚淡然地瞟一眼黄志祥："你，你真的很爱我妈妈吗？"

"那当然。"黄志祥连连点着头，"可我知道我犯下了严重的罪孽，我配不上你妈妈，所以这就要你出面帮爸爸化解你妈心里的结了，只要你肯帮爸爸，你妈迟早是会接受我回到你们身边的。"

小刚摇着头，忽然话锋一转，目光炯炯地盯着他问："最近我妈饭馆里一天都能接到好几个公司的盒饭业务，是不是一直都是你在背后帮她的忙？"

"啊？"黄志祥抬头看看天空，"我，不是的，我什么也没做。"

"说真话。"小刚正色盯着他，"我不希望有个会撒谎的爸爸。"

"爸爸？"黄志祥面露喜色，喜不自胜地一把将小刚揽在怀里，"你是叫我爸爸吗？"

小刚低着头，默不吭声。黄志祥知道要他改口不是一时半会儿能办到的事，连忙点点头说："是的，是我。爸爸不说谎了，以后再也不说谎了。"

"那你能陪我一块儿到饭馆里去找我妈妈吗？"

"找你妈妈？"

"如果你有什么话想要对她说，我想现在还来得及。"小刚懂事地看着他，"其实我妈是个心很软的女人，如果你……"

"我知道了，我明白的。"黄志祥紧紧攥着儿子的手，"好，我跟你一块儿过去。咱们现在就去！马上就去！"

……

敏慈终于给了黄志祥一次和他心平气和坐下来谈话的机会，这让他觉得有种如释重负的感觉，同时也有些沾沾自喜。他小心翼翼地盯着她，生怕哪一句话说错了就会惹对方不高兴，所以尽量赔着小心，甚至始终都拘谨地坐着，连随便动弹一下都要先看一看她的眼色。

"结果出来了？"敏慈盯一眼黄志祥，低下头默默盯着自己的手掌看着。

"出来了。"黄志祥把鉴定结果往她面前一推，"鉴定结果都写在上面了，要不，你也看一眼？"

"我就不看了。这是你和小刚两个人的事，你们自己觉得好就行。"

黄志祥心里陡地一沉，他没想到敏慈会说出这种漠不关心的话来，小刚毕竟是他和她共同生出来的儿子，她怎么能表现出这么淡然的态度呢？难道她真的铁了心要嫁给秦大福了吗？他有些慌乱，一下子便显出魂不守舍来，"敏慈，你……原谅我，原谅我好不好？"

敏慈缓缓抬起头，怔怔盯了他一眼，翕动着嘴唇，"以后小刚就要拜托你多照应着些了。那孩子心事重，肚里藏着什么话轻易不跟大人讲，不过他学习成绩一直都很好，好好栽培着，将来一定会成为对国家有用的栋梁之材。"

"敏慈……"

"你先听我把话说完。"敏慈长吁了一口气,"事情都已经过去了,我想通了,再埋怨你再恨你也不能改变曾经发生的一切,与其这样一直恨着一个人让自己永远都不痛快,还不如放下心结重新开始自己幸福的生活——其实,从那天你当着我的面剁了自己的手指头后,我就原谅你了,从那个时候起我就对自己说,那些事算些什么呢?人生苦短,重要的是明天,是今天,我一直记着昨天的伤痛和仇恨,又能对自己有什么好处呢?"

"你原谅我了?"黄志祥瞪大眼睛盯着她,"你真的原谅我了?"他显得相当激动,突地伸过手拉住敏慈的手,语无伦次地说,"我……敏慈……我们……"

敏慈猛地抽回自己的手,淡淡地瞟着他,"我原谅了你,并不代表你对我的伤害就不存在了。好了,不说这些了,我只希望以后你能对小刚好,多关心些他,这就够了。"

"可是……敏慈,现在孩子的身份已经确定了,你,你就不能再给我一次机会吗?"

"机会?什么机会?"敏慈瞟着他欠了欠身子,"对了,忘了告诉你,我已经和老秦商量好了,下个月我们就要结婚了,到时希望你能过来参加我们的婚礼。"

黄志祥嗫嚅着嘴唇,有些失态地睃着她,"这是……这是真的?"

敏慈重重点着头,"祝我们幸福吧。"她伸出一只手递到黄志祥面前。

"祝你们……祝你们幸福?"黄志祥慢腾腾地伸出自己的手,轻轻握了握敏慈递过来的手,眼角噙着失落与释然交织在一起的泪花,一字一句点着头说，"祝你们幸福。祝……"

"我也祝你和小龙的妈妈幸福。"敏慈喜泪交加地盯着一脸潸然的黄志祥，"无论如何，你们都要替孩子着想，小龙的妈妈不是个坏女人，她之所以变成今天这样，是你对她关心不够。我相信，只要你多关心关心她，她一定不会是现在这个样子的。"

"敏慈……我，我们……"黄志祥早已泣不成声，他不知道该如何表达自己内心想要对她说的话。或许，秦大福才能给予她想要的幸福，看来，他现在唯一能做的就只能是衷心地祝福他们了。

"我们出去走走吧。"敏慈擦干脸上的泪水，落落大方地轻轻盯着他瘦削的面庞，"就让一切都随风飘散吧。以后，我们还像刚在雷寨村认识时那样，做一对普通朋友，好不好？"

黄志祥怔怔盯着她，翕合着嘴唇好半天说不上一句话来。"祝福你，祝福你和老秦白头偕老，我衷心地祝福你们。"他再次伸过手递到敏慈面前。敏慈迟疑了一下，但还是礼貌地伸出了自己的手，两个人相视一笑，一起走到屋外。

抬头，外面的天空湛蓝湛蓝，一切的阴霾均已烟消云散。远处，秦大福紧紧拉着小刚的手悄悄注视着他们，两个人的脸上都绽开了欣慰的笑容。

图书在版编目（ＣＩＰ）数据

女人如花 / 吴俣阳著. -- 北京 ：中国文史出版社，
2019.11

（实力榜·中国当代作家长篇小说文库）

ISBN 978-7-5205-1452-1

Ⅰ．①女… Ⅱ．①吴… Ⅲ．①长篇小说－中国－当代

Ⅳ．①I247.5

中国版本图书馆 CIP 数据核字 (2019) 第 246389 号

责任编辑：全秋生

出版发行：中国文史出版社

地　　址：北京市海淀区西八里庄路 69 号　　邮编：100142

电　　话：010－81136602　　81136603　　81136606 （发行部）

传　　真：010－81136655

印　　装：北京温林源印刷有限公司

经　　销：全国新华书店

开　　本：787×1092　　1/16

印　　张：15.5　　字数：240 千字

版　　次：2020 年 1 月北京第 1 版

印　　次：2020 年 1 月第 1 次印刷

定　　价：48.00 元